고전문학에 나타난 妓生時調와 漢詩

고전문학에 나타난 妓生時調와 漢詩

인쇄 2015년 5월 15일 | 발행 2015년 5월 20일

엮은이 · 황충기
펴낸이 · 한봉숙
펴낸곳 · 푸른사상사

주간 · 맹문재 | 편집 · 김선도 | 교정 · 김수란

등록 제2-2876호
서울시 중구 초동 42번지 아시아미디어타워 502호
대표전화 02) 2268-8706(7) 팩시밀리 02) 2268-8708
메일 prun21c@hanmail.net
홈페이지 http://www.prun21c.com

ISBN 979-11-308-0362-3 93800
값 33,000원

고전문학에 나타난
妓生時調와 漢詩

黃忠基

푸른사상
PRUNSASANG

책머리에

  기생(妓生)은 분명 재주꾼임에 틀림없는 것 같다. '기(妓)'라는 글자는 '기(伎)'에서 그 연원을 찾을 수 있지 않을까 싶다. 기(伎)는 재주나 기술이라는 뜻이지만 광대, 배우라는 뜻도 있다. 기(妓)는 이런 역할을 남자가 아닌 여자가 대신한다는 뜻이다. 남자로서 할 수 없는 재주를 여자가 대신한다는 뜻으로 해석할 수 있을 것이다.

  기생은 과거 조선 사회에서 신분상으로는 천민에 속했으나 경우에 따라 신분 상승이 이루어져 가장 높게는 왕의 후궁에까지 오르는 경우도 있었다. 기생들은 상대의 요구에 대응할 수 있는 실력과 교양을 갖추기 위해 그들 나름대로 각고의 노력을 기울였다. 학문 높은 양반 사대부들과 어울려 시조를 읊거나 한시를 짓는 기생들도 많았다.

  우리의 고전문학을 보면 기생들이 시조도 짓고 한시도 짓는 경우가 대단히 많다. 시를 짓기까지에는 많은 사연들이 있었음을 각종 문헌이나 일화(逸話)를 통해 알 수 있다. 과거 봉건사회에서 여성은 남성의 소유물처럼 다루어졌고, 더구나 기생은 남성이 마음만 먹으면 얼마든지 뜻대로 다룰 수 있는 존재로 인식되었다. 그러나 얼마나 많은 남성들이 기생 하나를 두고 환심을 사려고 경쟁하고, 사랑을 얻지 못해 괴로워하고, 또는 기생의 부당한 요구를 들어주느라 어리석은 행동도 마다하지 않았는지를 우리는 기록들을 통해서 알고 있다.

  저자는 일찍부터 기생을 화두(話頭)로 삼아 기생들이 지은 시조와 한시를 모아 주석하였고, 기생들의 일화를 모아본 적도 있었다. 이번에는 기생을 두고 지은 시조와 한시를 모아보기로 하였다. 시화(詩話)와 만록(漫錄) 등에 기생과 관련 있는 기록들이 상당히 많이 수록되어 있어 이것들을 모두 모아보는 것도 흥미 있는 일이라 생각했다. 기생을 대상으로 한 시조는 대부분 안민영(安玟英)이 많은 기생들에게 지어준 작품들로, 그의 개인 가집인 『금옥총부(金玉叢部)』에 남아 있다. 한시의 경우에는 고려와 조선 시대를 통하여 이름을 떨친 유학자들이 대부분 기생을 대상으로 시를 짓거나 기생에게 시를 지어주었다. 조선 후기에 와서는 여항시인들을 비롯해 기생들도 기생을 대상으로 시를 지었다.

그러나 양반 사대부들은 기생을 하나의 완전한 인격체로 보기보다는 자신들의 희롱물(戲弄物)로 대하는 경우가 흔했다. 한시를 보면 제목을 붙이기도 하고 붙이지 않기도 했는데, 제목이 있는 경우에는 '희(戲)'자가 많이 들어 있다. 이로써 그들이 기생을 어떤 존재로 생각했는지를 짐작할 수 있다. 기생을 진정으로 사랑하는 사례가 없는 것은 아니지만 대부분 그저 가볍게 장난삼아 상대하고 시를 지은 것이다.

이 책에 수록한 작품들을 보면 시조와는 달리 한시 작품들 중에는 특정한 어느 기생을 대상으로 한 작품이 드물다. 그러므로 한시들은 시조만큼 친밀감을 주지는 못하지만, 작가가 다양하기 때문에 그런대로 관심을 가질 만하다고 하겠다.

명망 높은 유학자들도 기생들과 관련된 한시를 많이 지었다. 율곡(栗谷) 이이(李珥) 같은 덕망 높은 학자도 유지(柳枝)란 기생에게 시를 지어주었고, 기생 홍랑(洪娘)과 계랑(桂娘)과의 일화로 세상에 널리 알려진 최경창(崔慶昌)과 유희경(劉希慶)이 그들을 그리워하여 지은 시도 있다. 정자당(鄭子當), 정지승(鄭之升), 유도(柳塗) 등은 시 때문은 아니겠지만 남녀 관계를 노골적으로 표현했기 때문에 금기시되어 자세한 인적 사항이 세상에 알려지지 않았다. 춘원(春園) 이광수(李光洙)가 자기의 이름마저 '광수'라고 바꿀 만큼 유명한 석북(石北) 신광수(申光洙)의 「관서악부(關西樂府)」는 얼마 전 KBS의 〈TV쇼 진풍명품〉에 소개되었던 시이다. 김명원(金命元)의 시와 심희수(沈喜壽)의 시는 누군가에 의해 시조로도 만들어져 가집에 수록되었고, 특히 김명원의 시구 가운데 '窓外三更細雨時 兩人心事兩人知(창외삼경세우시 양인심사양인지)'는 혜원(惠園) 신윤복(申潤福)의 풍속화 〈월하정인도(月下情人圖)〉에도 화제(畵題)로 쓰였다. 이 밖에 속칭 '김삿갓'으로 불리는 김병연(金炳淵)이 기생 가련(可憐)을 두고 지은 시와 운초(雲楚)의 「평양기설란기조진사(平壤妓雪蘭寄趙進士)」의 1행 1자(字)에서 16자까지 36행으로 지은 시도 읽어볼 만하다.

시조는 문헌에 실린 것을 그대로 대본으로 하였기에 고문을 처음 대하는 사람에게는 생소할 것이다. 이해를 돕고자 '통석'이란 항목을 만들었다. 한시 원문에는 독음을 달아놓았으나 우리말과 달라 아무래도 번역을 통하여 이해할 수밖에 없는데, 원문을 번역하는 과정에서 크게 달라진다는 것을 느낄 수 있을 것이다. 번역은 제2의 창작이란 말이 있다. 번역이 마음에 흡족하지 않다고 생각되면 독자들이 직접 번역해보는 것도 작품 이해의 지름길이 될 것이다.

이런 것들을 어엿한 책으로 만들어 빛을 볼 수 있게 해주신 푸른사상사 한봉숙 사장님과 수고하신 편집부원들에게 감사를 드린다.

2015년 4월
편자 삼가 적음

차례

제1부 시조(時調)

제2부 한시(漢詩)

일러두기

1. 이 책에서 소개하는 작품에는 기생에게 준다고 밝힌 것을 포함하여 기생과 관련이 있는 작품까지 포함된다.
2. 작품은 시조(가사 포함)와 한시로 구분하였다.
3. 시조는 수록된 문헌 그대로의 원문을 싣되 시조의 3장 형태로 구분하고 띄어쓰기를 하였다.
4. 시조는 이해를 돕기 위해 간단한 단어와 구절을 풀이하고 통석(通釋)을 붙였다.
5. 시조는 작품 자체의 제목이 없어 대상 기생의 이름을 제목으로 하였다.
6. 한시는 수록 문헌이 다양하여 작품 수록의 순서에 특정한 기준은 없으나, 대체로 이미 알려진 작품을 우선으로 수록하였다.
7. 한시에는 제목이 있는 것과 없는 것이 있으나, 독자의 이해를 돕기 위해 모든 작가의 작품 가운데 수록된 첫 작품에 한해 새롭게 제목을 붙였다.
8. 한시의 경우 작품이 수록된 문헌과 번역한 사람의 이름을 밝혔다.
9. 한시의 경우도 간단한 주석을 달아 이해에 도움이 되도록 했다.
10. 작품 수록 순서는 대체로 지은 사람의 생몰 연대순으로 하였고 작자 미상의 작품은 뒤쪽에 붙였다.

제 1 부

시조(時調)

황진이(黃眞伊) 1

마음이 어린 後ㅣ니 ᄒᄂᆞᆫ 일이 다 어리다
萬重雲山에 어늬 님 오리마ᄂᆞᆫ
지ᄂᆞᆫ 닙 부ᄂᆞᆫ ᄇᆞ람에 힝혀 귄가 ᄒᆞ노라. (『珍靑』 23)

어린=어리석은 ◇ 萬重雲山(만중운산)=깊고 높은 산. 인적이 드문 곳 ◇ 오리마ᄂᆞᆫ=오겠
느냐만 ◇ 힝혀 귄가=행여나 그 사람인가

통석(通釋)

생각이 어리석으니 하는 일이 다 어리석다
깊고 깊은 산속에 어느 님이 찾아오겠느냐마는
떨어지는 나뭇잎과 부는 바람 소리도 행여나 님이 아닌가 한다.

• 徐敬德(서경덕, 1489~1546)

자 가구(可久). 호 화담(花潭), 복재(復齋). 가세가 빈한하여 독학으로 공부했고, 과거 공부보다 학문 연구에 힘썼다. 황진이의 유혹을 뿌리친 일화가 있고 박연폭포와 황진이와 더불어 송도삼절(松都三絶)이라 일컫는다. 이 시조는 황진이의 유혹을 뿌리쳤으나 그를 그리워하여 지었다고 한다.

황진이(黃眞伊) 2

靑草 우거진 골에 ᄌᆞᄂᆞᆫ다 누엇ᄂᆞᆫ다
紅顔은 어ᄃᆡ 두고 白骨만 무쳣ᄂᆞᆫ이

盞 자바 勸ᄒ리 업스니 그를 슬허 ᄒ노라. (『珍靑』107)

紅顔(홍안)=예쁜 얼굴 ◇ 勸(권)ᄒ리=권할 사람이

통석(通釋)

싱싱한 풀이 우거진 골짜기에 자느냐 누웠느냐

예쁘장하던 얼굴은 어디로 가고 백골만 묻혔느냐

술잔을 잡았으나 권할 사람이 없으니 그것을 서러워하노라.

• 林悌(임제, 1549~1587)

자 자순(子順). 호 백호(白湖), 겸재(謙齋), 풍강(楓江), 소치(嘯痴). 본관은 나주. 당대의 명문장가로 이름을 날렸고 호방, 쾌활한 시풍으로 그의 작품이 널리 애송되었다. 이 시조는 벼슬길로 평양에 가다가 개성에 이르러 황진이의 무덤에 치제(致祭)할 때 지은 것으로 후에 이 일로 벼슬길이 막혔다고 한다. 저서에 『백호집(白湖集)』과 『화사(花史)』 등이 있다.

옥이(玉伊)=진옥(眞玉)

옥이 玉이라커늘 燔玉만 너겨떠니

이제야 보아ᄒ니 眞玉일시 적실ᄒ다

내게 술송곳 잇던이 ᄯᅮ러 볼가 ᄒ로라. (『槿花樂府』391) 鄭松江

(鄭松江與妓眞玉相酬答)

燔玉(번옥)=인공으로 만든 옥, 품질이 떨어지는 옥 ◇ 너겨떠니=여겼더니 ◇ 眞玉(진옥)일시=진짜 옥임에 ◇ 적실하다=실제와 들어맞다(適實) ◇ 술송곳=살로 된 송곳. 남성의 성기를 은유함 ◇ 잇던이=있으니

통석(通釋)

옥이다, 옥이다 하거늘 하잘 것 없는 옥으로만 여겼더니

이제 자세히 보니 진짜 옥임에 틀림이 없다

나에게 살송곳이 있으니 뚫어볼까 하노라.

• **鄭澈**(정철, 1536~1593)

자 계함(季涵). 호 송강(松江). 정치가로 벼슬이 좌의정에 이르렀으나, 문학에도 뛰어나 「사미인곡(思美人曲)」을 비롯한 국문 가사와 「훈민가(訓民歌)」를 비롯한 시조를 많이 지었다. 그가 호방한 성격으로 술을 즐겼고 첩(妾)을 두었다가 동료들의 질책을 받았다는 기록은 있으나 기생 진옥(眞玉) 혹은 옥이(玉伊)와 시조를 주고받았다는 기록은 가집과 야사에만 전한다. 정철의 시조에 상응해서 진옥이 지었다고 하는 작품은 다음과 같다.

鐵니 鐵이라커늘 섭鐵만 너겨써니

이제야 보아ᄒ니 正鐵일시 분명ᄒ다

내게 골불무 잇던니 뇌져 볼가 ᄒ노라. (『槿花樂府』 392) 眞玉

섭鐵(철)=질이 떨어지는 쇠 ◇ 正鐵(정철)=품질이 좋은 쇠. 鄭澈(정철)로 표기된 가집도 있음. ◇ 골풀무=바람을 일으키는 도구. 여성의 성기를 은유함. ◇ 뇌겨=녹여

통석(通釋)

쇠붙이다, 쇠붙이다 하기에 보통도 안 되는 쇠붙이로만 여겼더니

이제서 자세히 보니 품질이 좋은 쇠붙이가 분명하구나.

나에게 골풀무가 있으니 녹여볼까 하노라.

그러나 이 작품들은 작품이 수록된 가집에 따라 작자도 작품도 차이가 있다. 『악학습령(樂學拾零)』에 수록된 작품은 다음과 같다.

玉을 玉이라커든 荊山白玉만 여겻더니

다시 보니 紫玉일시 的實ᄒ다

맛춤이 활비비 잇더니 쑤려 볼가 ᄒ노라. (『樂學拾零』 545) 玉伊

鐵을 鐵이라커든 무쇠錫鐵만 여겻더니

다시 보니 鄭澈일시 的實ᄒ다

맛춤이 골풀모 잇더니 녹여 볼가 ᄒ노라. (『樂學拾零』 546) 鐵伊

한우(寒雨)

北天이 묽다커늘 雨裝 업씨 길을 난이

山에는 눈이 오고 들에는 춘비로다

오늘은 춘비 맛잣시니 얼어 잘까 ᄒ노라. (『海一』 94)

北天(북천)=북쪽 하늘 ◇ 길을 난이=길을 나서니 ◇ 춘비로다=차가운 비로구나. 찬비는
기생 한우(寒雨)를 뜻하는 중의적인 표현임.

통석(通釋)

북쪽 하늘이 맑다고 하기에 우장 없이 길을 나서니

산에는 눈이 오고 들에는 차가운 비가 내리는구나.

오늘은 차가운 비를 맞았으니 얼어서 잘까 하노라.

• 林悌(임제)

앞의 시조 참조 『해동가요』 일석본에 "견명기한우 작차가 여동침"(見名妓寒雨
作此歌 與同枕)이라 했다. 한우(寒雨)라는 기생을 보고 이 노래를 짓자 한우도 이에
상응하는 시조를 짓고 서로 동침했다고 하는 작품이다. 한우가 지었다고 하는 작

품은 다음과 같다.

어이 얼어 잘이 므스 일 얼어 자리
鴛鴦枕 翡翠衾을 어듸 두고 얼어 자리
오늘은 춘비 맛자신이 녹아 잘까 ᄒ노라. (『海一』139)

통석(通釋)

왜 얼어 자느냐 무슨 일로 얼어 자느냐
원앙을 수놓은 베개와 비취색 이불을 어디에 두고 얼어 자겠느냐
오늘은 차가운 비를 맞았으니 녹아 잘까 하노라.

금낭(錦囊)

贈金寧妓錦囊 千秋의 홀노 남어
吟風詠月에 사람마다 임재로다
우리도 詩酒의 늘거신니 츠고 놀가 ᄒ노라. (『勿欺齋集』)

贈金寧妓錦囊(증김녕기금낭)=김녕의 기생 금낭에게 주다. 김녕은 김해(金海)의 옛 이름 ◇ 千秋(천추)의=오랜 세월에 ◇ 吟風詠月(음풍영월)에=풍월을 노래하고 읊조림. 자연을 노래함 ◇ 츠고=같이. 데리고.

통석(通釋)

김녕의 기생 금낭에게 주노니 오랜 세월에 혼자 남아
자연을 노래하니 만나는 사람들마다 임자로구나
우리도 시와 술로 늙었으니 같이 놀까 하노라.

• **姜膺煥**(강응환, 1735~1795)

자 명서(命瑞). 호 물기재(勿欺齋). 무신. 벼슬은 동래수사(東萊水使)에 이르렀다. 가사 「무호가(武豪歌)」를 지어 그간에 간직해온 심정을 노래하였다. 여러 차례 무과에 응시했으나 실패하고 36세 때인 영조 46년에 무과에 합격하였다. 저서에 『물기재집(勿欺齋集)』이 있다.

논개(論介)

戊辰年 六月日에 단을 무어 焚香ㅎ며
三百名 女妓덜이 精誠으로 妓祭ㅎ니
論娘子 忠魂義魄이 닉리실가 ㅎ노라.

戊辰年(무진년)=고종 7년(1868)인 듯함 ◇ 단을 무어=제단을 만들어 ◇ 妓祭(기제)ㅎ니 =기생에게 치제(致祭)하니 ◇ 論娘子(논낭자)=논개(論介)를 가리킴 ◇ 忠魂義魄(충혼의백)= 충성스런 혼과 의로운 넋

통석(通釋)
무진년 유월에 제단을 만들어 향을 사르며
삼백 명 기생들이 정성으로 제사를 지내니
논개의 충성스런 혼과 의로운 넋이 강림(降臨)할까 하노라.

蠱石樓 발근 달이 論娘子의 넉시로다
向國한 一片丹心 千萬年에 비취오니
아마도 女中忠義난 이샏인가 ㅎ노라.

향국(向國)한=나라를 위한

통석(通釋)

촉석루에 비추는 밝은 달이 논개의 넋이 틀림없다.
나라 위한 조그만 애국심이 길이 후세에 비추니
아마도 여자 가운데 충의는 이것뿐인가 하노라.

말고말근 江南水야 壬辰 이를 네 알니라
忠信과 義士덜이 멋멋치나 쌔저난고
아마도 女中丈夫난 論娘子가 ㅎ노라.

壬辰(임진) 이를=임진왜란 때 있었던 일을

통석(通釋)

맑고 맑은 남강 물아 임진왜란 때 있었던 일을 네가 알 것이다.
충신과 의사들이 얼마나 물에 빠졌느냐.
아마도 여자 중에 뛰어난 사람은 논개인가 하노라.

海東國 三千里에 許多흔 바위로다
風磨雨洗하면 어늬 돌이 안 變하리
그中에 一片義巖언 萬古不變 하리라. (『敎坊歌謠抄』)

風磨雨洗(풍마우세)하면=바람에 갈리고 비에 씻기면. 세월이 흐르면 ◇ 어늬=어느

통석(通釋)

우리나라 삼천리에 바위들이 많이 있다만
세월이 흐르면 어느 바위가 변하지 않겠느냐.
그 가운데 의암은 오랜 세월이 흘러도 변하지 않으리라.

• 作者未詳(작자미상)

• 作者未詳(작자미상)

　고종(高宗) 2년(1865)에 정현석(鄭顯奭)이 엮은 노래와 춤에 관한 책인 『교방가
요(敎坊歌謠)』에 수록되어 있다. 책의 끝에 정현석에 대해 "초계(草溪) 사람으로 벼
슬이 해백(海伯)에 이르렀고, 대대로 횡성군(橫城郡)에 살았다."라고 되어 있다.

옥절(玉節)

乾坤이 눈이여늘 네 홀노 푸엿구나
氷姿玉質이여 閤裏예 숨어 잇셔
黃昏에 暗香動ᄒ니 달이조차 오더라 (『金玉叢部』 21)

　乾坤(건곤)이=하늘과 땅이. 온 세상이 ◇ 氷姿玉質(빙자옥질)=얼음과 옥처럼 차갑고 깨
끗한 자질. 매화(梅花)나 미인을 형용하는 말 ◇ 閤裏(합리)=집 안 ◇ 暗香動(암향동)ᄒ니=
그윽한 향기가 풍겨오니

통석(通釋)
온 세상이 눈으로 덮였거늘 너 혼자서 피었구나.
얼음과 옥처럼 차갑고 깨끗한 자질이여, 집 안에 숨어 있어
황혼에 그윽한 향기가 풍겨오니 달이 따라 떠오르는구나.

▬　동래부에서 온정까지의 거리가 오 리쯤 되었다. 내가 마산포의 최치학(崔致學)
과 김해 문달주(文達周)와 더불어 같이 동래부 안의 기생 청옥(靑玉)의 집에 들어
가 술을 들어 서로에게 권할 즈음 홀연 한 미녀가 밖으로부터 들어와 우리들이
앉아 있는 것을 보고 몸을 돌이켜 다시 나갔다. 그 여자를 보니 빙자옥질이 설중
의 한매(寒梅)와 같아 진애(塵埃)가 조금도 없었다. 모두 눈이 둥그레지고 입이 벌
어져 어쩔 줄을 몰랐다. 청옥이 급히 일어나 넘어질 듯 문을 나가 얼마 있다가

손을 잡고 들어와 말하기를 "너는 어떤 마음으로 왔다가 어떤 마음으로 갔느냐?" 곧 마루에 올라 자리에 앉으니 이는 제일 명회인 옥절(玉節)이다. 내가 경향간(京鄕間)에 명기를 차례로 겪은 것이 헤아릴 수가 없지만 바다의 끝 변두리에서 어찌 옥절과 같은 사람이 있으리라 짐작했으랴. 한마디 찬사가 없을 수가 없을 따름이다.

산홍(山紅)

桃花는 훗날니고 綠陰은 퍼져온다
쇠쇠리 시노리는 烟雨에 구을거다
마초아 盞드러 勸허랼졔 澹粧佳人 오더라. (『金玉叢部』 26)

烟雨(연우)=안개처럼 뿌옇게 내리는 비 ◇ 구을거다=구르는 것처럼 매끄럽구나 ◇ 마초아=때마침 ◇ 澹粧佳人(담장가인)=가볍게 화장한 미인

통석(通釋)

복숭아꽃은 바람에 흩어져 날리고 녹음은 번져온다

꾀꼬리와 새들의 노랫소리는 안개처럼 뿌옇게 내리는 빗속에 매끄럽게 들리는구나.

때마침 잔을 들어 권하려고 할 때 가볍게 화장한 미인이 오는구나.

신미년(1871) 초여름에 운애(雲崖) 선생과 더불어 산방(山房)에 대좌(對坐)하고 있을 때 비가 오고 꾀꼬리가 울었다. 술잔을 따라 서로 권할 즈음에 홀연 담장가인 하나가 술병을 들고 오니 이는 바로 평양의 산홍(山紅)이었다.

소홍(小紅)

前川에 雨歇허니 柳色이 푸루엿고
東園에 日暖허니 百花爭發 小紅이라
兒禧야 小車에 슐 실어라 訪花隨柳 허리라. (『金玉叢部』28)

雨歇(우헐)허니=비가 그치니 ◇ 柳色(유색)=버들 빛 ◇ 日暖(일난)허니=햇볕이 따뜻
하니. 날씨가 따뜻하니 ◇ 百花爭發(백화쟁발)=모든 꽃이 다투어 핌 ◇ 小紅(소홍)=조
금 붉음. 기생 소홍을 가리키는 중의적 표현임 ◇ 訪花隨柳(방화수류)=꽃을 찾고 버
들을 따름. 화류놀이를 감

통석(通釋)

앞내에 비가 그치니 버들 빛이 한층 더 푸르고
뒷동산에 날씨가 따뜻하니 모든 꽃이 다투어 피어 조금은 붉구나.
아이야, 수레에 술을 실어라. 화류놀이를 가겠다.

평양 기생 소홍(小紅)을 찬양함.

난주(蘭舟)

南浦月 깁흔 밤에 돗디 치는 져 沙工아
뭇노라 너 튼 비야 桂棹錦帆 蘭舟ㅣ로다
우리는 採蓮가는 길이니 무러 무슴 허리요 (『金玉叢部』30)

桂棹錦帆(계도금범)=계수나무로 만든 노와 비단으로 만든 돛. 잘 꾸민 배 ◇ 蘭舟(난

주)=목란(木蘭)으로 꾸민 좋은 배. 기생 난주를 뜻하는 중의적 표현임 ◇ 採蓮(채련)가는=연을 캐러 가는 ◇ 무러=질문을 하여

통석(通釋)

남쪽 포구에 달이 비추는 깊은 밤에 돛대를 두드리는 저 사공아

묻겠다, 네가 탄 배가 목란으로 잘 꾸민 난주가 틀림없구나.

우리는 연을 캐러 가는 길이니 물어서 무엇하시겠습니까.

▬ 진양(晉陽) 기생 난주(蘭舟)를 시제(詩題)로 함.

난주(蘭舟) · 봉심(鳳心)

四月 綠陰 鶯世界는 又石尙書 風流節을

石想室 놉흔 집의 琴韻이 玲瓏허다

玉階예 蘭花低하고 鳳招梧桐 허더라. (『金玉叢部』158)

四月綠陰 鶯世界(사월녹음앵세계)=녹음이 우거지고 꾀꼬리가 마음껏 노래하는 계절인 사월 ◇ 又石尙書(우석상서) 風流節(풍류절)=우석상서께서 풍류를 즐기는 계절. 우석상서는 대원군의 장자(長子) 이재면(李載冕)을 가리킴. 그의 호가 우석. ◇ 石想室(석상실)=이재면이 거처하던 운현궁 내의 건물인 듯. ◇ 琴韻(금운)=거문고 소리에서 느끼는 운치 ◇ 玉階(옥계)예 蘭花低(난화저)하고=대궐 안 섬돌 아래 난초가 이슬을 머금어 잎이 수그러졌고 ◇ 鳳招梧桐(봉초오동)=봉황새가 오동나무를 가까이함. 난초와 봉황은 각각 기생 난주(蘭舟)와 봉심(鳳心)을 가리킴

통석(通釋)

녹음이 우거지고 꾀꼬리가 마음껏 노래하는 사월은 우석상서께서 풍류를 즐기는 계절임을

석상실 높은 집에 거문고를 타는 소리에 느끼는 운치가 영롱하구나.

섬돌 아래 난초가 이슬 때문에 고개를 숙이고 봉황은 오동나무에 깃드는구나.

▬ 우석상서(又石尙書)가 후원 석상실에서 기생들과 악공들을 널리 초청하여 종일을 즐기며 노니 난주(蘭舟)와 봉심(鳳心)이 주인공이었다.

봉심(鳳心)

非梧桐 不捿허고 非竹實 不食이라

南山月 깁흔 밤에 울냐허는 鳳心이라

두어라 飛千仞 不啄粟은 너를 본가 허노라. (『金玉叢部』 44)

不捿(불서)허고='不捿'는 '불서'(不棲)의 잘못. 살지 아니하고 ◇ 鳳心(봉심)=봉황새의 마음. 기생을 가리키는 중의적 표현임. ◇ 飛千仞不啄粟(비천인불탁속)=천 길 높이를 날며 곡식을 쪼아 먹지 아니함

통석(通釋)

오동나무가 아니면 깃들지 않고 대나무 열매가 아니면 먹지 않는다.

남산 위에 달이 떠 있는 깊은 밤에 울려고 하는 봉심이로구나.

두어라, 천 길 높이 날고 곡식을 먹지 아니한다는 봉황은 너를 보았는가 한다.

▬ 순창(淳昌)의 봉심(鳳心)은 사람됨이 순숙하고 자못 부인의 모습이 있어서 가무에는 처지나 석파대로(石坡大老)께서 사랑하시어 신부라고 부르셨다.

청옥(青玉)

秋波(추파)에 섯는 연꽃 夕陽을 씌여 잇셔
微風(미풍)이 건듯허면 香氣 놋는 네로고나
늬 엇지 너를 보고야 아니 썻고 엇지허리. (『金玉叢部』43)

통석(通釋)

가을철 출렁이는 물결 앞에 서 있는 연꽃이 저녁볕을 받고 있어
가벼운 바람이라도 건듯하면 향기를 뿜어내는 너로구나
내가 어찌 너를 보고서 아니 꺾고 어쩌겠느냐?

▬ 내가 온정으로부터 돌아오는 길에 동래부에 이르러 기녀 청옥(青玉)의 집을 주인으로 삼으니 청옥은 즉 동래부의 유명한 기생이다. 자색이 아름답고 고우며 가무가 정연하고 원숙하여 비록 서울의 이름난 기생들로 하여금 상대해게 해도 진실로 양보를 즐겨 하지 않을 것이다.

초월(楚月)

烟雨朝陽 비긴 곳에 錦衣公子ㅣ 네 아니냐
百舌口辯이오 瀏亮흔 노릭로다
萬一에 네 안고 졔 잇스면 뉘가 뉜지 모로괘라. (『金玉叢部』31)

烟雨朝陽(연우조양)=뿌옇게 비가 내리는 아침 햇별 ◇ 비긴=비스듬히 비추는 ◇ 錦衣公子(금의공자)='금의'는 '金衣'(금의)의 잘못인 듯. 꾀꼬리를 가리킴 ◇ 百舌口辯(백설구변)=때까치의 말솜씨. 뛰어난 말솜씨를 일컫는 말 ◇ 瀏亮(유량)흔=맑고 맑은

통석(通釋)

뿌옇게 비가 내리는 아침 햇볕이 비스듬히 비추는 곳에 꾀꼬리가 너 아니냐?

때까치와 같을 훌륭한 말솜씨요 맑고 맑은 노래로구나.

만일에 네가 앉아 있고 제가 있으면 누구누군지 모르겠구나.

▨ 밀양의 기생 초월(楚月)을 찬양함.

映山紅綠 봄ᄇᆞ름에 黃蜂白蝶 넘노는 듯

百花園林 香氣 속에 興쳐 노는 두룸인 듯

두어라 千態萬狀은 너쑨인가 허노라. (『金玉叢部』 45)

映山紅綠(영산홍록)=활짝 핀 꽃으로 울긋불긋 물든 산 ◇ 黃蜂白蝶(황봉백접)=노랑 벌 과 흰 나비 ◇ 두룸=두루미 ◇ 千態萬狀(천태만상)=천태만상(千態萬象)의 잘못인 듯. 천차 만별의 상태.

통석(通釋)

온 산을 울긋불긋 비추는 봄바람에 누런 벌과 흰나비가 넘실대며 노니는 듯

모든 꽃들이 다투어 핀 동산 향기 속에 흥이 넘쳐 노는 두루미인 듯

두어라, 천만가지의 모습은 너뿐인가 하노라.

▨ 내가 동래로부터 돌아오는 길에 최치학(崔致學)과 더불어 밀양에 도착하여 널 리 기생과 악공들을 불러 여러 날 질탕하게 놀았는데 동기(童妓) 가운데 초월(楚月) 이가 있어 색태가 갖추어져 있고 가무가 정묘해서 가히 절세의 색예(色藝)라 이를 만했다. 근래 남인(南人)의 전언을 들으니 초월의 색예가 일도(一道)에서 제일이라 이르더라. 지난해에 비록 먼저 왔을 때 장차 크게 진취할 뜻이 있음을 알았으나, 어찌 오늘날에 들리는 바와 같으리라 짐작을 하였으리오

혜란(蕙蘭)

어득한 구름 가에 숨어 발근 달 아니면
稀迷(희미)헌 안기 속에 半만 널닌 곳치로다
至今에 花容月態는 너를 본가 허노라. (『金玉叢部』 47)

어득한=아득한 ◇ 널닌=열린. 피어 있는 ◇ 花容月態(화용월태)=꽃과 같이 아름다운 얼굴과 달 같은 태도. 미인을 말함 ◇ 본가=보았는가.

통석(通釋)

아득한 구름 끝에 숨어 있어 밝은 달이 아니면
희미한 안개 속에 반쯤 피어 있는 꽃이로구나.
지금에 꽃 같은 미모에 달 같은 모습은 너를 보았는가 한다.

▬ 평양 기생 혜란(蕙蘭)을 칭찬함.

落花芳草路의 깁 치마를 스럿시니
風前에 나는 곳치 玉頰에 부듯친다.
앗갑다 쓸어올지연정 밥든 마라 ᄒ노라. (『金玉叢部』 70)

落花芳草路(낙화방초로)=꽃잎이 떨어지고 싱싱한 풀이 우거진 길 ◇ 나는=날리는 ◇ 玉頰(옥협)=옥처럼 예쁜 뺨 ◇ 앗갑다=아깝구나 ◇ 밥든=밟지는

통석(通釋)

꽃잎이 떨어지고 싱그러운 풀이 무성한 길에 비단 치마를 끌리듯 입고 가니
바람 앞에 흩날리는 꽃이 예쁜 뺨에 부딪친다.
아깝구나, 쓸어서 담아 올지라도 밟지는 말거라.

▃ 내가 평양에 머무를 때 모란봉에 올라 꽃을 구경하며 먼 경치를 바라보노라니 기생 혜란(蕙蘭)과 소홍(小紅)이 꽃을 밟으며 오더라.

> 任 離別 하올 져긔 져는 나귀 한치 마소
> 가노라 돌쳐 셜졔 져난 거름 안이런덜
> 곳 아리 눈물 젹신 얼골을 엇지 仔細이 보리요 (『金玉叢部』119)

하올 져기=할 때에 ◇ 져는=(다리를) 저는 ◇ 한치=한(恨)하지, 원망하지 ◇ 안이런들=아니었다면 ◇ 젹신=젖은

통석(通釋)

님과 이별할 때 다리를 저는 나귀를 원망하지 마라
가겠다고 돌아설 때 쩔뚝이는 걸음이 아니었다면
꽃 아래 눈물에 젖은 얼굴을 어찌 자세히 볼 수가 있겠느냐?

▃ 평양 기생 혜란(蕙蘭)은 색태가 절묘하고 기이한 것만 아니라 난초를 잘 그리고 노래와 거문고에 정통하며 경성(傾城)의 아름다움이 있다. 내가 연호(蓮湖) 박사준(朴士俊)과 농막에 거처할 때 일이 있어 평양에 갔었다. 혜란과 더불어 7개월 동안을 서로 따르며 정의(情誼)로 사귐이 밀접해서 작별할 즈음에 미쳐 혜란은 나를 장림(長林)의 북쪽에까지 와서 송별했다. 떠나고 머무르는 슬픔이 과연 스스로 억제하기 어려움뿐이더라.

> 玉頰에 구는 눈물 羅巾으로 시쳐닐졔
> 가난 닉 마음을 네 어이 모로넌다
> 네 졍녕 웃고 보닉여도 肝腸 슬데 하물며. (『金玉叢部』151)

羅巾(나건)=비단 수건 ◇ 시쳐닐졔=씻어낼 때에 ◇ 슬데=마음이 아픈 것을.

통석(通釋)

예쁜 뺨에 흐르는 눈물을 비단 수건으로 닦아낼 때

너를 두고 가는 내 마음을 너는 어찌 모르느냐

네가 겉으로는 웃고 보내도 마음이 아플 것인데, 하물며.

▬ 내가 평양 기생 혜란과 더불어 서로 7개월 동안을 따라다녀 정의(情誼)가 아교처럼 단단해서 서로 버릴 생각이 없었으나 이별을 하게 되니 인정이란 원래 그런 것인가 보다.

屛風에 그린 梅花 달 업스면 무엇 하리

屛間梅月 兩相宜는 梅不飄零 月不虧라

至今예 梅不飄零 月不虧허니 그를 조히 너기노라. (『金玉叢部』159)

屛間梅月 兩相宜(병간매월양상의)=병풍의 폭 사이에 있는 매화와 달이 서로 사이좋게 어울림 ◇ 梅不飄零 月不虧(매불표영월불휴)=매화는 바람이 불어도 떨어지지 아니하고 달은 시간이 흘러도 이지러지지 아니함 ◇ 조히 너기노라=좋게 여기노라

통석(通釋)

병풍에 그린 매화가 달이 없으면 무슨 운치가 있겠느냐?

병풍의 폭 사이에 매화와 달이 서로 어울림은 매화는 바람이 불어도 떨어지지 아니하고 달은 시간이 흘러도 이지러지지 아니하는 것이다

지금에 매화가 바람이 불어도 떨이지지 아니하고 달이 시간이 흘러도 이지러지지 아니하니 그것을 좋게 생각하노라.

▬ 내가 평양 감영에 가 있을 처음에 기생 혜란과 더불어 상대하고 정을 주었다.

옥소선(玉簫仙)

희기 눈 갓트니 西施의 後身인가
곱기 꽃 갓으니 太眞에 넉시런가
至今에 雪膚花容은 너를 본가 허노라. (『金玉叢部』53)

희기=희기가 ◇ 西施(서시)=중국 춘추시대 越(월)나라 미인 ◇ 後身(후신)=전생의 사람
이 다시 다른 사람으로 태어남 ◇ 太眞(태진)=중국 당나라 현종(玄宗)의 애희 楊貴妃(양귀
비)를 가리킴 ◇ 雪膚花容(설부화용)=눈 같은 살결과 꽃 같은 얼굴 ◇ 본가=보았는가

통석(通釋)

살결이 흰 것이 눈 같으니 서시가 다시 태어난 것인가.
곱기가 꽃과 같으니 양귀비의 넋이런가.
지금에 눈처럼 흰 살결에 꽃 같은 얼굴은 너를 보았는가 한다.

━ 해주(海州) 기생 옥소선(玉簫仙)을 찬양함.

愁心겨운 任의 얼골 뉘라 前만 못하다 던고
훗터진 雲鬟이며 華氣 거든 살빗치라
늣기며 실가치 하난 말삼 이 싣는 듯하여라.(『金玉叢部』113)

雲鬟(운환)=구름처럼 부풀어 오르게 만든 머리 ◇ 華氣(화기) 거든=아름다운 기색이 걷
힌 ◇ 늣기며 실가치=흐느끼며 겨우

통석(通釋)

근심이 가득한 얼굴 누가 이전만 못하다고 하던가.
흐트러진 머리 모양이며 아름다운 기색이 걷힌 살색이로구나.

흐느끼며 겨우 하는 말에 창자가 끊어지는 듯하구나.

━━ 해주 기생 옥소선(玉簫仙)이 지난해 진연 때에 서울에 올라왔는데 재예가 무리에서 뛰어나고 색태가 비범하여 당시의 이름난 기생들 가운데 추천이 되었는 바 석파대로(石坡大老)께서 더욱 총애하시고 그 이름을 옥수수라 부르시니 옥수수는 속칭 강냉이다. 사람들이 다 옥수수라 불렀다. 나와 오산 손오여(孫五汝) 벽강 김군중(金君仲)은 날마다 만나고 옥수수와 더불어 밤낮을 이어 놀 즈음에 정의가 더욱 굳어 서로 버릴 수가 없었고 일이 끝나고 평양으로 내려갔다. 그 후 계유년 (1873) 봄에 석파대로께서 내의(內醫)와 여좌 삼행수에 이르기까지의 역을 불러들여 명하시니 그해 가을에 병으로 부역을 끝내고 가서 그 후에도 서신이 그치지 아니하였고 또한 여러 차례 운현궁에 올라왔다. 병자년(1876) 겨울에 또 일이 있어 삼증(三僧)과 더불어 서울에 왔으나 용모가 차츰 여위어갔고 목소리도 실낱 같아 중병에 걸린 사람 같았다. 단번에 놀랐으나 나와 오랫동안 멀어졌다고 하나 기뻐하고 사랑하는 마음은 오히려 지난날의 잘 꾸미고 아름다운 얼굴에 요염하게 노래 부르던 때보다 더 낫다고 하겠다.

이 어인 급한 病고 心如麻 淚如雨ㅣ라
지는 달 시는 밤의 울어 예넌 기러기를
아무나 멈츄리 이슬진듸 이 病 消息 부치리라. (『金玉叢部』 123)

心如麻 淚如雨(심여마누여우)=마음은 삼타래처럼 뒤엉키고 눈물은 비 오듯 쏟아짐 ◇ 시는=지새는 ◇ 울어 예넌=울면서 가는 ◇ 멈츄리 이슬진듸=멈추게 할 수 있는 사람이 있다면

통석(通釋)

이 어찌된 병인가, 마음은 삼 타래처럼 뒤엉기고 눈물은 비 오듯 하는구나.
넘어가는 달 지새우는 밤에 울며 가는 기러기를
누구라도 멈출 수가 있다면 이 병 소식을 보내리라.

━ 한 번 옥소선과 헤어진 뒤부터 자연히 불평이 나다.

    說盡心中 無限事ᄒ야 길럭이 발의 굿게 밀졔

    長歎墮淚하며 哀矜이 니른 말이

    네 萬一 더듸 도라오면 나는 그만이로다. (『金玉叢部』 143)

說盡心中(설진심중) 無限事(무한사)=마음속에 있는 끝없는 일을 다 이야기함 ◇ 長歎墮淚(장탄타루)=길게 탄식하며 눈물을 떨어뜨림 ◇ 哀矜(애긍)=불쌍히 여김 ◇ 니른=하는 ◇ 더듸=늦게

통석(通釋)

마음속에 있는 많은 일들을 다 이야기하여 기러기의 발에 단단히 맬 때
길게 탄식하고 눈물을 떨어뜨리며 불쌍하게 생각하여 하는 말이
네가 만일에 늦게 돌아오면 나는 이것으로 끝이로다.

━ 해주의 옥소선이 병자년(1786) 겨울에 내려간 뒤에 능히 잊지 못하여 계면조 8수를 지어 배편에 부쳤다.

    푸른 빗치 쪽예 낫스되 푸루기 쪽의셔 더 푸르고

    어름이 믈노 되야스되 차기 믈에셔 더 차다더니

    네 엇지 一般靑樓人으로 씩어나미 이가트뇨 (『金玉叢部』 163)

쪽예 낫스되=쪽빛에서 나왔지만. 쪽은 남색(藍色) ◇ 一般靑樓人(일반청루인)으로=보통의 기생으로

통석(通釋)

푸른빛이 쪽빛에서 나왔지만 푸르기가 쪽빛보다 더 푸르고
얼음이 물로 되었으되 차갑기다 물보다 더 차다고 하더니

네가 어찌 보통의 기생으로 남보다 뛰어남이 이와 같으냐?

▬ 해주 기생 옥소선은 나와 더불어 비록 정의가 있으나 사람들의 논의나 필단에 이르러서는 어찌 털끝만 한 사사로운 정이 있으리오 나의 본 바로는 과연 폄하하는 것에 합당할 따름이다.

가향(可香)

污泥에 天然호 곳치 蓮곳 밧긔 뉘 잇는가
遐陬에 네 날줄을 나는 일즉 몰낫노라
至今의 써나는 情이야 엇지 그지 잇스리. (『金玉叢部』 60)

污泥(오니)=더러운 진흙 ◇ 遐陬(하추)=서울에서 먼 곳에 있는 땅 ◇ 그지=끝이

통석(通釋)

더러운 진흙에서도 자연 그대로의 모습을 한 꽃이 연꽃 아니면 누가 있겠는가?

먼 시골에 네가 태어날 줄은 나는 진즉부터 몰랐노라.

지금에 너를 이별하고 가는 정이야 어찌 끝이 있겠느냐?

▬ 내가 통영으로부터 거제에 들어와 산천을 유람할 때 가향(可香)이란 기생이 있어 나이가 가히 이팔이 되었으니 비록 가무를 못하나 예쁜 얼굴과 빼어난 용모 말씨와 행동거지가 참으로 일시에 뛰어나게 아름다웠다. 어찌 이런 곳에 이와 같은 아름다운 여인이 있으리라 짐작이나 했겠는가? 내가 차마 버리지 못하고 10여 일을 머물다 작별하니 고인이 이른바 "꽃이 향기로우면 나비가 저절로 온다는 말이 아님을 믿겠다."

비연(飛燕)

즈못 불근 숫치 즘즛 숨어 뵈지 안네
장츳 츳즈리라 구지 헷쳐 드러가니
眞實노 그 숫치여늘 문득 것거 드럿노라. (『金玉叢部』62)

즈못=제법 ◇ 즘즛=일부러 ◇ 구지 헷쳐=굳이 헤치고 ◇ 드럿노라=들었노라.

통석(通釋)

제법 붉은 꽃이 일부러 숨어 보이지 않는구나.
앞으로 찾겠다 하고 굳이 헤치고 들어가니
진실로 그 꽃이거늘 문득 꺾어 들었노라.

진주(晉州) 기생 비연(飛燕)은 곱고 아름다운 태도로써 한 고을을 시끌시끌하게
했고 외촌 거부 성 진사의 사랑하는 바가 되어 부득이 서로 볼 수가 없다고들
했다. 내가 진주에 있을 때 그의 명성을 듣고 간인(間人)을 통하여 한 번 만났다.

설향(雪香)

一丈靑 扈三娘은 梁山泊의 頭領되야
祝家庄 큰 싸움의 大功을 일웟나니
至今의 네 武藝 神通ᄒ지라 어딕 功을 일우엇노 (『金玉叢部』72)

一丈靑(일장청) 扈三娘(호삼랑)=중국의 소설 『水滸志』(수호지)에 나오는 여자 두령 ◇
梁山泊(양산박)=『수호지』에 나오는 두령들이 활동 근거지 ◇ 祝家庄(축가장)=『수호지』에

나오는 지명 ◇ 神通(신통)ㅎ지라=신통하구나

통석(通釋)

일장청 호삼랑은 양산박의 두령이 되어

축가장 큰 싸움에 커다란 공을 세웠더니

지금 너의 무예가 신통하구나. 어디에 무슨 공을 세웠느냐?

▦ 연전에 호남의 길에 광주에 도착하여 김치안(金穉安)을 만나니 평수(萍水)의 기쁨을 말로 다 나타낼 수가 없는데 치안이 본주의 기생 설향(雪香)은 활 쏘는 재주에 정통해서 능히 백 보나 되는 곳의 과녁을 뚫어 매번 읍에서 활쏘기에 문득 일등을 차지한다고 이르더라. 그래서 만나보니 얼굴의 생김새가 뛰어나게 훌륭하고 행동거지가 의기가 당당하여 연연한 것이 대장부 같아 비록 호삼랑에게 대적하더라도 더 나을 것이 없을 것 같았다.

연화(蓮花)

꽃 갓튼 얼골이요 달 것튼 틔도로다

精神은 秋水여늘 性情은 春風이라

두어라 月態花容은 너을 본가 ㅎ노라. (『金玉叢部』 75)

精神(정신)은 秋水(추수)여늘=정신은 가을철의 물처럼 맑거늘 ◇ 性情(성정)은 春風(춘풍)이라=성정은 봄바람처럼 따뜻하고 부드럽더라 ◇ 月態花容(월태화용)=달 같은 맵시와 꽃 같은 얼굴

통석(通釋)

꽃과 같이 어여쁜 얼굴이요 달과 같은 맵시 있는 태도로다

정신은 가을철의 물처럼 맑거늘 성정은 봄바람처럼 부드럽다

두어라, 달 같은 맵시와 꽃 같은 얼굴은 너를 보았는가 한다.

___ 함양(咸陽) 기생 연화(蓮花)의 꽃 같은 얼굴과 달 같은 태도는 영남에 소문이 났다. 내가 남원에 있을 때 운봉의 아중(衙中)에서 서로 보았으나 가증스럽게도 운봉의 원님이 먼저 차지하였더라.

연연(娟娟)

玉質이 粹然ᄒ니 海西 名姬 네 아니냐

纖歌는 遏雲ᄒ고 舞袖는 騰空이라

허물며 玉手弄絃을 더욱 사랑 ᄒ노라. (『金玉叢部』78)

玉質(옥질)이 粹然(수연)ᄒ니=옥 같은 모습이 순수하니 ◇ 海西 名姬(해서명희)=황해도 지방의 이름난 기생 ◇ 纖歌(섬가)는 遏雲(알운)ᄒ고=가늘고 고운 노래는 흘러가는 구름을 멈추게 하는 듯하고 ◇ 舞袖(무수)는 騰空(등공)이라=춤추는 기생의 옷소매는 하늘로 날아오르는 듯하다 ◇ 玉手弄絃(옥수농현)=아름다운 손으로 거문고 줄을 희롱함

통석(通釋)

옥 같은 재질이 순수하니 황해도의 이름난 기생이 네가 아니겠느냐

가늘고 고은 노래는 흘러가는 구름을 멈추게 하는 듯하고 춤을 추는 옷소매는 하늘로 날아오르는 듯하다.

하물며 보드라운 손으로 거문고 줄을 희롱하니 더욱 사랑하노라.

___ 해주 기생 연연(娟娟)은 정축년(1877) 진연시(進宴時)에 서울에 올라와 벽강(碧江) 김군중(金君仲)과 더불어 여러 날 밤을 노래와 거문고의 만남을 가졌다.

도화(桃花)

桃花如桃花허고 桃花如桃花허니
桃花ㅣ 勝桃花며 桃花勝桃花아
두어라 人中桃花와 花中桃花ㅣ 싀워 무슴 허리요 (『金玉叢部』 84)

桃花如桃花(도화여도화)=도화가 복숭아꽃과 같음 ◇ 桃花(도화)ㅣ勝徒花(승도화)=복숭
아꽃이 도화보다 나음 ◇ 싀워=시새워. 시기하여

통석(通釋)
도화가 복숭아꽃과 같고 복숭아꽃이 도화와 같으니
복숭아꽃이 도화보다 낫고 도화가 봉숭아꽃보다 나으니
두어라 사람 가운데 도화와 꽃 가운데 복숭아꽃을 시새워 무엇하겠느냐?

▪ 해주(海州) 기생 도화(桃花)를 시제(詩題)로 함.

명옥(明玉)

바름은 안아닥친 드시 불고 구진 비는 담아 붓 드시 오는 날 밤에
님 차져 나선 양을 우슬 이도 잇건이와
비바름 안여 天地翻覆흐야든 이 길리야 아니 허고 엇지 하리오

(『金玉叢部』 98)

나선 양=나선 모습 ◇ 우술 이=웃을 사람 ◇ 안여=아니라 ◇ 길리야=길이야

통석(通釋)

바람은 끌어안은 듯이 불고 궂은비는 담아 쏟아붓듯이 오는 날 밤에

님을 찾아 나서는 모습을 웃을 사람들도 있겠지만

비바람이 아니라 천지가 뒤집힌다 하여도 님을 찾아 나선 이 길이야 아니

가고 어찌하겠느냐?

___ 남원(南原) 기생 명옥(明玉)은 음률에 밝고 자못 자색이 있었다. 내가 남원에
있을 때 날마다 서로 만났는데 하루는 밤에 비바람이 크게 불어 밖에 나가기도
어려웠으나 이미 만나기로 약속을 하였기에 기필코 나갔다.

월중선(月中仙)

　　淸晨에 몸을 일어 北斗에 비난 말이

　　제 속 늬 肝腸을 한 열흘만 밧괴시면

　　그제야 날 속이던 안을 알쓰리 밧게 하리라. (『金玉叢部』 111)

淸晨(청신)=새벽 ◇ 속=마음. 심정 ◇ 밧괴시면=바꿀 수가 있다면. 또는 바꾸었으면.

통석(通釋)

새벽에 일어나 북두칠성에게 비는 말이

제 마음과 나의 마음을 한 열흘 동안만 바꿀 수 있다면

그제야 나를 속이던 마음을 알뜰하게 느끼게 하겠다.

___ 병자년(1876) 겨울에 밀양(密陽) 기생 월중선(月中仙)이 내려간 뒤부터 생각이

없을 수 없다.

　　글려 사지 말고 찰아리 싀여져셔

　　閻王쎄 발괄하야 任을 마자 다려다가

　　死後ㅣ나 魂魄이 雙을 지여 그리던 恨을 플니라. (『金玉叢部』147)

　글려 사지 말고=그리워하며 살지 말고 ◇ 싀여져셔=죽어서 ◇ 발괄=억울한 사정을 글이나 말로 관청에 하소연함. '白活'(백활)이라 표기하고 '발괄'이라 읽음.

통석(通釋)

　그리워하며 살지를 말고 차라리 죽어져서

　염라대왕에게 소원을 빌어 님을 마저 데려다가

　죽은 다음에나 혼백이라도 짝을 이뤄 그리워하던 한을 풀겠다.

▦　밀양의 기생 월중선(月中仙)은 지난해에 서울에서 이름을 날리던 사람이다. 갑술년(1874) 봄에 다시 상경하여 병자년 겨울에 내려갔다. 이때에 이별하는 심정은 더욱 어려웠다.

양대운(陽臺雲)

　　心中에 無限 辭說 靑鳥 네계 부치너니

　　弱水 三千里를 네 能히 건너 갈다

　　가기사 가고저 허건이와 나릭 자가 근심일세. (『金玉叢部』114)

　靑鳥(청조)=파랑새, 또는 편지 ◇ 弱水 三千里(약수삼천리)=선경(仙境)에 있다고 하는 물. 아주 먼 곳을 뜻하는 말 ◇ 건너갈다=건너갈 수가 있겠느냐? ◇ 가기사 가고저 허건

이와=가고자 하면 갈 수 있거니와 ◇ 나릐 자가=날개가 작아

통석(通釋)

마음속에 쌓여 있는 많은 사연을 편지 너에게 부칠 터이니
약수 삼천 리와 같이 먼 곳을 네가 능히 건너갈 수가 있겠느냐?
가기야 가고자 하지만 날개가 작아 걱정일세.

▬ 전주(全州) 기생 양대운(陽臺雲)이 서울에 올라와 은거하고 있을 때 봉서(封書)
하나를 써서 사람을 시켜 보내오다.

능운(凌雲)

嗟嗟 凌雲이 기리 가니 秋城月色이 任者 업니
앗츰 구름 저녁 비에 生覺 겨워 어이힐고
問나니 淸歌妙舞를 뉘계 傳코 갓느니. (『金玉叢部』 116)

嗟嗟(차차)=아아! ◇ 凌雲(능운)이 기리 가니=능운이 죽으니. 능운은 기생 ◇ 秋城月色
(추성월색)=가을철 성곽을 비추는 달빛 ◇ 淸歌妙舞(청가묘무)=맑고 고운 노래와 뛰어난
춤 솜씨

통석(通釋)

아아! 능운이 죽었으니 가을철 성곽을 비추는 달빛도 임자가 없구나.
아침에 구름이 끼고 저녁에 내리는 비에 생각이 간절한 함을 어이할꼬
묻겠다, 맑고 고운 노래와 뛰어난 춤 솜씨를 누구에게 전승하고 갔느냐?

▬ 담양 기생 능운(凌雲)이 아주 가니 호남의 풍류는 여기서 끊어졌구나.

杜鵑의 목을 빌고 쇠소리 辭說 쑤어

空山月 萬樹陰의 지저귀며 우럿스면

가슴에 돌 갓치 미친 피를 푸러 볼가 하노라. (『金玉叢部』 148)

空山月 滿樹陰(공산월만수음)=겨울철의 텅 빈 산에 달이 뜨고 여름철 온갖 나무들의 우거진 그늘 ◇ 돌 갓치 미친 피=마음속에 단단하게 사무친 한

통석(通釋)

두견새의 목소리를 빌리고 꾀꼬리의 재잘대는 말을 꾸어

겨울철 텅 빈 산에 달이 뜨고 여름철 온갖 나무들이 우거진 그늘에 지저귀며 울 수가 있다면

가슴이 돌처럼 단단하게 맺힌 한을 풀어볼까 하노라.

담양(潭陽)의 기생 능운(凌雲)은 자가 경학(卿鶴)이다. 순창의 금화(錦花), 칠원의 경패(瓊貝), 진주의 화향(花香)과 더불어 이름을 날리었는데 유독 능운이 가무에 제일이었다. 나와 이 사람은 사귐이 매우 깊어 여러 해를 서로 따랐다. 시골로 돌아간 다음에 서로 생각하는 회포가 없지 않았다.

壁上(벽상)에 鳳 그리고 머믓거려 도라셜졔

압 길을 헤아리니 말머리에 구름이라

잇쌔에 가 업슨 나의 懷(회)포는 알니 업서 허노라. (『金玉叢部』 149)

말머리에 구름이라=떠나는 길이 순탄치가 않다

통석(通釋)

벽에다 봉황을 그리고 머뭇거리며 돌아설 때

앞길을 헤아리니 말머리 앞에 구름처럼 헤아리기 어렵구나.

이때에 끝없는 나의 회포를 알 사람이 없는가 하노라.

내가 호남에 갈 때 순천(順天)에 가는 길로부터 광주(光州)를 경유하여 능운의 집에 도착하니 능운은 장성(長城)의 김참봉의 청으로 어제 이미 떠났고 어미가 집에 있었다. 능운의 어미가 말하기를 "이제 장성에 사람을 보낸다면 내일 아침에 집에 돌아올 것이니 서로 만나보고 떠나는 것이 어떻겠는가?" 하였지만 그러나 나의 돌아갈 기약이 매우 바빠 잠시를 머뭇거릴 수가 없어 일정의 한스럽고 담담한 심회를 말로 표현하기가 어려움을 알리고 노래 한 수를 적어 능운의 어미에게 주고 돌아왔다.

송옥(松玉)

東墻에 갓치 우음 섭거이 더럿더니
뜻 아닌 千金書札 任의 얼골 씌여 왔늬
아셔라 肝腸 스는 거슬 보와 무삼 허리요. (『金玉叢部』 117)

東墻(동장)=동쪽 담장 ◇ 갓치 우움=까치 우는 소리 ◇ 섭거이 더럿더니=대수롭지 않게 들었더니 ◇ 씌여=보내, 띄워 ◇ 肝腸(간장) 스는 거슬=마음이 쓰이는 것을.

통석(通釋)
동쪽 담장에서 우는 까치 울음소리를 대수롭지 않게 들었더니
뜻밖에 천금 같은 편지가 님의 얼굴까지 가지고 왔네.
아서라, 마음이 쓰이는 것을 봐서 무엇하겠느냐.

진양(晉陽) 기생 송옥(松玉)은 내가 처음 진양에 이르렀을 때 친하게 지냈던 사람이다. 내가 병으로 누워 있을 때 그도 또한 병이 있어 부득이 와서 보지 못하고 편지로써 문병했다.

설중선(雪中仙)

꼿츤 곱다마는 香氣 어이 업선는고
爲花而不香하니 오든 나뷔 다 가거다
그 꼿츨 이름 하이되 不香花라 하노라. (『金玉叢部』 124)

爲花而不香(위화이불향)=꼿이 피었으나 향기가 없음 ◇ 이름 하이되=이름 하기를 ◇ 不香花(불향화)=향기가 없는 꼿

통석(通釋)

꽃은 곱다마는 향기는 어이해서 없는고
꽃이 피고서도 향기가 없으니 오던 나비가 다 날아가는구나.
그 꽃을 이름하기를 향기가 없는 꽃이라 하노라.

내가 전주(全州)에 갔을 때 부중 기생 설중선(雪中仙)이 남방에서 제일이라 듣고 가서 보니 과연 소문대로였다. 나이는 18세 정도이고 눈 같은 피부에 꽃 같은 얼굴로 아주 사랑할 만하였으나 가무는 전혀 무지하고 잡기(雜技)에 능하였다. 성질이 본래 사납고 표독하며 오로지 얼굴이 예쁜 것만 믿고 사람을 대하는 예의가 없고 다만 따르는 사람들이 창부들이라 하더라.

경패(瓊貝)

青春 豪華日에 離別곳 아니럿 듯
어늬덧 늬 머리의 서리를 뉘리치리
오날예 半나마 검운 털이 마츠 셰여 허노라. (『金玉叢部』 127)

서리를 뉘리치리=백발이 되었겠느냐 ◇ 마춤 셰여=마저 세려고

통석(通釋)

젊어 좋은 시절에 이별이 아니었다면

어느덧 내 머리가 백발이 되었겠느냐?

오늘날 반이나 남은 검은 머리카락이 마저 세려고 하는구나.

    내가 진주(晉州)에 있을 때 그곳의 물과 풍토가 맞지 않아 풍병(風病)이 들어서 의원들에게 널리 물어 여러 가지로 약을 썼으나 조금도 약효를 얻지 못하여 죽을 지경에 이르렀다. 한 의원이 와서 이 병은 매우 위중해서 만약 동래 온천에 가서 삼칠일 동안 목욕을 하지 않는다면 다시 회복될 수 없다고 말한 고로 즉시 동래로 향하였다. 창원에 도착하여 마산포에 머물렀는데 비록 병중이나 마산포에 살면서 가무를 잘하고 편시조(編時調)를 잘 부르는 최창학과 창원 기생 경패(瓊貝)가 가무를 잘 한다는 말을 듣고 창부의 귀신 같은 가악의 훌륭한 이름을 듣고자 했다. 사람을 시켜 최와 서로 만난 뒤에 가야금으로 신방곡을 청하여 듣고 다음에 편시조의 창을 들으니 과연 놀랄 정도로 오묘한 명금이요, 명창이었다. 대저 영남에 편시조 명창이 셋 있으니, 하나는 마산포 최치학이요, 하나는 양산 이광희요, 하나는 밀양 이희문이다. 경패가 지금 있는 곳이 어디냐고 묻자 지금 부중에 있다는 대답이었다. 이튿날 아침에 최와 더불어 부중에 들어가 경패의 집에 갔다. 집에 있다가 마중을 나오니 비록 사람을 놀라게 할 만한 색태는 없었다. 그러나 은연중에 무한한 취미와 언어 행동거지가 도무지 천연 그대로 순수했다. 내 비록 병중이나 이 사람을 한번 보고 마음이 움직이지 않으랴. 그러나 반신불수의 병객이 어찌 능히 의사가 생기겠는가? 다만 온천 목욕한 다음 귀로에 서로 만나기를 기약하고 최와 더불어 김해부에 도착하여 장사 문달주를 찾아 머무르고 이튿날 아침에 동래 온천에 도착했다. 이내 21일을 머물며 목욕하니 병에 차도가 있고 음식의 절제가 가능하여 행동거지가 전일과 같아 강장한 내가 되었으니 그 기쁨을 어찌 헤아리랴. 온천으로부터 유람의 여행을 시작하여 명산대천을 두루 답사하지 않은 곳이 없다. 다시 창원의 경패의 집에 도착하여 여러 날을 머물면서 지난날의 미진한 정을 풀고 같이 30리나 되는 칠원 송홍록의 집에 도착하니 맹렬도 집에 있다가 나를 보고 흔연했다. 4, 5일 질탕하게 놀고 이별하니

이때에 과연 이별이 어려운 줄을 알았다.

　　出自東門하니 綠楊이 千絲ㅣ라
　　絲絲 結心曲은 쇳고리 말솜이라
　　벅국시 깁푼 우룸예 이 슷난 듯하여라. (『金玉叢部』 135)

出自東門(출자동문)하니=동대문으로부터 성밖으로 나오니 ◇ 綠楊(녹양)이 千絲(천사)ㅣ라=푸른 버들이 가지마다 늘어졌다 ◇ 絲絲 結心曲(사사결심곡)=가지마다 간절하고 애틋한 마음이 맺힌 듯한 노래 ◇ 쇳고리 말솜이라=꾀꼬리의 말과 같구나

통석(通釋)

동대문으로부터 도성 밖으로 나오니 푸른 버들이 가지마다 늘어졌구나.

가지마다 늘어져 간절하고 애틋한 마음이 맺힌 듯한 노래는 마치 꾀꼬리의 노래 같구나.

뻐꾹새의 애절한 울음소리에 창자가 끊어지는 듯하구나.

내가 을해년(1875) 봄에 기회를 얻어 고향에 돌아오다 살곶이다리에 이르러 주점에 잠시 쉬었다. 먼저 온 휘장을 친 가마로부터 한 미인이 발을 걷으며 나와 눈물을 감추며 말하기를 "내가 이제 고향으로 돌아간다. 그대는 지금 어떠하시오" 이는 다른 사람이 아니다. 곧 진양의 기생 경패(瓊貝)였다. 그는 약방의 행수로서 운현궁에 출입할 때에 나와 친숙했었는데 이제 이곳에서 서로 만나니 기뻤다. 그러나 이별의 회포야 억제하기 힘들구나.

홍련(紅蓮)

　　그려 걸고 보니 丁寧헌지라만은
　　불너 對答 업고 손쳐 오지 아니ㅎ니

野俗다 造物의 猜忌허미여 魂을 아니 붓칠 줄이. (『金玉叢部』 128)

그려=그려서 ◇ 丁寧(정녕)헌지라만은=실제와 똑같다고 하지마는 ◇ 손쳐=손뼉을 쳐 ◇ 붓칠 줄이=붙일 까닭이

통석(通釋)

그려서 벽에 걸고 보니 실제와 똑같아 보이지만
불러도 대답이 없고 손뼉을 쳐도 오지 아니하니
야속하구나, 조물주의 시기함이여, 혼을 붙이지 아니할 까닭이.

─ 강릉(江陵) 기생 홍련(紅蓮)은 즉 여주(驪州) 양가집 딸이었다. 사람의 꾐에 따라 서울에 올라와 색태가 여러 사람들 가운데 뛰어나 기적(妓籍)에 잘못 들어가니 이는 다른 사람에게 속은 것이지 실은 그의 본의가 아니었다. 부역에서 풀려난 뒤에 나와 더불어 가까이하며 반드시 탈역(脫役)으로 만년을 보낼 뜻을 금석처럼 약속하고 잠시를 서로 버릴 수가 없었다. 조물이 많이 꺼려 마침내는 뜻과 같이 되지 않았다. 그러나 피차 골수에 맺힌 정은 어찌 하루라도 잠시를 잊겠는가? 그의 모습을 그려 벽에다 걸고 바라보다가 오래지 않아 태워버렸다.

月老의 불근 실을 한 발암만 어더늬여
鸞膠 굿센 플노 時運지게 부쳣스면
아무리 億萬年 風雲ㄴ들 써러질 줄 이시랴. (『金玉叢部』 139)

月老(월로)=월하노인(月下老人). 남녀 간에 혼인의 인연을 맺게 하여준다고 하는 신. 남녀 사이를 붉은 실로 이어준다고 함. ◇ 鸞膠(난교)=아교 ◇ 時運(시운)지게=형편에 맞게. 단단하게

통석(通釋)

월하노인의 붉은 실을 한 바람만 얻어서

아교처럼 단단한 풀로 형편에 알맞게 붙였으면
아무리 오래 계속되는 비바람인들 떨어질 까닭이 있겠느냐?

▨ 내가 강릉의 기생 홍련과 더불어 평생의 약속을 하여 이를 믿게 하고자 하였
으나 끝내 약속과 같이 하지 못하였음이 매우 한스럽다.

엇그제 離別ᄒ고 말 업시 안젓스니
알쓰리 못 견될 일 한두 가지 아니로다
입으로 닛자 하면서 肝腸 슬어 하노라. (『金玉叢部』146)

알쓰리=알뜰하게 ◇ 닛자=잊어버리자 ◇ 슬어=슬퍼.

통석(通釋)
엊그제 님과 이별하고 말없이 앉았으나
알뜰하게 견디지 못할 일이 한두 가지가 아니로구나.
말로는 잊자고 하면서도 마음속으로 슬퍼하노라.

▨ 나와 강릉 기생 홍련과 서로 헤어진 뒤.

이리 알쓰리 살쓰리 그리고 그려 病되다가 萬一에 어느 씨가 되던지
만나보면 그 엇더 할고
應當이 두 손길 뷔여 잡고 어안 벙벙 아모 말도 못하다가 두 눈예 물결
이 여릐여 방울방을 써러져 아로롱지리라 이 옷 압자랄예 일것세 만낫다
하고
丁寧에 이럴 줄 알낭이면 차라리 그려 病되넌이만 못 하여라. (『金玉
叢部』180)

물결이 어릐여=눈물이 어리여 ◇ 아로롱지리라=아롱질 것이다 ◇ 압자랄=앞자락 ◇ 일것

셰=모처럼 ◇ 알냥이면=알 것 같으면

통석(通釋)

이렇게 알뜰하고 살뜰하게 그리워하고 그리워하여 병이 되었다가 어느 때가 되든지 만나보게 되면 그 심정이 어떠할꼬

당연히 두 손길을 꼭 잡고 어안이 벙벙하여 아무 말도 못하다가 두 눈에 눈물이 어리여 방울방울 떨어져 아롱질 것이다. 이 옷 앞자락에, 모처럼 만났다 하고

정녕코 이렇게 될 줄을 알았다면 차라리 그리워하다가 병이 되는 것만 못할 것이다.

▨ 강릉의 기생 홍련을 생각하다.

송절(松節)

몰나 병 되더니 아라 쏘흔 病이로다
몰나 병 아라 병 되면 병에 얼의여 못 살니로다
아무리 華扁를 만는들 이 病이야 곳칠 둘이. (『金玉叢部』 131)

얼의여=얽혀 ◇ 살니로다=살 것이다 ◇ 華扁(화편)를=화타(華陀)와 편작(扁鵲)을=화타는 후한(後漢)의, 편작은 전국시대의 명의(名醫)였음.

통석(通釋)

몰라서 병이 되었더니 알아도 또한 병이로구나.
몰라서 병이 되고 알아도 또한 병이 된다면 병에 얽혀 못 살 것이다.

아무리 화타와 편작과 같은 명의를 만나들 이 병이야 고칠 까닭이.

━ 남원 기생 송절(松節)은 뛰어난 아름다움을 가졌다. 그러나 가무에는 어두웠으니 참으로 애석하다. 내가 남원에 있을 때 친숙해서 서로 따르며 잠시라도 잊기가 어려웠다.

해월(海月)

기럭이 놉피 쓴 뒤예 서리달이 萬里로다
네넷 짝 차즈랴구 이 밤의 나랏는야
져 건너 蘆花叢裏예 홀노 안져 우더라. (『金玉叢部』137)

서리달=가을 달. 상월(霜月) ◇ 네넷 짝=너의 짝 ◇ 蘆花叢裡(노화총리)=갈대꽃이 우거진 속

통석(通釋)

기러기가 높이 뜬 뒤에 가을 달이 멀리 보이는구나.
너의 짝을 찾으려고 이 밤에 날았느냐.
저 건너편 갈대꽃이 우거진 속에 홀로 앉아 우는구나.

━ 통영(統營)의 기생 해월(海月)은 자못 아름다운 빛이 있고 가무에 조금 통달했다. 내가 진양에 있을 때 통영에 들어가 해월과 서로 만나 여러 날을 서로 따랐는데 어느 하룻날 밤에 달은 밝고 바람이 맑아 바다의 빛이 지붕에 비쳤는데 문득 외로운 기러기 한 마리가 울면서 지나가더라.

명월(明月)

길럭이 풀풀 발셔 나라가스러니 고기난 어이 니적지 아니 오고
山 놉고 물 기닷더니 아마 물이 山도곤 더 기러 못 오나보다
至今예 魚雁도 쌔르지 못하니 그를 슬허 하노라. (『金玉叢部』 141)

발셔 나라가스러니=벌써 날아갔을 것이니 ◇ 니적지=이제까지 ◇ 기닷더니=길다고 하더
니 ◇ 山(산)도곤=산보다 ◇ 魚雁(어안)도=편지도.

통석(通釋)

기러기는 풀풀 이미 날아갔을 것이나 고기는 어째서 이제까지 오지 않는고
산이 높고 물이 길다고 하더니 아마도 물이 산보다 더 길어서 못 오는가
보다
지금에 편지를 보내도 더 빠르지 않을 것이니 그를 슬퍼하노라.

___ 내가 임인년(1842) 가을에 우진원과 호남의 순창에 내려가 주덕기를 데리고
운봉의 송흥록을 방문하니 이때 신만엽 김계철 송계학의 일대 명창들이 마침 집
에 있다가 나를 보고 기쁘게 맞이했다. 서로 머물며 계속하여 10여 일을 질탕하
게 보낸 후 남원으로 방향을 바꾸니 전주 기생 명월(明月)의 자가 농선(弄仙)인데
도백에게 죄를 짓고 남원에 귀양 와 있었다. 그의 자색의 뛰어나게 아름다움과
음률에 대한 대략의 이해와 행동과 모든 언어를 보니 갖추지 아니한 것이 없었
다. 인하여 서로 따르고 정의가 점차 밀접하여 시일이 지체되는 것을 깨닫지 못
하고 이별이 임박해서야 애석하고 슬픈 감회를 형언하기 어려웠다. 서울에 올라
온 뒤 그가 귀양에서 풀렸다는 소식을 듣고 고향으로 즉시 편지를 부쳤으나 답
서를 보지 못했다. 부침(浮沈)이 반드시 이른다는 것이 이러할 따름이다.

양대(陽臺)

알뜨리 그리다가 만나보니 우슴거다
그림것치 마주 안져 脉脉이 볼 섄이라
至今예 相看無語를 情일런가 ㅎ노라. (『金玉叢部』 150)

그리다가=그리워하다가 ◇ 우슴거다=우습구나 ◇ 脉脉(맥맥)이=계속해서 ◇ 相看無語(상간무어)=서로 바라볼 뿐 말이 없음

통석(通釋)

알뜰하게 그리워하다가 만나보니 우습구나.
그림같이 마주 앉아서 계속하여 바라볼 따름이다.
지금에 서로 바라다볼 뿐 말이 없는 것을 정이라고 하겠다.

▥ 정축년(1877) 봄에 내가 운현궁에 있을 때 사람이 찾아왔기에 나가서 만나보니 그 사람이 소매 속에서 봉한 편지 하나를 꺼내어 주거늘 뜯어보니 곧 전주 양대(梁臺)가 서울에서 보낸 글이다. 즉시 가서 서로 손을 잡으니 그 기쁨을 어찌 헤아릴 수가 있으랴. 그 기쁨을 믿을 수가 있겠는가? 참으로 할 말이 없었다.

월출(月出) · 초옥(楚玉)

담안에 불근 곳츤 버들 빗츨 싀워마라
버들곳 아니런들 花紅 너섄이어니와
네 겻테 多情타 이를 거슨 柳綠인가 하노라. (『金玉叢部』 154)

시워마라=시새워하지 마라 ◇ 버들곳=버들이 ◇ 花紅(화홍)=단순히 붉게 핀 ◇ 柳綠(유록)=푸른 버들

통석(通釋)

담 안에 붉고 예쁜 꽃은 버드나무가 푸르고 싱싱한 것을 시기하지 마라

버들이 아니라면 다만 붉은 꽃 너뿐일 것이니

네 곁에 다정하다고 말할 수 있는 것은 푸른 버들인가 하노라.

▨ 강릉 기생 월출(月出)과 진주 기생 초옥(楚玉)은 서울에 이름을 날렸는데 서로는 시기하는 흠이 있었다.

금향선(錦香仙)

가마귀 속 흰줄 모르고 것치 검다 뭐 무여하며

갈먹이 것 희다 스랑허고 속 검운줄 몰낫더니

이졔야 表裏黑白을 씨쳐슨져 허노라. (『金玉叢部』 157)

뭐 무여하며=아주 미워하며 ◇ 表裏黑白(표리흑백)=겉과 속이 다르고 흑과 백이 분명함 ◇ 씨쳐슨져=깨우쳤는가.

통석(通釋)

까마귀가 속이 흰 줄을 모르고 겉이 검다고 아주 미워하며

갈매기 겉이 희다고 좋아하고 속이 검을 줄 몰랐더니

이제야 겉과 속이 다르고 흑과 백이 분명함을 깨우쳤다고 하겠다.

▨ 내가 시골 오두막에 있을 때 이천(利川)의 오위장 이기풍이 퉁소로 신방곡을

잘하는 명창 김군식과 노래를 잘 부르는 아가씨를 보냈다. 그의 이름을 물으니 금향선(錦香仙)이라 하였다. 외양이 추악하여 상대하고 싶지 않았으나 당대의 풍류랑이 지명해서 보냈기에 업신여기기가 어려웠다. 즉시 모모(某某)의 여러 벗들을 청하여 산사(山寺)에 오르니 모든 사람들이 그 아가씨를 보고 얼굴을 가리고 비웃지만 이미 시작한 춤판이라 중지하기가 어려웠다. 차례가 되어 그 아가씨에게 시조를 청하니 얼굴을 단정히 하고 앉아 창오산(蒼梧山)이 무너지고 상수(湘水)가 끊어졌다는 구절을 노래하니 그 소리가 애원 처절하여 구름이 멈추고 티끌이 날리는 것 같음을 깨닫지 못하고 모든 사람들이 눈물을 흘리지 않는 사람이 없었다. 시조 삼장을 부르고 우계면 한 편을 계속해서 부르고 또 잡가를 부르니 모송(牟宋) 등 명창들의 조격보다 뛰어나게 묘함이 뒤지지 않으니 참으로 절세의 명인이라 이를 만하였다. 자리에서 눈을 씻고 다시 보니 조금 전 추악하여 무시했던 것이 이제는 예쁜 얼굴로 보여 비록 오월(吳越)의 미녀라 하더라도 이보다 지나칠 수는 없었다. 자리에 있는 소년들이 다 눈길을 주며 정을 보내고 나도 또한 춘정을 금하기 어려워 먼지 채를 쳤다. 대저 외모를 보고 사람을 취할 게 아니라는 것을 처음으로 깨달았을 따름이라 하겠다

혜란(蕙蘭)

이슬에 눌닌 곳과 발암에 부친 입피
春宵 玉階上의 香氣놋는 蕙蘭이라
밤즁만 月明庭畔의 너만 사랑 하노라. (『金玉叢部』 161)

이슬에 눌닌=이슬 때문에 수그러진 ◇ 발암에 부친 입피=바람에 흔들리는 잎이 ◇ 春宵(춘소)=봄철의 밤 ◇ 香氣(향기) 놋는=향기를 풍기는 ◇ 月明庭畔(월명정반)=달빛이 밝게 비추는 뜰

통석(通釋)

이슬에 고개 숙인 꽃과 바람에 흔들리는 잎이

봄철 밤에 뜰의 계단 위에 향기를 품어내는 혜란이구나.

밤중에 달이 밝게 비추는 뜰에 너만을 사랑하노라.

━ 담양의 기생 혜란(蕙蘭)을 찬양함.

• **安玟英**(안민영, 1816~?)

자 성무(聖武), 형보(荊甫). 호 주옹(周翁), 구포동인(口圃東人). 시조 작가. 박효관(朴孝寬)에게서 기악을 배웠고, 대원군을 배종한 이래 대원군과 그의 장자(長子) 이재면(李載冕)의 지우(知遇)와 김윤석(金允錫)을 비롯한 많은 친우, 전국 각처의 기생들과 어울려 풍류를 즐기며 생활했다.

맹렬(孟烈＝斷腸曲)

맹렬아 잘 가거라

맹렬아 맹렬아 맹렬아 맹렬아

맹렬아 맹렬아 잘 가거라

네가 가면 정마저 가져가지

몸은 가고 정만 남으니

쓸쓸한 빈 방안에 외로이 애를 태우니

병 안 될소냐 맹열아 잘 가거라.

• **宋興祿**(송흥록, 1800?~1864?)

명창. 창극의 중시조로 모든 가조(歌調)를 집대성했으며, 진양조를 연마하여 완성하였다.

논개 · 계월향(論介 · 桂月香＝花寨秘訣)

論介는 우리 祖上 桂月香은 우리 先生
殺身成仁 그 忠節은 千萬年에 빗나도다
우리도 뎌를 模範ㅎ야 視死如歸 (『大韓每日申報』 제969호)

論介(논개)=임진왜란에 적장을 끌어안고 촉석루 아래 강물로 뛰어든 기생 ◇ 桂月香(계월향)=임진왜란 때 평양에 주둔하고 있던 왜장을 죽이는 데 절대적인 공헌을 한 기생 ◇ 視死如歸(시사여귀)=그들의 의로운 죽음을 본받아 옳게 살아갈 것을.

통석(通釋)

논개는 우리의 조상 계월향은 우리의 선생
살신성인의 그 충절은 오랜 세월이 흘러도 빛나는구나.
우리도 저들을 모범삼아 의로운 죽음을 본받아 옳게 살아갈 것을.

• 作者未詳(작자미상, 한말)

제2부

—

한시(漢詩)

늦게 만난 것이 한스럽네

惜昔正當三五時(석석정당삼오시)　　金釵兩鬢綠雲垂(금채양빈녹운수)
自憐憔悴容華減(자련초췌용화감)　　來作紅蓮幕裏兒(내작홍련막리아)

『櫟翁稗說』

애달프다, 지난 열다섯 살 시절
금비녀 꽂고 두 볼엔 윤이 흘렀지.
이젠 초췌해서 아름다움 줄어든 것 가련해
와서 장막 안의 시녀 노릇하네. ─李在崑 역

▥ 풍주(豊州)에 명기가 있었는데, 서경의 존문사가 서경부의 기적에 올리고 늦게 만난 것을 한스럽게 생각했다. 이의가 시를 지어 기생에게 노래하게 한 시이다.

• **李顗**(이의, 고려 고종)
　문신. 동번(東蕃)이 난을 일으켰을 때 공을 세워 후에 재상이 되었다. 시문에도 뛰어났다.

뻐꾸기 소리를 듣고

聞教坊妓唱布穀歌有感(문교방기창포곡가유감)
佳人猶唱舊歌詞(가인유창구가사)　　布穀飛來櫪樹稀(포고비래역수희)
還似霓裳羽衣曲(환사예상우의곡)　　開元遺老淚霑衣(개원유로누점의)

『增補海東詩選』

布穀(포곡)=뻐꾸기의 다른 이름 ◇ 櫟樹(역수)=상수리나무. 역수(櫟樹)와 같은 말 ◇ 霓裳羽衣曲(예상우의곡)=당나라 악곡명(樂曲名). 선인(仙人)을 노래한 무곡(舞曲) ◇ 開元(개원)=개국(開國)과 같은 말

가인이 아직도 옛 가사를 노래하니
뻐꾸기 날아오지만 상수리나무 드무네
마치 예상우의곡 같아
개원의 유로 눈물로 옷깃 적시네. —李在崑 역

• 金富軾(김부식, 1075~1151)
자 입지(立之). 호 뇌천(雷川). 문신. 학자. 묘청의 난을 평정하였고, 『삼국사기』를 지었다. 정지상(鄭知常)과 시문의 우열을 다투는 일화가 전해진다.

그대를 보내며

送別(송별)

雨歇長堤草色多(우헐장제초색다)	送君南浦動悲歌(송군남포동비가)
大同江水何時盡(대동강수하시진)	別淚年年添綠波(별루연년첨록파)

비 그친 둑엔 풀빛이 싱그럽고
그대를 보내는 남쪽 포구에 슬픈 노래 부르네
대동강 물은 언제나 마를꼬
이별의 눈물이 해마다 보태네. —黃忠基 역

西都(서도)

紫陌春風細雨過(자맥춘풍세우과)　　輕塵不動柳絲斜(경진부동유사사)
綠窓朱戶笙歌咽(녹창주호생가열)　　盡是梨園弟子家(진시이원제자가)

(『歷代韓國愛情漢詩選』)

紫陌(자맥)=도성(都城)의 길 ◇ 梨園弟子(이원제자)=연극배우. 여기서는 기생들을 가리킴

화사한 거리 봄바람에 가랑비 지나가니
먼지 하나 일지 않고 버들가지 빗겨 있네.
푸른 창, 주홍 문에 피리 섞인 노랫가락
목멘 듯 들려오나니 집집이 기생방일세. ─韓喆熙 역

• 鄭知常(정지상, ?~1135)

　초명 지원(之元). 호 남호(南湖). 시인. 문신. 묘청의 난 때에 김부식에게 참살당했다. 시에 뛰어나 고려 12시인 중의 한 사람으로 꼽혔다.

천관녀

天官寺(천관사)

寺號天官昔有緣(사호천관석유연)　　忽聞經始一悽然(홀문경시일처연)
多情公子遊花下(다정공자유화하)　　含怨佳人泣馬前(함원가인읍마전)
紅鬣有情還識路(홍렵유정환식로)　　蒼頭何罪謾加鞭(창두하죄만가편)
惟餘一曲歌詞妙(유여일곡가사묘)　　蟾兎同居萬古傳(섬토동거만고전)

(『歷代韓國愛情漢詩選』)

紅鬣(홍렵)=붉은 말갈기. 말 ◇ 蒼頭(창두)=하인 ◇ 蟾兎(섬토)=달의 딴 이름. 달 속에 두꺼비와 옥토끼가 산다는 전설에서 유래한 말

> 천관이란 절 이름 유래가 있더니
> 중수한다는 말 들으니 마음 느껍네.
> 다정한 공자님은 꽃 아래 노닐었고
> 시름 띤 고운 여인은 말 앞에 울었더니라.
> 말조차 정이 있어 길을 알았건만
> 종놈은 무슨 죄라 채찍을 더했던고
> 남은 것은 오직 어여쁜 노래 한 곡
> 달 속에 두꺼비, 옥토끼 함께 살 듯 만고에 전하누나. ─韓喆熙 역

___ 경주 관기(官記)로 부임하여 천관사(天官寺)를 중수함에 즈음하여 감회가 깊어 지은 시이다.

• 李公升(이공승, 1099~1183)
  자 달부(達夫). 본관은 청주. 문신. 나중에 참정지사로 치사(致仕)했다. 1173년 이의방(李義方)이 문신들을 학살할 때 문생 문극겸(文克謙)의 도움으로 죽음을 면했다. 시호는 문정(文貞).

밀주 원님에게

戲贈密州倅(희증밀주쉬)

紅粧待晩帖金鈿(홍장대만첩금전)	爲被催呼上綺筵(위피최호상기연)
不怕長官嚴號令(불파장관엄호령)	謾嗔行客惡因緣(만진행객악인연)

乘樓未作吹簫伴(승루미작취소반)　　奔月還爲竊藥仙(분월환위절약선)
寄語靑雲賢學士(기어청운현학사)　　仁心不用示蒲鞭(인심불용시포편)

(東人詩話)

奔月(분월)=예(羿)의 처가 불사약을 훔쳐 달나라로 달아났다는 고사 ◇ 蒲鞭(포편)=부들 채찍. 또는 부들 채찍으로 매질하는 일

붉게 단장하고 밤을 기다려 금비녀 꽂는데
비단 자리에 오르라고 재촉하는 부름을 받게 되었네.
장관의 엄한 호령 겁내지 않고
부질없이 길손의 나쁜 인연을 노여워하네.
누에 올라 퉁소 부는 짝이 되지 못하고
달로 달아나서 도로 약 훔친 신선이 되려네.
청운의 어진 학사에게 말을 붙였지만
어진 마음에는 부들 회초리 보여도 소용없네. —張鴻在 역

___ 성산(星山)에 이르러 잠시 놀고 있을 때, 원이 이름난 기생을 보내어 잠자리를 같이하라고 했다. 밤이 되어 도망쳐버리고 이튿날 아침 자리에 가보았더니 임춘의 시가 있었다.

• 林椿(임춘, 고려 의종)
　자 기지(耆之). 이인로(李仁老), 오세재(吳世才)와 더불어 강좌칠현(江左七賢)의 한 사람으로 시와 술로 세상을 보냈다. 한문과 당시(唐詩)에 뛰어났으며 이인로가 엮은 『서하선생집(西河先生集)』이 전한다.

연자루에서

鸞子樓(연자루)

霜月凄凉鸞子樓(상월처량연자루)　　郞官一去夢悠悠(낭관일거몽유유)
當時座客休嫌老(당시좌객휴혐로)　　樓上佳人亦白頭(누상가인역백두)

(『歷代韓國愛情漢詩選』)

달 아래 연자루 서리 내려 처량한데
낭관이 한번 간 뒤 꿈길만 아득했네.
당시의 좌객들 늙었다 한탄 마오
꽃 같던 미인도 지금 역시 백발인걸. ─韓詰熙 역

손억(孫億)이 순천부사(順天府使)로 있을 때 기생 호호(好好)와 연자루에서 놀았
다. 후에 만기가 되어 헤어졌다가 다시 순천부사로 왔을 때 호호는 백발이 되었
다. 통판(通判)으로 있던 장일이 이 정상을 지은 시이다.

• 張鎰(장일, 1207~1276)
　초명(初名) 민(敏). 자 이지(弛之). 명신. 삼별초(三別抄)가 난을 일으켜 진도(珍島)
에 입거(入據)하자 대장군으로서 경상도 수로방어사가 되어 진압했고, 후에 충렬
왕이 즉위하자 지첨의부사 보문서대학사 수국사로 치사했다.

그가 원망스러워

百花叢裡淡丰容(백화총리담봉용)　　忽被狂風減却紅(홀피광풍감각홍)

獺髓未能醫玉頰(달수미능의옥협)　　五陵公子恨無窮(오릉공자한무궁)

（『破閑集』）

丰容(봉용)=예쁘장한 얼굴 ◇ 獺髓(달수)=수달의 골수 ◇ 五陵公子(오릉공자)=중국 오릉 부근의 번화한 지방의 자제들

온갖 꽃떨기 속에 어여쁜 네 얼굴이
갑자기 모진 바람에 시들어졌네.
수달의 뼛속 기름도 옥 같은 얼굴을 고칠 수 없으니
귀한 집 자제들의 한이 무궁하구나. —韓喆熙 역

남쪽 어느 고을에 관기(官妓)로 재색이 뛰어난 기생이 있어, 어떤 군수가 그녀에게 대단히 사랑을 두었더니, 임기가 만료되어 돌아가려 할 때, 홀연히 옆에 있는 사람에게 말하기를 "만약 내가 고을을 떠나 두어 발자국만 가면 곧 다른 사람의 소유가 될 것이다." 하고 즉시 촛불로 그녀의 얼굴을 지져 성한 데가 없게 하였다. 그 뒤에 정습명이 안렴사로 왔다가 그 기생을 보고 슬퍼하여, 한 폭의 비단을 꺼내어 이 시를 적어주었다고 한다.

• 鄭襲明(정습명, ?~1151)

호는 형양(滎陽). 문신. 의종(毅宗) 때 한림학사를 거쳐 추밀원 지주사를 지냈다. 선왕의 유명을 받들어 의종에게 거침없이 간함으로써 왕의 미움을 샀고, 또 폐신(嬖臣) 김존중과 정함의 무고가 있자 왕의 마음을 알아차리고 병이 들어 독약을 먹고 죽었다. 문명(文名)이 있었다.

백련에게

寄白蓮(기백련)

寄語北飛雲一片(기어북비운일편)　　汝應行過太華峰(여응행과태화봉)

峰頭若見玉井蓮(봉두약견옥정련)　　說我相思憔悴容(설아상사초췌용)

(『補閒集』)

太華峰(태화봉)=당나라 한유(韓愈)의 시에 나오는 "太華峰頭玉井蓮"(태화봉두옥정련)이
란 구절에서 기생의 이름이 백련이기에 인용한 것임.

　　북으로 나는 구름 한 조각에게 말 한마디 부치노니

　　너는 응당 가다가 태화봉을 지날 것이니

　　봉머리에 네 만일 옥정련을 보거들랑

　　상사병으로 파리한 내 모습을 전해다오 ―韓喆熙 역

贈白蓮(증백련)

城南城北碧重重(성남성북벽중중)　　疑是巫山十二峰(의시무산십이봉)

白髮未成雲雨夢(백발미성운우몽)　　玉顏都不損春容(옥안도불손춘용)

(『補閒集』)

巫山十二峰(무산십이봉)=중국 사천성 무산현에 있는 산으로 봉우리가 열둘임 ◇ 雲雨
夢(운우몽)=남녀 간의 정사(情事)를 일컫는 말

　　남북으로 푸른 산이 겹겹이 둘렸으니

　　여기가 선녀 있는 무산 십이 봉인가.

　　백발이라 너와 즐길 꿈은 못 이룬다마는

네 고운 얼굴은 그대로 젊어 있구나. ─韓詰熙 역

━━ 인주(麟州, 의주(義州)에 있던 지명)에서 백련이라는 기생을 만나 사랑했다가
후에 이별하고 주었던 시와 후에 기생이 시를 지어 올리자 다시 지어준 시이다.

• 金仁鏡(김인경, ?~1235)

초명은 양경(良鏡). 문신. 벼슬이 중서시랑평장사에 이르렀고, 시에 능하고 예
서에 뛰어났다.

백련을 그리며

戱龍灣使君慕妓白蓮(희용만사군모기백련)

風暖鶯嬌客路邊(풍난앵교객로변)　　千紅百紫競爭妍(천홍백자경쟁연)
使君却厭春光鬧(사군각염춘광료)　　獨向秋塘賞白蓮(독향추당상백련)

『補閒集』

나그네 가는 길 바람은 따슷, 꾀꼬리도 아리따온데
울긋불긋 온갖 꽃이 고움을 다투네만
사신은 도리어 들레는 봄빛이 싫어져서
홀로 가을 연못가에 흰 연꽃을 구경하고 있네. ─韓詰熙 역

━━ 김인경이 기생 백련을 사랑한 것에 대해 희롱하여 지은 시이다.

• 李仁老(이인로, 1152~1220)

자 미수(眉叟). 호 쌍명재(雙明齋). 시와 술을 즐겨 중국의 강좌칠현(江左七賢)을

본받아 해좌칠현(海左七賢)을 자처했다. 고려의 대표적 문인으로 문장에 뛰어났고 글씨에도 능해 초서와 예서에 특출했다.

어린 기생에게

飮席示小妓(음석시소기)

十五女兒顏稍姸(십오여아안초연)   呼之使前苦不睞(호지사전고불래)

白首衰翁何所爲(백수쇠옹하소위)   不須多作嬌羞態(불수다작교수태)

『朝鮮解語花史』

열다섯 살 여아의 얼굴 활짝 피어가는데
불러서 앞으로 오게 하지만 곁눈질하지 아니하네.
백발의 쇠약한 늙은이를 무엇에 쓰랴
수줍어해서 교태 부릴 것 없네. ─李在崑 역

放柳枝以憶舊妓代之(방유지이억구기대지)

少年携妓夢魂中(소년휴기몽혼중)   已是蕭然白首擁(이시소연백수옹)

紅頰翠娥何處散(홍협취아하처산)   落花飄蕩摠隨風(낙화표탕총수풍)

『朝鮮解語花史』

紅頰(홍협)=붉은 뺨 ◇ 翠娥(취아)=푸른 눈썹. 미인의 눈썹

소년 시절에는 꿈속에서도 기생을 데리고 놀았는데
벌써 쓸쓸한 백발의 늙은이 되었네.

미인들은 모두 어디로 흩어졌나.

꽃이거니 바람 따라 갔을 테지. —李在崑 역

坐客李學士百全 李亞卿宗冑 卽席醉贈名妓御留歡
(좌객이학사백전 이아경종주 즉석취증명기어류환)

豈唯吾輩鬚成斑(기유오배빈성반)　　　紅粉年來換舊顔(홍분연래환구안)

到處逢渠猶綠髮(도처봉거유녹발)　　　長春應爲御留歡(장춘응위어류환)

(『朝鮮解語花史』)

亞卿(아경)=경 다음의 벼슬로 종2품에 해당함 ◇ 紅粉(홍분)=연지와 분. 달리 미인을
뜻함 ◇ 綠髮(녹발)=윤이 나고 아름다운 검은 머리

어찌 우리만이 살짝 반백이 되었단 말인가

홍분도 연래로 옛 얼굴 고쳤네.

도처에서 그들을 만나면 아직도 검은 머리

긴 봄은 그들을 머물게 하여 즐김에 있네. —李在崑 역

次韻李學士百全 和贈御留歡詩(차운이학사백전 화증어류환)
二首

其一

眩眼華筵錦繡斑(현안화연금수반)　　　倡兒擁坐鬪紅顔(창아옹좌투홍안)

門生叢裏吾宜樂(문생총리오의락)　　　不意賢侯許一歡(불의현후허일환)

倡兒(창아)=기생.

눈부신 화려한 잔치 자리에 비단 펼쳐져 있는데

기생들 둘러앉아 미모를 다투네.
문생들 총중에서 내 마땅히 즐기리.
뜻하지 않게도 그대가 내게 한번 즐기기를 허락했네.

其二
青樓風味頗窺斑(청루풍미파규반)　　老去無心翫玉顏(노거무심완옥안)
猶有些些餘習在(유유사사여습재)　　一花花畔寄淸歡(일화화반기청환)

(『朝鮮解語花史』)

靑樓(청루)=유녀(遊女)가 있는 곳 ◇ 些些(사사)=하잘것없이 작거나 적음

청루의 풍미가 그럴 듯해서
늙어가는 몸이 무심코 미모를 구경했네.
아직도 옛날의 습관 조금은 남아 있어
꽃마다 찾아다니며 즐기네. ―李在崑 역

贈敎坊妓花羞(증교방기화수)

玉顏嬌媚百花羞(옥안교미백화수)　　第一風流飮量優(제일풍류음량우)
笑待詩人情最密(소대시인정최밀)　　麤狂如我亦同遊(추광여아역동유)

敎坊(교방)=고려 때 기생을 가르치던 곳 ◇ 麤狂(추광)=난폭하게 미침

아리따운 모습, 교태에 백화가 빛을 잃어
제일 풍류는 주량(酒量)이 남보다 뛰어난 것일세.
웃으며 시인 대해 정이 자못 친밀하니
나 같은 미친 사람과도 함께 노니네. ―李在崑 역

花羞以飮量之勺, 頗不悅, 復以一絶贈之(화수이음량지작
파불열 부이일전증지)

愛酒神仙事(애주신선사)　　西施醉亦多(서시취역다)
欲添渠態度(욕첨거태도)　　欹倒似風花(의도사풍화)

『朝鮮解語花史』

술을 사랑하는 것은 신선의 일
서시도 취할 때가 많았는데
취태(醉態)를 더하려고
몸이 비실비실 마치 바람에 흔들리는 꽃 같네. ─李在崑 역

座客李諫議和親字歌(좌객이간의화친자가)

紫井坊中狂使酒(자정방중광사주)　　紅娘巷裏醉尋春(홍랑항리취심춘)

『朝鮮解語花史』

자정방 안에서 미친 듯이 술 마시고
홍랑항 속에서 술 취하여 봄을 찾네. ─李在崑 역

━ 내가 지난 날 군과 함께 술에 취하여 한 기생을 찾았는데 그 기생 이름에
'홍(紅)' 자가 있었다. 그리고 또 옛날에 홍낭(紅娘)이 있었다.

隣妓家火(인기가화)

連天赫焰劇霞丹(연천혁염극하단)　　暗聽烟中哭翠鬟(암청연중곡취환)
回祿無情何太甚(회록무정하태심)　　粧臺舞館摠燒殘(장대무관총소잔)

『朝鮮解語花史』

翠鬟(취환)=미인의 머리의 형용 ◇ 回祿(회록)=화재. 불의 신(神)

하늘 닿을 듯한 무서운 불길 몹시도 붉어
연기 속에서 미인의 울부짖는 소리 들리어오네.
불귀신의 무정함이 어찌 이다지도 심한가.
화장하던 대, 춤추던 집 모두 타버렸네. ─李在崑 역

又戲作(우희작)

火能殘妓家(화능잔기가)　　胡乃無人求(호내무인구)
我若少年時(아약소년시)　　焦頭猶不懼(초두유불구)

（『朝鮮解語花史』）

焦頭(초두)=초두난액(焦頭爛額)과 같은 말. 머리를 태우고 이마를 데어가며 불을 끔

불이 기생집을 다 태웠는데도
어찌 구하는 사람이 없었단 말인가
내가 만약 소년 시절이라면
머리를 태워도 두려워하지 않았을 것을. ─李在崑 역

戲贈妓(희증기)

書生於色眞膏盲(서생어색진고맹)　　每一見之目頻役(매일견지목빈역)
今因身老佯不看(금인신로양불간)　　非是風情減平昔(비시풍정감평석)
一盃醺醉情復生(일배훈취정부생)　　無復慙羞呼促席(무부참수호촉석)
汝應憎我老醜顔(여응증아노추안)　　我亦知渠匪金石(아역지거비금석)

（『朝鮮解語花史』）

서생에겐 여색이란 고질일세.
한 번 만날 때마다 눈길이 자주 쏠리네.
이제는 몸이 늙었기에 보고도 못 본 체
풍정이 지난날보다 줄어든 건 아닐세.
한잔 술에 거나해지면 정염이 다시 일어나
부끄럼 없이 가까이 오라고 재촉하네.
너는 응당 내 늙고 추한 얼굴을 미워하리라.
나도 네 마음이 금석이 아님을 아네. ─李在崐 역

妓至又和(기지우화)

書生舊習眼猶寒(서생구습안유한)　　未慣繁華爛漫間(미관번화난만간)
解語花來方始笑(해어화래방시소)　　不須黃菊鬪名般(불수황국투명반)

　　　　　　　　　　　　　　　　　　　　(『朝鮮解語花史』)

解語花(해어화)=말하는 꽃이란 뜻으로, 미인을 일컫는 말. 당 현종이 양귀비를 이렇게
부른 데서 유래함

글하는 선비 구습으로 눈은 차가워
화려하고 번화한 관습 몰랐는데
해어화 보고 비로소 웃으니
잠시 동안 국화와 이름을 겨루지 않네. ─李在崐 역

聞官妓彈琵琶(문관기탄비파)

切於溢浦船中聽(절어분포선중청)　　哀却王孫馬上彈(애각왕손마상탄)
始信絃中眞有舌(시신현중진유설)　　聲聲似訴別離離(성성사소별리리)

　　　　　　　　　　　　　　　　　　　　(『朝鮮解語花史』)

붕모의 배 안에서 귀 귀울여 들어
애처롭긴 왕손의 비파 소리 같네
비로소 줄 속에 참으로 혀가 있음을 알아
소리마다 이별의 어려움을 호소하는 것 같네. — 李在崑 역

入尙州寓東方寺 朴君文老 崔金兩秀才 携妓酒來訪
口占一首(입상주우동방사 박군문로 최김양수재
휴기주내방 구점일수)

感君携酒訪靑山(감군휴주방청산)　　無限襟懷目擊間(무한금회목격간)
尙有狂心餘舊習(상유광심여구습)　　屢臺雙眼注紅顔(누대쌍안주홍안)

口占(구점)=즉석에서 시를 지음

그대들이 술을 가지고 청산 찾아왔음을 감격해
눈앞의 광경에 감회가 끝없네.
아직도 미친 마음에 구습이 남아 있어
자주 두 눈을 들어 미인을 보네. — 李在崑 역

書記使名妓第一紅 奉簡乞詩 走筆贈之(서기사명기제일홍
봉간걸시 주필증지)

雲作雙鬟月作眉(운작쌍환월작미)　　白頭相見更何時(백두상견갱하시)
十年不作湖州守(십년부작호주수)　　長笑多情杜牧之(장소다정두목지)
男兒心作女兒心(남아심작여아심)　　臨別殷勤涙灑襟(임별은근누쇄금)
旅橐蕭然無長物(여탁소연무장물)　　投詩一首當千金(투시일수당천금)

『朝鮮解語花史』

杜牧之(두목지)=만당(晚唐)의 시인 두목(杜牧). 목지는 자 ◇ 長物(장물)=쓸 만한 물건

구름으로 두 쪽을 삼고 달로 눈썹을 삼아
백발로 서로 만나는 것이 다시 어느 때인가
십 년 동안 지방관 노릇을 하지 않아
언제나 웃음을 머금어 다정한 두목지일세
남아의 마음을 여아의 마음으로 만들어
이별에 임하여 은근히 눈물 뿌리네
나그네 주머니 쓸쓸하여 줄 만한 물건 없어
시 한 수를 지어주며 천금을 당하네. ―李在崑 역

老妓(노기)

紅顔換作落花枝(홍안환작낙화지)　　誰見嬌嬈十五時(수견교요십오시)
歌舞餘姸猶似舊(가무여연유사구)　　可憐才技未全衰(가련재기미전쇠)

(『朝鮮解語花史』)

嬌嬈(교요)=아름다움

홍안이 꽃 떨어진 가지로 변해
누가 열다섯 살 나이의 어여쁨을 알랴
노래와 춤은 아직도 여전하니
애처롭다, 재주가 아직도 쇠하지 않았네. ―李在崑 역

友人家飮席贈妓(우인가음석증기)

久作孤臣心已灰(구작고신심이회)　　忽達名妓眼方開(홀달명기안방개)
桃花鬂鬂曾相識(도화방불증상식)　　不是劉郞去後栽(불시유랑거후재)

(『朝鮮解語花史』)

髣髴(방불)=매우 비슷한 모양.

오래도록 외로운 신하되어 마음이 재처럼 식었는데
문득 명기 만나니 눈이 비로소 열리네
도화가 일찍이 알았던 것만 같아
유랑이 떠나간 뒤에 심은 것이 아닐세. ―李在崑 역

國色詩名世盡知(국색시명세진지)　　無由會面浪相思(무유회면낭상사)
一言堪喜還堪恨(일언감희환감한)　　誤把文章當奕棋(오파문장당혁기)

(『朝鮮解語花史』)

奕棋(혁기)=바둑

뛰어난 미녀 시 잘 써 세상이 다 아는데
까닭 없이 만나도 서로의 생각 물결치는 것을
한마디 말에도 기쁨을 이끌고 돌아갈 땐 한스러움을 견디니
글월 짓지 말고 바둑이나 둘 것을. ―李在崑 역

＿ 서경(西京) 기생 진주(眞珠)에게 준 시이다.

• 李奎報(이규보, 1168~1241)

자 춘경(春卿). 호 백운거사(白雲居士). 걸출한 시호(詩豪)로서 호탕 활달한 시풍
으로 당대를 풍미했으며, 특히 벼슬에 임명될 때마다 그 감상을 읊은 즉흥시로
유명했다.

소연향과 이별하며

別江陵妓小蓮香(별강릉기소연향)

到老方知離別難(도노방지이별난)　　忍看雙淚濕紅顏(인간쌍루습홍안)
白沙汀畔斜陽路(백사정반사양로)　　琴與人歸我獨還(금여인귀아독환)

(『東人詩話』)

늙어서야 이별의 아픔 이제 알았네,
고운 이의 얼굴에 두 줄기 눈물
하얀 모래 물가의 해 저문 길에
거문고, 사람, 다 가고 나만 홀로 돌아오네. ─韓喆熙 역

━━ 강원감사로 있다가 만기가 되어 돌아올 때 강릉 기생 소연향과 이별하면서
지은 시이다. 『취성유고(鷲城遺稿)』에는 제목이 「수강릉시시별소연화기(守江陵時別
小蓮花妓)」로 되어 있다.

• 辛蕆(신천, ?~1339)
　호 덕재(德齋). 문신. 안향(安珦)의 문인으로 스승을 문묘에 종사케 했다.

벽옥을 그리며

九十浦口潮欲生(구십포구조욕생)　　碧松紅樹去年程(벽송홍수거년정)
如今謾擁旌旗過(여금만옹정기과)　　樓上無人望此行(누상무인망차행)

(『東人詩話』)

구십이나 되는 포구에는 조수가 일어나려는데
벽송 홍수도 지난해에 본 대로구나
지금 기를 들고 느릿느릿 지나가도
누각 위에는 사람이 없으니 이 행차를 보겠느냐? — 張鴻在 역

___ 승평군(昇平郡)에서 놀다가 기생 벽옥(碧玉)과 정이 들었다. 감사가 되었을 때
벽옥이 이미 죽고 없자, 애도하는 뜻에서 지은 시이다.

• 朴忠佐(박충좌, 1287~1349)
   자 자화(子華). 호 치암(恥菴). 문신. 폐신(嬖臣) 박연(朴連)의 비행을 막다가 도리
어 무고를 당해 해도(海島)로 유배되고, 뒤에 풀려나 지평에 임명되었으나 병을
빙자하고 취임하지 않았다.

옛날의 소리 그대로

七寶房中歌舞時(칠보방중가무시)　　那知白髮老荒陲(나지백발노황수)
無金可買長門賦(무금가매장문부)　　有夢空傳錦字詩(유몽공전금자시)
珠淚幾沾吳練袖(주루기첨오련수)　　熏香猶濕越羅衣(훈향유습월나의)
夜深窓月絃聲苦(야심창월현성고)　　只恨平生無子期(지한평생무자기)

(『朝鮮解語花史』)

   長門賦(장문부)=전한(前漢)의 무제(武帝)의 진황후(陳皇后)가 총애를 잃고 장문궁(長門
宮)에 있을 때 사마상여(司馬相如)가 진황후를 위해 지은 부 ◇ 吳練袖(오련수)=오희(吳
姬)의 비단 소매. 오희는 오와(吳娃)를 가리킴. 오와는 오나라의 미녀 ◇ 越羅衣(월나의)=
월녀의 비단옷. 월녀(越女)는 서시(西施)를 가리킴. 후세에는 일반적으로 미녀를 일컫는
말로 쓰임 ◇ 子期(자기)=종자기(鍾子期)를 가리킴. 춘추시대 거문고의 명수인 백아(伯牙)

의 거문고 소리를 가장 잘 알아듣던 사람.

> 칠보방 안에서 노래하고 춤출 때
> 어찌 알았으랴 백발이 드리워진 것을
> 돈 없으니 장문부를 살 수 없고
> 꿈이 있으니 부질없이 비단 글씨의 시를 전하네.
> 구슬 같은 눈물은 오희의 소매에 떨어지고
> 훈훈한 향기는 월녀의 나삼을 적시네.
> 밤 깊고 창에 달 비쳐 거문고 소리 애를 끊어
> 평생에 자기 없음을 한하네. ─李在崑 역

━ 노기(老妓)의 거문고 소리를 듣고 지은 시이다.

• 朴孝修(박효수, 고려 충숙왕)
 호 석재(石齋). 문신. 청절(淸節)로 이름을 떨쳐 연창군(延昌君)에 봉해졌다. 『동
인시화』에는 고려말 방랑 시인인 박치안(朴致安)의 작품으로 되어 있다.

소년을 대하니 옛 생각이

老姬對少年敍情(노희대소년서정)

顏色雖非滿鏡春(안색수비만경춘)　　歌聲尚足動樑塵(가성상족동량진)
感君一贈同心結(감군일증동심결)　　不爲千金更媚人(불위천금갱미인)

(『歷代韓國愛情漢詩選』)

거울에 비친 얼굴 한창 청춘은 아니지만

노랫소린 아직도 들보의 먼지를 날릴 만하오.

그대가 한번 준 마음 가슴에 맺혀

천금을 준대도 다시 딴 사람은 사랑 않으리. ─韓詰熙 역

• **李齊賢**(이제현, 1287~1367)

자 중사(仲思). 호 익재(益齋), 실재(實齋), 역옹(櫟翁). 문신. 학자. 시인. 당대의
명문장가로 외교문서에 뛰어났고, 정주학의 기초를 확립했으며, 원나라 조맹부의
서체를 고려에 도입하여 널리 유행시켰다.

상산으로 가지마는

商山(상산)

乘軺度嶺 紅旗翠旆之爭迎(승초도령 홍기취패지쟁영)

踏程出門 玉釧金釵之未整(답정출문 옥천금채지미정)

須未誦學士之梅花咍(수미송학사지매화휴)

聊自呈儂家之竹枝詞(요자정농가지죽지사)　　　　　　　　(『謹齋集』)

玉釧金釵(옥천금채)=옥으로 만든 팔찌와 금으로 만든 비녀 ◇ 儂家(농가)=내 집 ◇ 竹枝
詞(죽지사)=악부(樂府)의 한 체. 당나라 유우석(劉禹錫)이 지은 신사(新詞) 9수에서 시작
한 것으로 남녀의 정사(情事), 또는 그 지방의 풍속 따위를 노래한 것

초헌 타고 재를 넘으니 붉은 기 푸른 기가 다투어 맞이하네.

문을 나서 길을 밟으니 미인들은 다투어 아쉬워하네.

비록 학사의 매화휴는 읽지 못했지만

죽지사는 외우고 있다네. ─李在崑 역

西施(서시)

范蠡乘舟問幾春(범려승주문기춘)　　五湖烟月正愁人(오호연월정수인)
洛濱坐待神仙客(낙빈좌대신선객)　　自笑西施誤一身(자소서시오일신)

(『謹齋集』)

范蠡(범여)=춘추시대 월(越)의 공신. 구천(句踐)을 도와 부차(夫差)를 쳐 회계(會稽)의 치욕을 씻었다. 후에 벼슬을 그만두고 제(濟)를 거쳐 도(陶)에 들어가 거부가 되었으며, 스스로 도주공(陶朱公)이라 일컬었다 ◇ 洛神(낙신)=낙수의 신. 옛날 복희씨(伏羲氏)의 딸 복비(宓妃)가 낙수(洛水)에 빠져 죽어 물의 신이 되었다고 함

범려가 배에 올라 노닌 것이 몇 봄이나 되었나.
오호의 연월이 사람을 시름 짓게 하네.
낙수의 물가에 앉아 신선을 기다려
스스로 서시의 몸을 그르쳤음을 웃네. —李在崑 역

綠珠(녹주)

石家豪富不如貧(석가호부불여빈)　　畢竟難全一美人(필경난전일미인)
此是分明千載鑑(차시분명천재감)　　猶將淸節待詞臣(유장청절대사신)

(『謹齋集』)

綠珠(녹주)=진나라 석숭(石崇)의 애첩. 뛰어난 미색으로 피리를 잘 불었다. 손수(孫秀)가 그를 자기에게 양보해주기를 요구했으나 석숭이 듣지 않자, 왕명이라 속여 석숭의 승낙을 받게 되매 녹주는 스스로 누하(樓下)에 몸을 던져 자살했다. ◇ 石家(석가)=석숭(石崇)의 일가를 말함. 석숭은 진(晉)의 거부로 호사를 다했으나 애첩 녹주(綠珠)로 인해 온 가족이 몰살당하는 화를 입었다.

석가의 부호가 가난함만 못해
마침내 한 미인도 보전하기 어려웠네.

이것은 분명히 천 년의 거울이 되리
절개를 깨끗이 하여 문신을 받들리. ─李在崑 역

巫娥(무아)

一片巫雲謾有情(일편무운만유정)　　憂民夜夜夢難成(우민야야몽난성)
從今便作隨車雨(종금편작수거우)　　導霈弘恩處處行(도패홍은처처행)

(『謹齋集』)

한 조각 무운이 다정도 해
백성 근심하여 밤마다 잠 못 이루네.
이제부터 수레 따르는 비 되어
이르는 곳마다 은택을 베풀리. ─李在崑 역

燕尋玉京(연심옥경)

翩翩雙燕傍空閨(편편쌍연방공규)　　應感佳人惜別離(응감가인석별리)
相對知心不知語(상대지심부지어)　　一庭風月落花時(일정풍월낙화시)

(『謹齋集』)

空閨(공규)=남편이 없이 아내 혼자 쓸쓸하게 지내는 방.

펄펄 나는 한 쌍의 제비가 공규 곁에 살아
미인의 이별의 괴로움을 한층 더해주네
서로 만나 마음은 아나 말은 몰라
뜰에는 바람에 꽃 지는 계절인 것을. ─李在崑 역

眞眞(진진)

學士剛腸似廣平(학사강장사광평)   儂家曾不眼回靑(농가증불안회청)
若爲得入畫工手(약위득입화공수)   長與眞眞在錦屛(장여진진재금병)

(『謹齋集』)

廣平(광평)=당 현종(玄宗) 때 송경(宋璟)을 가리킴. 자(字)가 광평임. 철석같은 심지로
정절을 지킨 것으로 유명함.

학사의 굳센 간장은 광평과 같아
내 일찍이 눈 돌리지 않았네.
만약 화공의 손에 들어간다면
길이 진진과 비단 병풍 속에 함께 있으리. ─李在崑 역

四時紅(사시홍)

春天朝暮雨連風(춘천조모우연풍)   過眼芳華掃地空(과안방화소지공)
昨有商山花一朶(작유상산화일타)   爲迎行色四時紅(위영행색사시홍)

(『謹齋集』)

봄 날씨 조석으로 비바람 쳐
어느새 꽃이 져버렸네.
어제 상산화 한 송이 있어
나그네 맞이하여 사시에 붉을 것 알았지. ─李在崑 역

新月(신월)

姸姸片月更無姿(연연편월갱무자)   不害圓光暫有虧(불해원광잠유휴)
長得高軒行度嶺(장득고헌행도령)   故低粧閣學蛾眉(고저장각학아미)

(『謹齋集』)

圓光(원광)=달이나 해의 원만한 빛.

곱고 고운 조각달 한량없어
원광이 잠시 이즈러진들 무슨 상관 있으랴
언제나 높이 떠 있어 재를 넘으니
일부러 화장대를 낮추어 아미를 배웠네. ─李在崑 역

滿月, 商山月(만월, 상산월)

一鞍飛駏疾知神(일안비일질지신)　　驛路誰能逐後塵(역로수능축후진)
千古商山滿新月(천고상산만신월)　　相隨處處似佳人(상수처처사가인)

（『謹齋集』）

역마의 걸음 나는 듯, 빠르기 신과 같으니
역로에서 뉘 능히 그 티끌 쫓을쏜가.
천고의 상산의 둥근 달은
이르는 곳마다 미인과 같네. ─李在崑 역

金蓮玉蓮(금련옥련)

商山秋景見來稀(상산추경견래희)　　金玉蓮開品絶寄(금옥련개품절기)
若使賢侯長得見(약사현후장득견)　　明年移種鳳凰池(명년이종봉황지)

（『謹齋集』）

鳳池(봉지)=당대(唐代)에 금중(禁中)에 있던 연못 또는 금중(禁中)을 가리킴

상산의 가을 경치 세상에선 보기 드물어
금련과 옥련이 그 품질 뛰어났네.

착한 원님이시여 언제나 보려거든

내년에는 봉황지로 옮겨 심으오. ─ 李在崑 역

洛中仙(낙중선)

洛東江水接銀河(낙동강수접은하)　　上有珠樓是妾家(상유주루시첩가)

爲是風流天上客(위시풍류천상객)　　秋來幾待一乘槎(추래기대일승사)

『謹齋集』

낙동강 물이 은하에 맞닿아

위에 주루 있으니 바로 첩의 집이라오.

천상의 풍류객 되어

가을이 오면 한번 배에 오르리. ─ 李在崑 역

• **安軸**(안축, 1287∼1348)

　자 당지(當之). 호 근재(謹齋). 문신. 충혜왕 때 강릉도(江陵道)를 존무(存撫)했으며 이때 『관동와주(關東瓦注)』의 문집을 남겼다. 경기체가인 「관동별곡(關東別曲)」과 「죽계별곡(竹溪別曲)」을 남겼다.

나이를 원망해야

老妓(노기)

寒燈孤枕淚無窮(한등고침누무궁)　　錦帳銀屛昨夢中(금장은병작몽중)

以色事人終見棄(이색사인종견기)　　莫將紈扇怨西風(막장환선원서풍)

『東文選』

紈扇(환선)=흰 비단으로 바른 부채

쓸쓸한 등잔 외로운 베개에 눈물이 하염없이 흘러
비단 휘장 은병풍 모두 지나간 꿈일세.
색으로써 남자 섬기면 버림받는 법
늙은 몸이 손에 부채 들고 원망할 것 없네. —李在崑 역

• 鄭樞(정추, ?~1382)

　자 공권(公權). 호 원재(圓齋). 뒤에 자를 이름으로 썼다. 공민왕 때 이존오(李存吾)와 함께 신돈(辛旽)을 탄핵했다가 살해당할 뻔했던 일이 있다.

문 열고 밖에 나가니

五更燈影照殘粧(오경등영조잔장)　　欲話別離先斷腸(욕화별리선단장)
落月半庭推戶出(낙월반정추호출)　　杏花疎影滿衣裳(행화소영만의상)

(『東人詩話』)

오경의 등불 그림자 져서 덜 지워진 화장 비춰주고
이별 말 하려는데 애 먼저 끊어지는구나.
지는 달 뜰에 반쯤 남았기에 문 밀고 나가니
살구꽃 성긴 그림자 의상에 가득하네. —張鴻在 역

　양주(梁州) 객관에서 정든 사람과 이별하며 지은 시이다.

• 鄭誧(정포, 1309~1345)

　자 중부(仲孚). 호 설곡(雪谷). 예문 수찬으로 원나라에 표(表)를 올리려 가다 귀

국하는 충숙왕을 만나 왕의 총애를 받고 귀국하여 좌사간으로 발탁되었다. 후에 원나라에 벼슬할 생각으로 연경에 갔을 때 그곳 승상에 의해 황제에게 추천되었으나 병사했다. 시문과 서예에 뛰어났다.

옥섬섬에게 주다

贈金海妓玉纖纖(증김해기옥섬섬)

海上僊山七點靑(해상선산칠점청)　　琴中素月一輪明(금중소월일륜명)
世間不有纖纖手(세간불유섬섬수)　　誰肯能彈太古情(수긍능탄태고정)

(『埜隱先生逸稿』)

素月(소월)=밝은 달 ◇ 一輪(일륜)=둥근달.

신선이 사는 바닷가 칠점산이 푸르렀고
거문고 소리에 밝고 둥근 달이 떴구나.
세상에 옥섬섬의 솜씨가 없었더라면
누가 태고의 정을 타낼 수가 있으랴 ─黃忠基 역

계림 판관일 때 김해의 기생 옥섬섬에게 준 시이다. 10여 년 뒤에 야은이 합포(合浦)에 와서 진수할 때 옥섬섬이 이미 늙었으나 불러다가 가까이 두고 거문고를 타게 하였다고 한다.

• 田綠生(전록생, 1318~1375)

자는 맹경(孟耕). 호는 야은(埜隱). 문신. 우왕 때 이첨(李詹), 전백영(全伯英) 등이 북원(北元)의 배척과 이인임(李仁任)의 주살을 청했다가 투옥된 사건에 연루, 장류(杖流) 도중에 장독(杖毒)으로 죽었다.

야은의 운에 답하여

答埜隱韻(답야은운)

其一

此生何日眼還靑(차생하일안환청)　　太古遺音意自明(태고유음의자명)

十載玉人滄海月(십재옥인창해월)　　重遊胡得獨無情(중유호득독무정)

此生(차생)=이승 ◇ 靑(청)=고요함 ◇ 胡(호)=어찌.

나는 어느 때에나 반가운 것 보려나,

태고부터 끼친 소리 뜻이 본디 밝은데

십 년 뒤의 옥인과 바다에 뜬 달이

다시 노니 어찌하여 정만이 없을쏘냐

其二

首露陵前草色靑(수로능전초색청)　　招賢堂下海波明(초현당하해파명)

春風遍入流亡戶(춘풍편입유망호)　　開盡梅花慰客情(개진매화위객정)

招賢臺(초현대)=김해 동쪽에 있는 작은 산. 가락국 거등왕(居登王)이 칠점산의 참시선인(旵始仙人)을 불렀더니 참시선인이 배를 타고 거문고를 가지고 와서 함께 즐겼기에 이렇게 이름 지었다 함 ◇ 流亡(유망)=일정한 주거도 없이 떠돌아다님. 또는 그런 사람

수로왕릉 앞에는 풀빛 푸르고

초현대 아래에는 바다 물결 밝도다.

봄바람 유망한 집에도 두루 들어

활짝 핀 매화꽃이 길손 심정 위로하네.

其三

訪古伽倻草色春(방고가야초색춘)　　興亡幾變海爲塵(흥망기변해위진)
當時腸斷留詩客(당시장단유시객)　　自是心淸如水人(자시심청여수인)

옛 가야를 찾으니 풀빛 봄인데
흥망이 몇 번이나 바다를 더럽혔다
그때에 애가 타서 시를 남긴 나그네
그 마음이 물처럼 맑은 사람이거니

其四

七點山前霧靄橫(칠점산전무애횡)　　三叉浦口綠波生(삼차포구녹파생)
春風二月金州客(춘풍이월금주객)　　正似江南路上行(정사강남노상행)

(圃隱集)

金州(금주)=김해의 옛 이름

칠점산 앞에 안개 아지랑이 비끼고
삼차포 어귀에는 푸른 물결 일도다.
봄바람 부는 이월 금주에 온 길손은
강남 길을 가던 때와 정말 같구나. —홍순석·김성환 역

━━ 昔宰相埜隱田先生爲鷄林判官時 有贈金海妓玉纖纖云 海上仙山七點靑 琴中素月
一輪明 世間不有纖纖手 誰肯能彈太古情 後十餘年 埜隱來鎭合浦 時纖纖已老矣 呼
置左右 日使之彈琴 予聞之 追和其韻 題于壁上(예전 야은 전록생이 계림 판관일
때 김해 기생 옥섬섬에게 준 시가 있었다. 10년 후 야은이 합포에 왔을 때 옥섬
섬이 이미 늙었으나 불러다 거문고를 타게 한 일이 있었다. 내가 듣고 그 운에
따라 벽에다 지어 붙였다).

- **鄭夢周**(정몽주, 1337~1392)

   초명은 몽란(夢蘭), 몽룡(夢龍). 자는 달가(達可). 호는 포은(圃隱). 본관은 연일(延日). 문신. 학자. 이성계와 알력으로 선죽교에서 이방원이 보낸 조영규(趙英珪)에게 피살되었다. 불교의 폐해를 없애기 위해 유학을 보급했고 성리학에 뛰어나 동방이학(東方理學)의 시조로 추앙되었다. 저서에 『포은집(圃隱集)』이 있고 시호는 문충(文忠).

꿈속에서 즐겼다오

   心似靈犀意已通(심사영서의이통)　　不須容易錦衾同(불수용이금금동)
   莫言太守風情薄(막언태수풍정박)　　先入佳兒吉夢中(선입가아길몽중)

                                      (『詩話彙成』)

   犀(서)=물소 ◇ 風情(풍정)=풍월의 정취.

   마음은 영특한 서우 같아 뜻 이미 통했으니
   마구 비단이불 같이 할 것 없는 거라
   태수가 풍정 박하다 말하지 마라
   먼저 미인의 좋은 꿈속에 들어갔거늘. —車柱環 역

▬ 　어느 날 부(府)의 기생들이 서로 시시덕거리고 있었다. 왜 그러느냐고 묻자 한 기생이 "제가 꿈에 영감님을 모시고 잤습니다. 지금 동무들과 해몽하는 겁니다." 하자 즉석에서 지어준 시이다.

- **趙云仡**(조운흘, 1332~1404)

   호 석간(石磵). 조선 개국 초에 강릉부사로 부임하여 선정을 베풀고 그 당시 박신(朴信)과 기생 홍장(紅粧)과의 재미있는 일화를 만든 주인공이다.

누가 태평하다고 하리오

瀟麗江山共我清(소쇄강산공아청)　　樓臺到處管絃聲(누대도처관현성)
若非細馬駄紅粉(약비세마태홍분)　　誰謂三韓更太平(수위삼한갱태평)

『東人詩話』

瀟麗(소쇄)=선뜻하고 깨끗함 ◇ 細馬(세마)=잘 길들인 말

깨끗한 강산이 나와 한가지로
누대 곳곳에 관현악이 울린다.
세마에 미인 태우지 않았다면
누가 우리나라가 태평하다고 하리오? ─張鴻在 역

• **金九容**(김구용, 1338~1384)
　자 경지(敬之) 호 척약재(惕若齋). 학자. 정몽주와 더불어 정주학(程朱學)을 일으키고 척불양유(斥佛揚儒)의 선봉장이 되었다.

남의 속도 모르고

却恨雨師無老手(각한우사무노수)　　嘉平館外濕征衣(가평관외습정의)

『諛聞瑣錄』

雨師(우사)=비를 맡아 다스린다는 신 ◇ 老手(노수)=노련한 솜씨. 익숙한 기량, 또는
그 사람 ◇ 征衣(정의)=여행(旅行)할 때의 옷. 군복

한하노라, 우사의 솜씨 노련하지 못해서

가평관 밖에서 나그네 옷을 적시네. —정용수 역

___ 정주(定州) 기생을 사랑하였는데 며칠 후 부득이 다른 곳으로 가야 할 형편인데 마침 비가 올 듯하였다. 속으로 머물고 싶은 생각에 "오늘 비가 오면 어쩌지?"라고 하였으나 고을 원은 그 뜻을 알지 못하고 "오늘은 비가 오지 않을 것입니다."라고 대답하였다. 마지못해 길을 떠났는데 비가 왔다. 이때 지은 시이다.

龍鍾嗜酒判開城(용종기주판개성)   獨對孤燈白髮明(독대고등백발명)
早識主人嫌宿客(조식주인혐숙객)   莫敎郵吏報先聲(막교우리보선성)

(『太平閑話滑稽傳』)

龍鍾(용종)=늙고 병든 모양 ◇ 先聲(선성)=선문(先聞). 일이 있기 전에 전하여진 소문.

노쇠하여 술 마시기를 좋아하는 개성 판윤은
홀로 외로운 등잔을 대하고 있는데 백발이 흰하네.
주인이 묵어갈 손님을 싫어하는 줄 일찍 알았다면
역참의 관리로 하여금 소식 먼저 전하게 하지 않았을 것을. —朴敬伸 역

___ 회양(淮陽) 기생 월섬섬(月纖纖)을 사랑했는데, 개성 판윤으로 있으면서 월섬섬이 생각나 찾아갔으나 만나지 못하고 지은 시이다.

• 成石璘(성석린, 1338~1423)
  자 자수(自修). 호 독곡(獨谷). 문신. 벼슬은 영의정에 이르렀다. 시사(詩詞)에 뛰어났고 초서를 잘 썼다.

새봄을 누구와 함께

二月湖南天氣新(이월호남천기신)　　使君誰與賞靑春(사군수여상청춘)
翰林醉客渾無事(한림취객혼무사)　　細雨薔薇夢遠人(세우장미몽원인)

『太平閑話滑稽傳』

이월의 호남에는 천기가 새로운데
목사께서는 뉘와 함께 푸른 봄을 감상할까?
취한 손님 한림은 온통 아무 일 없으나
이슬비에 장미는 먼 데 사람을 꿈꾸리. —朴敬伸 역

━ 나주(羅州) 기생 장미(薔薇)를 사랑했다가 서울로 돌아올 때 그리운 마음을 다
하지 못해 지은 시이다.

• **鄭以吾**(정이오, 1354~1434)
　　자 수가(粹可). 호 교은(郊隱), 우곡(愚谷). 문신. 벼슬은 태종 때 예문관 대제학이
되어 지공거를 겸했으며, 찬성사(贊成事)에 이르렀다. 문장으로 이름이 높았다.

돌아, 네가 부럽구나

汝石何時石(여석하시석)　　吾人今世人(오인금세인)
不知離別苦(부지이별고)　　獨立幾經春(독립기경춘)　　　『朝鮮解語花史』

너는 어느 때 생긴 돌인가

나는 지금 세상 사람이다

이별의 괴로움을 알지 못한 채로

몇 봄을 홀로 지났는가. ─李在崑 역

정든 기생과 방림역(方林驛)에서 헤어지면서, 연연한 회포를 금치 못하여 말고삐를 당겨 머뭇거리면서 떠나지 못하고 길가에 있는 돌을 보고 지은 시이다.

• 咸傅林(함부림, 1360~1410)

자 윤물(潤物). 호 난계(蘭溪). 문신. 조선 건국 때 이성계를 도와 개국에 공을 세워 개국공신 3등에 책록(策錄)되었다.

꿈속에 다시 놀았으면

寄關東(기관동)

少年時節按關東(소년시절안관동)　　鏡浦淸流入夢中(경포청류입몽중)

臺下蘭舟思又泛(대하난주사우범)　　却嫌紅粧笑衰翁(각혐홍장소쇠옹)

　　　　　　　　　　　　　　　　　　　　　　　　(『東人詩話』)

鏡浦(경포)=경포대(鏡浦臺). 관동팔경의 하나로 강릉 북쪽 해안에 있는 누대 ◇ 紅粧(홍장)=시인과 관련이 있는 강릉의 기생 이름

젊어 사또 되어 관동으로 갔더니라.

경포대 맑은 물을 꿈엔들 잊으리오

또 한 번 선경 속으로 놀고도 싶건마는

이제야 늙은 내 꼴 홍장이 비웃으리. ─李殷相 역

강릉 기생 홍장(紅粧)과의 일을 후에 적은 시이다.

• 朴信(박신, 1362~1444)

　자 경부(敬夫). 호 설봉(雪峰). 안렴사(安廉使)로 관동 지방에 갔다가 기생 홍장(紅粧)과 사귀게 되고 당시에 강릉부사 조운흘(趙云仡)에 속아 사귀던 기생 홍장이 죽은 줄로 알았다가 그에게 속은 일화가 있다.

월악산이 무너질 리야

聞汝偏憐斷月丞(문여편련단월승)　　夜深常向驛奔騰(야심상향역분등)
何時手執三稜杖(하시수집삼릉장)　　歸問心期月嶽崩(귀문심기월악붕)

(『慵齋叢話』)

三稜杖(삼릉장)=모서리가 세 개인 지팡이 ◇ 心期(심기)=심중에 기약하여 바람. 마음을 허락한 벗 ◇ 月嶽(월악)=월악산 충청북도 충주 단양 일원에 있는 산

　들으니 네가 단월역의 역승을 사랑하여
　깊은 밤 항상 역을 향해 달음질친다니,
　언제 내 손에 세모난 형장을 잡고
　돌아가 네가 월악산 무너지기를 맹세하던 마음을 물어볼꼬 ─南晩星 역

　전목(全穆)이란 사람이 충주 기생 금란(金蘭)을 사랑하였다. 장차 이별하게 되자 금란에 "월악산이 무너질지라도 내 마음은 변치 않겠다."고 약속을 하고 뒤에 단월의 역승을 사랑한다는 말을 듣고 지었다는 시이다.

北有全君南有丞(북유전군남유승)　　妾心無定似雲騰(첩심무정사운등)

若將盟誓山如變(약장맹서산여변)　　月嶽于今幾度崩(월악우금기도붕)

(『慵齋叢話』)

북쪽에는 전 서방님이 있고 남쪽에는 역승이 있어서
내 마음은 정함이 없는 것, 구름이 내솟듯 하네.
만약 맹세한 것 때문에 산이 변한다면
월악산은 지금까지 몇 번이나 무너졌을까. ─南晩星 역

___ 이는 전목의 시의 화답으로 금란이 지었다고 했으나, 두 수가 모두 양여공이
지은 것이라고 『용재총화』에서 말하고 있다.

• 梁汝恭(양여공, 1378~1431)
　자 경지(敬之). 호 유정(柳亭). 문신. 세종 즉위년에 병사(兵事)를 상왕에게 보고
하지 않은 죄로 장류(杖流)되었다가 후에 유연생(柳衍生)의 유언비어에 연루되어
사형당했다. 효성이 지극하고 시와 글씨에 능했다.

언제 만날 수 있으랴

一別音容兩莫逅(일별음용양막후)　　楚臺何處覓佳期(초대하처멱가기)
粧成斗屋人誰見(장성두옥인수견)　　眉斂趙愁鏡獨知(미렴조수경독지)

音容(음용)=음성과 용모 ◇ 斗屋(두옥)=작은 집.

한번 헤어지면 만나가 어려우니
다시 만날 기약을 어디서 찾으리오.
오두막 속의 고운 얼굴 누가 볼 것인가

수심 짙은 그 눈썹 거울만이 알리라.

明月不須窺繡枕(명월불수규수침)　　　清風何事捲羅帷(청풍하사권나유)
庭前辛有丁香樹(정전신유정향수)　　　盡把春情折一枝(합파춘정절일지)

（『名妓列傳』）

羅帷(나유)=나위(羅幃). 엷은 비단으로 만든 장막 ◇ 丁香(정향)=향나무의 한 가지.

명월은 비단 베개를 엿볼 수 없건만
바람은 어찌 알고 비단 휘장 흔드는고
뜰 앞에 서 있는 정향나무 한 그루
춘정에 못 이겨 한 가지 꺾었도다. ―鄭飛石 역

平안도 정주(定州)에서 기생과 정을 나누며 지어 준 시이다.

• **讓寧大君**(양녕대군, 1394~1462)

　이름은 제(禔). 자 후백(厚伯). 세자로 책봉되었으나 품행이 방정하지 못하다 하여 폐위되고 전국 방방곡곡을 유랑하며 풍류객들과 사귀며 일생을 마쳤다.

승소만을 좋아하나

平壤佳兒勝小蠻(평양가아승소만)　　　年纔二八玉容顔(연재이팔옥용안)
縱然未遂鴛鴦夢(종연미수원앙몽)　　　却勝高唐夢裏看(각승고당몽리간)

（『東人詩話』）

鴛鴦(원앙)=화목한 부부.

평양의 아리따운 계집 승소만은
나이 겨우 이팔의 옥 같은 얼굴
설사 원앙의 꿈 이루지 못했다 할지라도
도리어 고당의 꿈속에서 보는 것보다는 낫구나. ─張鴻在 역

　 사신으로 평양에 왔을 때 승소만이란 기생이 마음에 들었다. 고을 벼슬아치
에게 승소만과 잠자리를 같이하도록 부탁하였으나 기생에게 다른 정든 사람이
있어 한권을 추한 늙은이라 노여워하고 등불을 등지고 앉았다가 도망하였다. 이
에 한권이 지은 시이다.

•韓卷(한권, 조선 태종)
　 자 가서(可舒) 호 유선(儒仙). 문신. 승문원이 설치되어 경학(經學)에 해박한 사람
을 뽑을 때 초대 승문원 정자(正子)에 임명되었다.

연꽃은 피었건만

隴麥初胎梅已仁(농맥 초태 매이인)　　江南行客動傷神(강남행객 동상신)
小塘依舊荷花淨(소당의 구하화정)　　不見當時勸酒人(불견 시 권주인)

(『東人詩話』)

밭두둑에 보리 싹트고 매화는 시들어
강남에서 온 나그네 마음 절로 상하네
작은 연못은 예나 다름없고 연꽃은 청초하건만
그때 술 권하던 사람 볼 수 없네. ─李在崑 역

___ 젊어서 서원(西原) 기생 봉황지(鳳凰池)와 율봉역에서 이별을 슬퍼했다. 이때 누각 아래 연못에 연꽃이 활짝 피어 있어 넋을 잃고 저도 모르게 굴러떨어졌다. 7년 뒤에 다시 서원에 갔으나 봉황지가 죽은 지 2년이 지났다. 이때의 감상을 적은 시이다.

• 金守溫(김수온, 1409~1481)

자 문량(文良). 호 괴애(乖崖), 식우(拭疣). 학문과 문장에 뛰어났고, 불교에 조예가 깊어 세종과 세조 등 불교를 숭상하는 임금을 도와 불경의 국역과 간행에도 공이 컸다.

저고리를 펼쳐보니

憶君時復展君衣(억군시부전군의)　　別淚斑斑尙未晞(별루반반상미희)
翦破此衣還作縷(전파차의환작루)　　欲連愁緒寄君飛(욕연수서기군비)

(『謏聞瑣錄』)

당신이 생각날 때 당신의 저고리를 펼쳐보노니
이별의 눈물 아롱져 아직도 마르지 않았습니다.
가위로 잘라내어 실을 만들고
근심을 이어서 당신에게 날려 보냅니다. ─정용수 역

___ 청주 기생이 보내준 옷에 대해 감사하는 시를 서거정에게 보내며 지은 시이다.

高唐神境盛唐詩(고당신경성당시)　　仙館名花艶一枝(선관명화염일지)

莫道朝雲逢內翰(막도조운봉내한)   老夫才薄不堪期(노부재박불감기)

神境(시경)=신선이 사는 곳. 세속을 떠난 깨끗한 곳 ◇ 內翰(내한)= 송대(宋代)에 한림
학사를 일컫는 말

    당나라 명기는 시를 잘 한다고 하더니
    강선루에는 명기 일지홍이 있구나.
    꿈속에서 한림학사를 만났단 말인가
    늙은이 재주 없이 당해내기 어렵도다. —鄭飛石 역

  기생 일지홍(一枝紅)에게 준 시이다.

• 權擥(권람, 1416~1465)

  자 정경(正卿). 호 소한당(所閑堂). 문신. 벼슬은 좌의정까지 올랐으며, 활을 잘
쏘고 문장에도 뛰어났으나 횡포가 심하고 축재가 심하여 여러 번 탄핵을 받았다.

일지홍은 어디에

憶昔來遊戊午年(억석내유무오년)   一枝紅艶惱儒仙(일지홍염뇌유선)
今日重遊還有感(금일중유환유감)   可憐孤塚隔寒烟(가련고총격한연)

    지난 무오년에 놀던 일 생각하면
    일지홍의 요염한 자태 선비의 간장 녹였지
    오늘 다시 오니 감개가 무량하나

가련하다 외로운 무덤 인간을 등졌구려. ─李在崑 역

  권람(權擥), 한명회(韓明澮)와 더불어 서원(西原)에서 노닐 때, 권람이 기생 일지
홍(一枝紅)을, 이문형은 기생 은대월(銀臺月)을 좋아했다. 몇 년 뒤에 다시 서원에
갔을 때 일지홍은 이미 죽었다. 이문형이 권람의 마음을 헤아려 지은 시이다.

• 李文炯(이문형, ?~1466)
  자호 미상. 문신. 사은사로 명나라에 갔다가 이듬해 돌아오는 길에 통주(通州)
에서 병사했다. 문장에도 뛰어났다.

기생을 물리치며

此却妓詩韻(차각기시운)

前輩風流豈一端(전배풍류기일단)　　或堪長笑亦堪觀(혹감장소역감관)
郵眼一夜魂應斷(우안일야혼응단)　　越笑三年膽已寒(월소삼년담이한)
頗信紅顔金縷惜(파신홍안금루석)　　從敎琴瑟玉纖彈(종교금슬옥섬탄)
牧之落魄名猶在(목지낙백명유재)　　何況平侯鐵作肝(하황평후철작간)

(『四佳集』)

  金縷(금루)=금빛이 나는 실 ◇ 牧之(목지)=당나라 시인 두목(杜牧)의 자(字) ◇ 落魄(낙
백)=뜻을 얻지 못한 모양

  전배의 풍류가 어찌 단정한가.
  혹은 즐거움을 이기고 보기를 견딘 것을.
  역사에서 하룻밤 지내면서 애태웠으니

미인의 웃음소리에 삼 년 동안 간담이 서늘했네.

홍안에 기녀 되어

거문고 배우느라 섬수로 줄 튕기는 것이 가련하네.

목지의 낙백도 이름이 남아 있는데

하물며 평후의 무쇠와 같은 간장이겠는가. ―李在崑 역

此却妓韻博笑(차각기운박소)

古來賢達惜娉婷(고래현달석빙정)　　公子歸來燕燕輕(공자귀래연연경)

雲雨巫山空復夢(운우무산공부몽)　　鴛鴦野渚漫多情(원앙야저만다정)

風流白也誰能躅(풍류백야수능촉)　　落魄牧之亦有名(낙백목지역유명)

使節高懷誰得似(사절고회수득사)　　廣平腸鐵抵梅清(광평장철저매청)

(『四佳集』)

娉婷(빙정)=아름다운 모양. 또는 미인 ◇ 燕燕(연연)=편히 쉬는 모양

옛부터 현인달사는 모두 미인을 사랑해

공자는 돌아올 때 걸음 가벼웠네.

무산의 운우는 꿈으로 사라졌고

물가의 원앙새 부질없이 다정했네.

풍류란 즐거운 것 누가 머뭇거릴까

목지의 낙백 또한 이름이 있는 것을

사신의 높은 회포를 누가 따를 수 있으랴

광평의 굳은 마음 매화 향기처럼 맑은 것을. ―李在崑 역

青郊楊柳深傷心(청교양류심상심)　　紫洞煙霞滿意濃(자동연하만의농)

(『溪西野談』)

靑郊(청교)=봄철의 교외

청교 양류에 상심이 깊더니
자동 노을에 마음이 흡족하구나. - 柳和秀 · 李銀淑 역

___ 종실 영천군(永川君) 정(定)이 기생 청교월(靑郊月)을 사랑했다가, 기생 자동선(紫洞仙)을 사랑하는 것을 안 서거정이 이 시를 지어주자 영천군이 중인(衆人)이 모인 곳에서 읊으며 자랑하였다는 시이다.

皇恐灘前皇恐意(황공탄전황공의)　　喜懽山下喜懽情(희환산하희환정)
如何嗚咽龍泉水(여하오열용천수)　　却似情人哭別聲(각사정인곡별성)

黃州舘裏花滿開(황주관리화만개)　　前度劉郞三度來(전도유랑삼도래)
嗚咽灘聲何日歇(오열탄성하일헐)　　朝朝送別哭如雷(조조송별곡여뢰)

(『歴代韓國愛情漢詩選』)

황공탄 앞에 두려운 마음
환희산 밑에 기쁜 사랑
어찌하여 목멘 용천수는
정든 임들 울며 이별하는 소리 같은가

황주관 안에 꽃이 만발했는데
전 번의 유랑이 세 번 왔구려.
목메는 여울 소린 언제나 그칠런가.
아침마다 이별하는 울음소리 우레와 같네. —韓詰熙 역

___ 성현(成俔)의 백씨(伯氏)가 황주(黃州) 선위사(宣慰使)가 되어 안악(安岳) 기생과 더불어 용천관 앞 담수(潭水) 가에서 이별하고, 그 뒤에 주기(州妓)와 함께 담수

가에서 작별하였다. 이곳은 예전에 서하(西河) 임춘(林椿)이 평양 선위사로 기생과 이별하던 곳이다. 서거정이 이를 희롱하여 지은 시이다.

• 徐居正(서거정, 1420~1488)

자 강중(剛中). 호 사가정(四佳亭). 문신. 학자. 문장과 글씨에도 능했고, 성리학을 비롯하여 천문, 지리 의약에까지 정통했다. 『동인시화』와 『동문선』을 엮었고, 한문학을 대성했다.

십 년 만에 다시 오니

十年重到關西地(십년중도관서지)　　妓已皤皤客又翁(기이파파객우옹)

(『諛聞瑣錄』)

皤皤(파파)=머리털이 하얗게 센 모양

십 년 만에 관서 땅에 다시 오니
기녀는 이미 백발이 되었고 나도 또한 늙었도다. ―정용수 역

── 전에 잠자리를 같이 했던 기생이 늙은 것을 보고 가련한 생각이 나서 지은 시이다.

浿江重見老倡兒(패강중견노창아)　　隨我他年有好期(수아타년유호기)
自說龍灣曾訪處(자설용만증방처)　　欲從車馬勝遊時(욕종거마승유시)
閑吟鐵笛誇新巧(한음철적과신교)　　略掃花鬟愧漸稀(약소화만괴점희)
不覺半途雲雨散(불각반도운우산)　　獨來孤館轉孤危(독래고관전고위)

(『諛聞瑣錄』)

浿江(패강)=대동강(大同江)의 다른 이름 ◇ 他年(타년)=금후(今後)의 해 ◇ 龍灣(용만)= 지명. 평안도 의주(義州)의 다른 이름 ◇ 花鬘(화만)=꽃으로 만든 머리에 꽂는 장식물 ◇ 半途(반도)=어떤 거리의 반쯤 되는 길

패강에서 늙은 기생을 또다시 보니
나를 따르면 뒷날 좋은 기약 있으리.
스스로 말하기를 용만은 예전 방문했던 곳이라
거마를 따르고자 하나 한창 노는 때라네.
쇠피리를 한가하게 불며 새로운 솜씨를 자랑하고
꽃다운 머리털 살짝 쓸어 넘기며 점점 성글어감을 부끄러워하네.
나도 모르게 중도에서 애정이 식어버려
쓸쓸한 객관에 홀로 돌아오니 더욱 외로워라. ― 정용수 역

吾猶黑鬢汝紅裙(오유흑빈여홍군)   醉把長笒上統軍(취파장금상통군)
重到龍灣眞似夢(중도용만진사몽)   不妨吹破滿江雲(불방취파만강운)

紅裙(홍군)=미인, 또는 기생 ◇ 統軍(통군)=통군정(統軍亭). 관서팔경의 하나로 평북 의 주 압록강변에 있는 정자

나는 아직 검은 머리요 너도 젊은 계집
취하여 긴 거문고를 안고 통군정에 오른다.
거듭 용만에 이르니 정말 꿈과 같고
온 강의 구름을 불어 없애버려도 무방하리라.

十二年前贈別離(십이년전증별리)   重來相見夢耶非(중래상견몽야비)
鏡中不識容華變(경중불식용화변)   猶把情悰說舊時(유파정종설구시)

(『諛聞瑣錄』)

容華(용화)=얼굴이 아름다움

십이 년 전에 일찍이 이별을 했다가
다시 와서 보게 되니 꿈인가 생시인가
거을 속의 나그네 모습 변한 줄 알지 못하고
오히려 애정으로써 옛날을 말하네. — 정용수 역

___ 기생의 부채에 지어준 시이다.

老妓篇 (小序)

　무자년 봄에 사신으로 제안(齊安)에 가서 일컫던 몇 명의 기생들은 더러는 기적에서 빠졌고, 혹 행수기생이 되기도 하여, 옛날의 아리따운 모습은 찾아 볼 수 없었다. 아! 지금으로부터 무자년까지는 14년밖에 되지 않는다. 그 기생들이 늙고 추해짐은 오히려 이러한데 당시에 그 기생들을 사랑하던 자들은 치아(齒牙)나 머리카락들이 오히려 건재하니 혹시 남자들이 시들도록 한 것인가? 이렇듯이 급히 시들면 어찌 한평생 동안 보존할 수가 있으리오. 기생의 용모가 화려한 것도 잠시일 뿐 오래갈 수는 없지 않겠는가?

君不見(군불견)
纔到爛漫隨狂風(재도난만수광풍)
美人如化臨青銅(미인여화임청동)
以色事人良不久(이색사인양불구)
凝脂消瘦變鷄皮(응지소수변계피)
春妍都盡人不顧(춘연도진인불고)
羅衣寶釵付兒家(나의보채부아가)
潛悲無復逞嬌嬈(잠비무부영교요)
歷數阿郎半卿相(역수아랑반경상)

花無十日紅(화무십일홍)
又不見(우불견)
朝爲玉顔暮醜容(조위옥안모추용)
枯榮迅速瞥眼同(고영신속별안동)
十指皸瘃換春蔥(십지군촉환춘총)
時有舊識稱豔穠(시유구식칭염농)
敎誨禮節傳其恭(교회예절전기공)
誇詑寵恩當時雄(과타총은당시웅)
獨擅歌舞四筵空(독천가무사연공)

傷心自愧誰怨尤(상심자괴수원우)　　萬事信命從天公(만사신명종천공)

花飛不復棲高枝(화비불부서고지)　　水逝安能更向東(수서안능갱향동)

可惜容華底處歸(가석용화저처귀)　　依俙想得萬分中(의희상득만분중)

昔年行客今尚健(석년행객금상건)　　據鞍猶爲矍鑠翁(거안유위확삭옹)

驚見歌兒頓衰謝(경견가아돈쇠사)　　黃鷄白日歌玲瓏(황계백일가영롱)

（『謏聞瑣錄』）

狂風(광풍)=미치듯이 사납게 부는 바람 ◇ 凝脂(응지)=희고 매끄러운 살결 ◇ 鷄皮(계피)= 닭의 껍질이란 뜻으로 노인의 주름진 살갗을 형용 ◇ 皸瘃(군촉)=추위로 인하여 살갗이 트거나 동창(凍瘡)을 입는 일 ◇ 怨尤(원우)=원구(怨咎). 원망하고 타박함 ◇ 天公(천공)=하늘 ◇ 據鞍(거안)=거안고반(據鞍顧眄)과 같은 말. 말안장에 앉아 뒤를 돌아보며 위세를 보인다는 뜻으로 늙어서도 기운이 아직 정정함을 일컬음 ◇ 矍鑠(확삭)=부들부들 떠는 모양

그대는 보지 못했는가?

십 일 동안 붉을 꽃이 없다는 것을

겨우 만발하게 되면 광풍이 불어 다닌다네.

또 보지 못했는가?

꽃 같은 미인이 청동거울을 비춰보고 있음을

아침에 옥안도 저녁에 추한 얼굴이 된다네.

미색으로 남을 섬기는 자 진실로 오래가지 못하거니

영고성쇠가 눈 깜짝할 새 지나가기는 매한가지

윤택 있는 흰 살결은 수척해져 닭살로 변하고

열 손가락 불어터져 봄 파로 바뀐다네.

봄같이 곱던 얼굴 사라지면 돌아보는 이 없지만

옛적부터 아는 이는 때로 곱다 한다네

비단옷이며 보물 팔찌는 애들 집에다 맡겨두고

예절이나 가르치며 공손하라 말하네.

슬픔을 가라앉히고 다시는 요염함을 드러내지 않지만
총애는 당시 제일이었다고 자랑한다네.
수없이 지나간 사내 중에서 재상 된 이가 반이요
텅 빈 술좌석에서 혼자 마음대로 노래하고 춤추었나니
마음 강하고 절로 부끄러움에 누구를 원망하리오.
세상만사 천명을 믿고 하늘을 따르는 것일 뿐이리.
꽃잎은 날리면 다시는 높은 가지에 깃들지 못하고
물은 흘러가면 어찌 다시 동쪽으로 향할 수 있으리
아름다운 용모가 추하게 됨에 가석하거니
어렴풋이 생각하니 옛 모습 얻을 수 있도다.
옛날의 지나던 객은 오늘도 아직 건재하여
말안장에 걸터앉아도 오히려 원기가 왕성한 노인이라네.
놀라서 노래하는 이를 쳐다보니 너무 빨리 노쇠했음을 사죄하는데
한낮의 누른 털빛 닭 울음소리 영롱하네. —정용수 역

• 姜希孟(강희맹, 1424~1483)

　　자 경순(景醇) 호 사숙재(私淑齋), 국오(菊塢), 운송거사(雲松居士), 만송강(萬松岡).
문신. 문장이 당대에 으뜸이어서 사후 성종은 서거정(徐居正)을 시켜 그의 유고를
편집하여 올리게 하였으며, 서화에도 뛰어난 재능을 나타냈다.

혼자 있게 해주오

莫向巫山惱客魂(막향무산뇌객혼)　　騷人只是望修門(소인지시망수문)
東風二月棠花早(동풍이월당화조)　　留憩周南使者軒(유게주남사자헌)

『佔畢齋集』

巫山(무산)=중국 사천성 무산현에 있는 산. 달리 남녀의 정사(情事)를 말함 ◇ 騷人(소인)=널리 시인을 일컬음

번뇌하는 나그네의 혼 무산으로 향하게 하지 마오
소인은 오직 수양의 문만 바라볼 뿐일세.
이월 동풍에 해당화 아직 이르니
남쪽을 두루 도는 사자헌에 잠시 쉬었노라. ─李在崑 역

야노현(冶爐縣) 사의동(簑衣洞)에 이르렀을 때 합천교관(陜川敎官) 최종복(崔宗復)이 기생 영감당(詠甘棠)을 보내자 이를 거절하고 지은 시로 짐작된다.

晉州敎坊歌謠獻吳觀察使滿江紅(진주교방가요헌오관찰사만강홍)

風岫菁川(풍수청천)　　　人道有神仙遺跡(인도유신선유적)
今又見喬卿冕服象先旌節(금우견고경면복상선정절)
原隰風聲馳(원습풍성치)　海上瓊樓喚點點蓬萊籍(해상경루환점점봉래적)
便歡情如許(편환정여허)　水增深山增碧(수증심산증벽)
秋日淨秋宵寂(추일정추소적)　期易失時難得(기이실시난득)
儘洞房淸敞(진동방청창)　　芳嶂明月(방준명월)
雲雨未排臺下夢(운우미배대하몽)　駕鴦已暈機中織(원앙이훈기중직)
願星軒流瞧一霎兒娛今夕(원성헌류초일삽아오금석) (『佔畢齋集』)

冕服(면복)=귀인(貴人)이 예복으로 사용하던 관과 옷 ◇ 旌節(정절)=사자(使者)가 들고 가던 기(旗) ◇ 霎兒(삽아)=잠시 본 아가씨

빼어난 뫼 맑은 물에 신선의 유적 있었는데
이제 또 높으신 어른의 화려한 면복과 정절을 보네

들에는 바람 일고 바다 위 경루에서는 신선을 부르네.

환락의 정이 이와 같으니 물 더욱 깊고 산 더욱 푸르네.

가을날은 맑고 가을밤은 고요해 기회는 놓치기 쉽고 때는 얻기 어려워

동방은 아득하고 시원해 맑은 술잔에 밝은 달 떠 있네.

대하의 운우몽을 꾸지도 못했는데 원앙의 꿈은 베 짜는 동안 시들해졌네.

오늘밤 추녀 끝으로 흐르는 별처럼 잠시 본 아가씨와 인연이 잘못되지 않기를. ―李在崑 역

• 金宗直(김종직, 1431~1492)

자 계온(季昷). 호 점필재(佔畢齋). 학자. 일찍이 「조의제문」(弔義帝文)을 지은 바가 있어, 이것으로 인해 연산군 때 무오사화(戊午士禍)가 일어났다. 이로 말미암아 그는 부관참시를 당하고 많은 문집이 소각되었으며, 문인들이 참화를 입었다.

술 취한 것이 아닌데

箕都城內朔風寒(기도성내삭풍한)　春色如何上鼻端(춘색여하상비단)
醉後一雙金橘爛(취후일쌍금귤난)　樽前兩葉晩楓丹(준전양엽만풍단)
帳中光影偏相照(장중광영편상조)　客裏風情慘不懽(객리풍정참불환)
我是直言君可立(아시직언군가립)　爲傳聲譽滿長安(위전성예만장안)

(『慵齋叢話』)

평양성 안의 삭풍은 찬데
봄빛은 어찌하여 코끝에 올랐는가.
술 취한 뒤에는 한 쌍의 금귤이 무르익고
술잔 앞에는 늦가을 단풍잎 두 잎새

장막 안에는 독특한 광영이 서로 비치니
객관의 풍정이 자못 쓸쓸하네.
나는 바른 말 하고 그대는 이를 선전하리.
그 명성 장안에 가득하리. —李在崑 역

■ 동갑인 원수옹(元壽翁)은 코가 붉었다. 그와 연경에 갈 때, 평양에 가니 기생의 코도 붉었다. 이를 희롱하여 지은 시이다.

揀新妓 (간신기)

人言悅目卽爲妹(인언열목즉위매)　　　秋菊春蘭藻鑑殊(추국춘란조감수)
不獨取才兼取色(부독취재겸취색)　　　却嫌魚目混明珠(각혐어목혼명주)
                                                          (『朝鮮解語花史』)

미인은 눈을 기쁘게 한다고 사람들은 말하지만
가을 국화, 봄 난초 모두 특징 있다네.
재주뿐 아니라 색도 겸해야지
물고기 눈과 구슬을 혼동해선 안 되네. —李在崑 역

僧於聲色本無情(승어성색본무정)　　　娼妓齋中尚發情(창기재중상발정)
若作好男乘馹客(약작호남승일객)　　　玉堂學士摠多情(옥당학사총다정)
                                                          (『歷代韓國愛情漢詩選』)

중이 본래 노래와 여자엔 무정하지만
기생이 재 올리는 덴 숫제 정을 발한다지.
만약 호남에 역마 타는 객이 된다면
옥당 학사도 모두 다 다정해지리. —韓喆熙 역

작자가 홍문제학이 되었을 때, 관원이 남원에 사신으로 가서 광주 기생을 사랑하다가 실수를 하고 돌아오니, 동료들이 비웃거늘 희롱하여 지은 시이다.

• 成俔(성현, 1439~1504)

자 경숙(磬叔). 호 용재(慵齋), 부휴자(浮休子), 허백당(虛白堂), 국오(菊塢). 명신. 학자. 『악학궤범(樂學軌範)』을 편찬하여 음악을 집대성하였다. 그가 지은 『용재총화(慵齋叢話)』는 조선 초기의 정치, 사회, 제도, 문화면을 살피는 데 중요한 자료가 되고 있다. 글씨를 잘 썼다.

가는 걸음 멈추게 하네

第五橋頭烟柳斜(제오교두연류사)　　晚來風日轉淸和(만래풍일전청화)
湘簾十二人如玉(상렴십이인여옥)　　靑瑣詞臣信馬過(청쇄사신신마과)

(『遣閒雜錄』)

제오교 머리에 버드나무 비스듬히 서 있고
한낮이 가까워오자 날씨가 맑아지네.
대발 늘이고 안은 저 여인 옥과 같아
대궐로 들어가는 문신 걸음 늦추네. —李在崑 역

기생 상림춘(上林春)의 집 앞을 지나다 지은 시. 그러나 『晴窓軟談(청창연담)』에 수록되어 있는 것은 다음과 같이 차이가 난다.

紫陌東風細雨過(자맥동풍세우과)　　輕塵不動柳綠斜(경진부동유록사)
細簾十二人如玉(상렴십이인여옥)　　靑鎖詞臣信馬過(청쇄사신신마과)

(『晴窓軟談』)

• 申從濩(신종호, 1456~1497)

　자 차소(次韶). 호 삼괴당(三魁堂). 문신. 과거에 세 번이나 장원을 하여 호를 삼괴당이라 하였다고 한다. 연산군 때 병을 무릅쓰고 정조사(正朝使)로 명나라에 갔다가 이듬해 돌아오던 중 개성에서 죽었다. 문장, 시, 글씨에 뛰어났다.

은대선에게 주다

贈妓銀坮仙(증기은대선)

姑射仙人玉雪肥(고사선인옥설비)　　曉窓金鏡畵蛾眉(효창금경화아미)
卯酒半酣紅人面(묘주반감홍인면)　　東風吹鬢綠參差(동풍취빈녹참치)

金鏡(금경)=금으로 꾸민 거울 ◇ 蛾眉(아미)=가늘게 굽은 아름다운 눈썹 ◇ 卯酒(묘주)=이른 아침 또는 조반 전에 마시는 술. 아침 술 ◇ 參差(참치)=가지런하지 않은 모양. 연이은 모양. 흩어진 모양

선녀인 듯 눈같이 희디흰 살결
새벽 창에 거울 보며 눈썹 그리네.
해장술에 얼근하여 얼굴 벌겋고
봄바람에 귀밑머리 풀처럼 휘날리네.

又

雲鬟梳罷倚高樓(운환소파의고루)　　鐵笛橫吹玉指柔(철적횡취옥지유)
萬里關山一輪月(만리관산일륜월)　　數行淸淚滿伊州(수행청루만이주)

（『歷代韓國愛情漢詩選』）

雲鬢(운환)=아름다운 쪽 ◇ 關山(관산)=고향

쪽을 빗고 난 뒤 높은 누각 의지하여
쇠피리 비껴 부니 손가락이 부드럽네.
멀고 먼 고향 달 우러러보느니
두어 줄 막을 눈물이 노래 속에 가득하네. ─韓喆熙 역

扶桑館裏一場歡(부상관리일장환)　宿客无衾觸爐殘(숙객무금촉신잔)
十二巫山迷曉夢(십이무산미효몽)　驛樓春夜不知寒(역루춘야부지한)
　　　　　　　　　　　　　　　　　　　　（『遣閒雜錄』）

부상관에서의 한바탕의 재미
투숙한 나그네 이불 없이 촛불을 다 태웠다.
무산 십이봉 새벽 꿈 어지럽혀
역루의 봄밤 추위 몰랐어라. ─車柱環 역

일찍이 영남에 갔다가 성주(星州) 기생 은대선을 사랑하게 되었는데 돌아옴을
당하여 부상역(扶桑驛)에 이르러 역사(驛舍)에서 유숙할 때 준 시이다.

雲梯高倚沈寥天(운제고의침요천)　乘月登樓非盛年(승월등루비성년)
有興長吟山水窟(유흥장음산수굴)　無心一醉綺羅筵(무심일취기라연)

終朝庭院絲絲雨(종조정원사사우)　薄暮村虛淡淡煙(박모촌허담담연)
未辦晴川芳草句(미판청천방초구)　謾留題詠愧唐賢(만류제영괴당현)
　　　　　　　　　　　　　　　　　　　　（『名妓列傳』）

晴天芳草句(청천방초구)=당나라 최호(崔顥)의 「황학루(黃鶴樓)」 가운데 '청천역력한양

수 방초처처앵무주'(晴川歷歷漢陽樹 芳草萋萋鸚鵡洲)를 가리킴 ◇ 唐賢(당현)=당나라 때의
현인. 시인을 말함

> 다락은 높아 하늘에 잠겼는데
> 중년 나그네 달 따라 누에 올랐소
> 흥에 겨워 산천경개를 읊조리며
> 호화로운 연락에 마냥 취했도다.
>
> 아침에는 뜰에 봄비가 내리더니
> 저녁에는 마을에 연기가 나부낀다
> 청천방초의 옛 시도 제대로 모르면서
> 함부로 읊조리기 당현에게 부끄럽네. ─鄭飛石 역

• **姜渾**(강혼, 1464~1519)

자 사호(士浩). 호 목계(木溪). 문신. 무오사화(戊午士禍) 때 김종직의 문인이라 하
여 장류(杖流)되었다가 얼마 후 방환되었고 중종반정 때 정국공신(靖國功臣) 3등으
로 진천군(晉川君)에 봉해지고 후에 우찬성을 역임했다.

올 사람이 아니 오니

葉走空庭窣窣鳴(엽주공정솔솔명)　　誤驚前夜曳鞋聲(오경전야예혜성)
旅窓孤枕渾無寐(여창고침혼무매)　　半壁殘燈翳復明(반벽잔등예부명)

(『思齋摭言』)

窣窣(솔솔)=쓸쓸한 바람 소리의 형용

빈 뜰에서 나뭇잎 구르는 소리 나니
지난 밤 신발 끄는 소리로 잘못 알고 마음 두근거렸네.
여관 방 외로운 베개로 잠 못 이루는데
쇠잔한 등잔불이 어둡다가는 다시 밝아오네. ─李在崑 역

▬ 해주 기생을 사랑했다가, 도성으로 돌아올 때 금교역(金郊驛)에 이르러 원이
기생을 데리고 와서 전별해줄 것으로 기대했으나 소식이 없자, 밤새도록 생각에
잠겨 잠을 못 이루고 지은 시이다.

• 南袞(남곤, 1471~1527)
　자 사화(士華). 호 지족당(知足堂), 지정(止亭). 문신. 중종 때 기묘사화(己卯士禍)를
일으켜 후에 영의정에 올랐다. 문장에 뛰어나고 글씨에도 능했으나, 만년에 죄를
자책, 자신의 글로 뒤에 화를 입을까 봐 사고(私稿)를 불태웠다.

마음에 든다면

不論妍醜不論緣(불논연추불논연)　　處久令人意自牽(처구령인의자견)
(『松溪漫錄』)

얼굴이 곱고 추한 것, 인연이 있고 없음을 논하지 말라
오래도록 함께 지낸다면 마음 끌리게 마련인 것을. ─李在崑 역

▬ 성산의 기생 심향지(沈香之)에게 준 시이다.

廳老妓上林春彈琴有感次前韻(청노기상림춘탄금유감차전운)

容謝尙在傾國手(용사상재경국수)　　哀絃彈出夜深詞(애현탄출야심사)
聲聲似怨年華春(성성사원연화춘)　　奈爾浮生與老期(내이부생여노기)

(『稗官雜記』)

傾國(경국)=나라를 기울여 망하게 할 만한 미인

고운 얼굴 늙었어도 재주는 남아
야심사 거문고 소리 애절도 하다
소리마다 늙었음을 원망하는 듯
늙어가는 인생이야 어찌할 거냐　—鄭飛石 역

노기(老妓) 상림춘(上林春)이 칠십이 넘어 이상좌(李上佐)에게 거문고 타는 장면
의 그림을 얻고 그 위에 사랑하던 신종호(申從濩)의 시를 적어 시축을 만든 뒤에
명사들의 시를 얻어 시축을 만들었는데 여기에 써준 시이다.

• 金安國(김안국, 1478~1543)
　자 국경(國卿) 호 모재(慕齋). 조광조(趙光祖)와 함께 지치주의(至治主義)를 주장했
으나 급격한 개혁에 반대했다. 성리학뿐만 아니라 천문, 역학, 농사, 국문학 등에
도 조예가 깊었다.

창밖은 한밤중 달이 둥글고

贈妓(증기)

窓外三更月正圓(창외삼경월정원)　　美人抵首語間關(미인저수어간관)

丈夫不見無心者(장부불견무심자)　　只爲身名重泰山(지위신명중태산)

正圓(정원)=아주 둥근 원형 ◇ 關(관)=멈추다

창밖은 한밤중 달은 아주 둥글고
미인은 고개를 저으며 하던 말을 멈추네.
무심한 사내대장부를 보지 못했으니
다만 신명이 태산보다 소중하기 때문이다. ―黃忠基 역

• 趙光祖(조광조, 1482~1519)

　자는 효직(孝直) 호는 정암(靜庵). 본관은 한양. 문신. 학자. 벼슬은 부제학에 이르렀음. 유교로써 왕도정치를 실현해야 한다는 지치주의를 역설했고, 급진적인 개혁을 단행하여 훈구파(勳舊派)의 반발을 초래했음. 후에 훈구파의 끈질긴 공격으로 사사(賜死)되었음. 저서에 『정암집(靜庵集)』이 있고, 시호는 문정(文正).

어찌 약속을 저버리랴

春滿名園(춘만명원)　　　　　　　是何處西山南麓(시하처서산남록)
正繁英初綻嫩條新綠(정번영초탄눈조신록)　一陣東風(일진동풍)
吹雨過眼前(취우과안전)　　　　　芳意知誰屬(방의지수촉)
出短籬愁絶(출단리수절)　　　　　倩人看開還落(천인간개환락)
盈盃酒紅侵玉(영배주홍침옥)　　　傍江路青遙續(방강로청요속)
惜世間聚散幾人心曲(석세간취산기인심곡)　勸爾殷勤千萬壽(권이은근천만수)
那忍負此燈前約(나인부차등전약)　怨別離酸苦(원별리산고)
定何時明朝隔(정하시명조격).

　　　　　　　　　　　　　　　　　(『企齋集』)

倩人(천인)=예쁜 사람 ◇ 聚散(취산)=모임과 흩어짐

봄빛이 명원에 가득한데
여기가 어느 곳, 서산의 남록인가
꽃이 처음 피니 연약한 가지엔 신록 깃드는데
일진동풍이
비를 몰고 지나가네.
꽃다운 뜻을 누구에게 부칠까
울타리 나와 시름에 잠기네
꽃 피었다가 다시 짐을 슬퍼하는데
잔 가득 담은 술엔 붉은 기운 감돌고
강변의 저 길에는 푸른빛 이어지네.
만났다가 헤어지는 안타까운 이 마음
은근히 그대에게 오래 살길 비네.
어찌 차마 등잔 아래 약속 저버릴까
이별의 쓰라림
언젠가는 면치 못하리. ─李在崑 역

장난삼아 기생 만강홍(滿江紅)에게 지어준 시로, 익재(益齋) 이제현(李齊賢)의 악부(樂府)체를 본따 지은 것이다.

却妓(각기)

杜陵寒眼由來久(두릉한안유래구)　　此日看花似霧中(차일간화사무중)
不是風情今盡減(불시풍정금진감)　　紅粧非合白頭翁(홍장비합백두옹)

(企齋集)

風情(풍정)=재미있는 풍취 ◇ 紅粧(홍장)=화장한 미인을 형용한 말.

두릉의 원망하는 눈초리는 그 유래가 깊어

이날의 꽃구경은 안개 속 같네.

풍정이 다한 것이 아니라

홍장이 백발의 늙은이에게는 어울리지 않네. —李在崑 역

• 申光漢(신광한, 1484~1555)

자 한지(漢之). 호 기재(企齋), 낙봉(駱峰), 석선재(石仙齋), 청성동주(靑城洞主). 문
신. 을사사화(乙巳士禍)에 공을 세워 위사공신(衛社功臣) 3등이 되었다. 후에 좌찬성
에 올라 기로소에 들어갔다. 문장에 능하고 필력이 뛰어났다.

아무리 태수가 무섭다 해도

公山太守㤼威稜(공산태수겁위능)   御使風情識未曾(어사풍정식미증)
公館無人消永夜(공관무인소영야)   南來行色淡於僧(남래행색담어승)

(『思齋摭言』)

公山(공산)=충청남도 공주(公州)에서 딴 이름

공산의 원이 서릿발 같은 위엄을 두려워하여

어사의 풍정도 여색은 아네.

빈 방에 홀로 긴 밤 지새우니

남쪽으로 온 나그네 행색이 중보다 처량하도다. —李在崑 역

일찍이 충청도 어사가 되어 맨 먼저 공주에 들어갔다. 마음속으로 틀림없이
기생을 들여보내서 천침시키려니 하고 자리에 누워서 기다렸다. 주관(州官)은 '어

사는 사객(使客)과는 다르다.' 하며 그 서릿발 같은 위엄을 두려워하여 감히 기생을 들여보내지 못하고, 다만 통인을 시켜 객사 마루 밑에서 밤을 지키게 했을 뿐이다. 어사는 밤새도록 기다렸으나 종시 사람의 발자취 소리조차 듣지 못하고, 그 이튿날 아침에 시 한 수를 병풍에 써놓고 가버렸다. 듣는 사람들이 모두 웃었다고 하는 시이다.

• 柳雲(유운, 1485~1528)

자 종용(從龍). 호 항재(恒齋). 문신. 충청도 관찰사가 되어 기생들과 술만 마신다고 하여 탄핵을 받고 동지중추부사로 전직되고, 이어 대사헌이 되어 조광조를 신구하다가 파직되었다. 시가(詩歌)에 뛰어났다.

회산의 칼날은 너무 날카로워

斷盡愁腸無一寸(단진수장무일촌)   檜山情刃太尖銛(회산정인태첨섬)

(『思齋摭言』)

檜山(회산)=경상남도 창원(昌原)의 옛 이름

시름에 찬 창자 다 끊어져 한 마디도 남지 않았으니
회산 애정의 칼날 너무나 날카롭네. ― 車柱環 역

영남에 갔을 때 창원(昌原)의 기생을 사랑하여 작별하려 할 때 기둥 사이의 잘 보이지 않는 곳에 써놓은 시이다.

十三學得猗蘭操(십삼학득의난조)   法部叢中見藝成(법부총중견예성)
遍接貴遊連密席(편접귀유연밀석)   又通宮籍奏新聲(우통궁적주신성)

漪瀾(의란)=잔물결과 큰 물결. 시가를 뜻함

嬌鶯過雨花間滑(교앵과우화간활)　　細溜侵宵澗底鳴(세류침소한저명)
才調不如白司馬(재조불여백사마)　　豈能商婦壽佳名(기능상부수가명)

(『遣閒雜錄』)

열세 살에 시를 배워
기생 가운데서 이름을 얻었네.
널리 귀인들과 놀아서 사랑받았고
음률에도 통하여 노랫소리 맑았네.

아리따운 꾀꼬리 비를 지나 꽃 사이로 날아
가는 빗방을은 시내에 떨어져 소리 내며 흐르네.
재주는 백사만 같지 못하니
어찌 상부의 아름다운 이름 누릴까. ―李在崑 역

기생 상림춘(上林春)에게 보낸 시이다.

琴妓上林春來訪(금기상림춘내방)

牛衣初除睡思濃(우의초제수사농)　　偏來剛喜及高春(편래강희급고용)
橫琴不盡西樓月(횡금부진서루월)　　臥聽淸風細入松(와청청풍세입송)

(『湖陰雜稿』)

牛衣(우의)=언치. 소나 말의 등에 씌우는 거적

우의를 벗기는 철이 되니 졸음이 오는데
네가 찾아왔으니 기뻐서 뛰쳐 일어나
달밤 서루에 올라 거문고 타다가

밤 깊어 누웠으니 솔바람 소리 들려오네. —李在崑 역

• 鄭士龍(정사룡, 1491~1570)

자 운경(雲卿). 호 호음(湖陰). 문신. 시문과 음률에 뛰어났고 글씨에도 능했으나 탐학(貪虐)하다는 비난을 받았다.

매화를 꺾어 책상에 꽂아주어

病臥昌原春事到半有妓折梅來插案頭戱吟一絶(병와창원춘
사도반유기절매래삽안두희음일절)

婵娟玉質映樓頭(선연옥질영루두)　　池上淸香暗暗浮(지상청향암암부)
我未就君君就我(아미취군군취아)　　病中添得一般愁(병중첩득일반수)

(『倪仰集』)

春事(춘사)=봄의 흥취. 봄의 즐거움 ◇ 案頭(안두)=책상머리 ◇ 婵娟(선연)=예쁘고 아름
다운 모양 ◇ 玉質(옥질)=구슬같이 아름다운 자질 ◇ 樓頭(누두)=누상(樓上)

예쁘고 아름다운 모습이 누상에 비추니
못 위로 맑은 향기가 조용히 풍겨오누나
내 그대를 따르기 전에 그대 나를 따르니
병중에 보통 근심에 하나를 보태어 얻었네. —黃忠基 역

次元亮戱贈老妓韻(차원량희증노기운)

花顔誰記昔年開(화안수기석년개)　　白首慚同此日杯(백수참동차일배)

莫謂舊緣隨老盡(막위구연수노진)　　丹心猶不抵寒灰(단심우불저한회)

(『俛仰集』)

花顏(화안)=꽃처럼 아름다운 얼굴 ◇ 昔年(석년)=옛날 ◇ 寒灰(한회)=불이 꺼져 식은 재.
감정의 움직임이 없어짐을 비유

꽃처럼 예쁜 얼굴을 보고 누가 예전에만 아름다웠다고 하겠는가.
늙어 오늘에 같이 술을 마시는 것이 부끄럽네.
예전의 인연 때문에 다 늙었다 일컫지 말게.
사랑하는 마음은 오히려 식어지지 않았네. ─黃忠基 역

• 宋純(송순, 1493~1583)
　자 수초(遂初). 호 면앙정(俛仰亭), 기촌(企村). 벼슬은 우참찬에 이르렀고 후에 기
로소에 들어갔다. 뒤에 치사하고 담양의 제월봉 아래에 석림정사(石林精舍)와 면앙
정을 짓고 독서와 가곡을 지었다. 강호가도의 선구자로서 시조와 가사를 남겼다.

섬요의 생각에 눈물을 금치 못하리

次韻(차운)

西浦無人日已沈(서포무인일이침)　　夜深回棹獨傷心(야심회도독상심)
阿誰最是多情思(아수최시다정사)　　座上纖腰淚不禁(좌상섬요누불금)

(『入巖集』)

阿(아)=그. 누가

서녘 나루에는 사람도 없고 해는 이미 졌는데

밤이 깊어 배 돌리니 홀로 마음 상하네.

그 뉘가 가장 다정하게 그리웁던가?

자리 위 섭요 생각에 눈물을 금치 못하리. — 李任器 역

■ 5수로 된 7언절구 가운데 첫 번째 수로 "雲卿(운경)이 평양 기생 楚腰纖(초요섬)을 데리고 다니면서 대단히 사랑하였으므로 말구(末句)에 언급하였다."(雲卿帶西京妓楚腰纖奇愛之故有末句)라고 하였는데, 운경은 정사룡(鄭士龍, 1491~1570)의 자(字)임.

• 閔齊仁(민제인, 1493~1549)

자 희중(希仲). 호 입암(立巖). 문신. 벼슬은 좌찬성에 이르렀고 후에 위사공신(衛社功臣) 2등이 되었다. 소윤(小尹) 일파들이 안명세(安名世)가 지은 『시정기(時政記)』를 고치려 하자 그 부당함을 주장하다가 관직을 삭탈당하고 공주에 유배되어 배소에서 죽었다. 저서에 『입암집(立巖集)』이 있다.

말하기 전에 눈물부터

子仁令公席上戲贈歌妓(자인영공석상희증가기)

枯眼乾愁獨夜情(고한건수독야정)　燈前欲說淚先零(등전욕설누선령)

司空莫勸新詞唱(사공막권신사창)　嗚咽誰憐曲不成(오열수련곡불성)

(『忍齋集』)

司空(사공)=고려 때 삼공의 하나. 또는 공조판서의 별칭

오랜 한과 수심으로 잠 못 이루는 정을

등불 앞에 말하기 전에 눈물부터 떨어지누나.

사공은 새로운 가사를 부르라 권하지 마오
노래를 다 부르지 못해 흐느낀들 누가 가련타 하리오.—黃忠基 역

頤菴酒席贈歌者石哥(이암주석증가자석가) 三首

其一

主家絲管盡明粧(주가사관진명장)　　壓倒梨園弟子行(압도이원제자행)
眼裏秦靑歌第一(안리진청가제일)　　雍門不獨繞空梁(옹문부독요공량)

頤菴(이암)=조선 명종 때 부마인 송인(宋寅)의 호 ◇ 絲管(사관)=사죽(絲竹). 관악기와
현악기. 음악을 통틀어 일컫는 말 ◇ 秦靑(진청)=옛날에 노래를 잘하던 사람. 그가 노래
를 부르니 공중에 떠가던 구름이 멈추었다고 함 ◇ 雍門(옹문)=옹문주(雍門周)를 말함. 거
문고의 명수. 슬픈 곡조를 잘 타서 사람들을 울렸는데, 맹상군(孟嘗君)이 그에게 거문고
를 타게 하면서 나도 울릴 수 있느냐고 하자 그가 타는 슬픈 가락을 듣고 맹상군도 눈물
을 흘렸다는 고사가 전함

주인집 풍류가 제대로 갖추어져
이원제자의 대열을 압도하도다.
눈 붉어질 만큼 훌륭한 진청의 노래도
옹문주의 노랫소리 허무하게 끊어짐을 어쩔 수 없구나.

其二

石城知是莫愁鄕(석성지시막수경)　　取石名娥意自長(취석명아의자장)
只怕花心春易惱(지파화심춘역뇌)　　慇懃要汝石爲腸(은근요여석위장)

석성은 이 벼슬을 한하지 않음을 알겠지
돌을 이름으로 삼은 아가씨의 뜻이 진실로 존귀함을
다만 봄이면 고뇌하기 쉬운 미인의 마음이 편안해져

은근히 너에게 돌처럼 단단한 마음이 되기를 바라는 것을.

其三

和箏便覺絃方穩(화쟁편각현방온)　　倚笛還知調自勻(의적환지조자내)
飛上九天歌一曲(비상구천가일곡)　　念奴知是汝前身(염노지시여전신)

『忍齋集』

쟁의 소리 바꿔자 가야금 소리가 바야흐로 평온함을 문득 깨닫겠고
피리로 가락이 곱게 들리는 것을 도리어 알겠다.
구천에 올라 노래 한 곡을 부르니
이것이 너의 전신이었음을 생각하게 한다. ─黃忠基 역

戲書歌妓帖(희서가기첩)

郎君昔寵今無賴(낭군석총금무뢰)　　狎客追隨一夢餘(압객추수일몽여)
幾度樽前歌法曲(기도준전가법곡)　　舊遊休說淚沾裾(구유휴설누첨거)

『忍齋集』

狎客(압객)=연석 등에서 자리를 흥겹게 하는 사람

낭군의 지난날 사랑이 믿을 수가 없고
압객을 추모하는 한바탕 꿈은 남아 있다.
몇 번이나 술잔 앞에서 가법을 노래했고
지난날 놀던 일과 기쁨을 생각하니 눈물이 옷자락을 적시네. ─黃忠基 역

- 洪暹(홍섬, 1504~1585)

　자 퇴지(退之). 호 인재(忍齋). 문신. 영의정을 세 번에 걸쳐 중임을 하였고, 병으로 사직하고 영중추부사가 되었다. 문장에 능하고 경서에 밝았다.

애인과 헤어지기 너무 서러워

有人與愛妓惜別(유인여애기석별)

心似貪花蝶(심사탐화접)   身如渡塞鴻(신여도새홍)

泣川添別淚(읍천첨별루)   流向海門東(유향해문동)   (『松溪漫錄』)

泣川(읍천)=지명

마음은 꽃을 탐하는 나비 같고
몸은 변방을 건너가는 기러기 같네.
이별의 눈물이 읍천 물을 더해서
흘러 바다 동쪽으로 가는구나. —韓詰熙 역

黃해도의 원으로 있을 때, 사랑하는 기생과 헤어지는 사람을 대신하여 지어
준 시이다.

醉贈妓生(취증기생)

舞愛翻紅袖(무애번홍수)   歌憐斂翠眉(가련염취미) (『松溪漫錄』)

춤추매 붉은 소매 번득임이 사랑스럽고
노래하매 푸른 눈썹 걷어올림이 귀엽구나. —韓詰熙 역

호음 정사룡(政士龍)과 함께 통군정(統軍亭)에서 술을 마시며 기생에게 준 시이다.

• 趙仁奎(조인규, 조선 선조)
  자 경문(景文). 호 우암(寓庵). 벼슬은 참판을 역임했고 저서에 『儷語(여어)』가 있다.

꿈속에 다니는 길 자취 있다면

無題(무제)

人生離合苦無齊(인생이합고무제)　　忍淚當時愴醉攜(인루당시창취휴)
若使夢魂行有跡(약사몽혼행유적)　　西原城北摠成蹊(서원성북총성혜)

(『芝峰類說』)

西原(서원)=충청도 청주(淸州)의 옛 이름

인생의 만나고 헤어짐이 한결같지 못해서
눈물을 참고 그때에 이별하였죠.
꿈속의 다니는 길이 자취 있다면
청주성 북녘이 다 지름길 되었을 것을. ─韓喆熙 역

■ 충청감사로 있을 때 서원(西原) 기생을 사랑했다. 후에 그에게 준 시이다.

• **尹鉉**(윤현, 1514~1578)
　자 자용(子用). 호 국간(菊磵). 문신 벼슬은 지돈녕부사에 이르렀고, 시문에 능했다. 명종 때 청백리에 녹선되었다.

얼음처럼 보드라운 수건을 보내며

戱題氷綃手帕 幷寄眞娘(희제빙초수파 병기진랑)

半幅氷綃一掬雲(반폭빙초일국운)   寄渠聊作扇頭巾(기거료작선두건)
不知幾處離筵上(부지기처이연상)   持向阿誰拭淚痕(지향아수식누흔)

(『小華詩評』)

氷綃(빙초)=얼음처럼 보드라운 비단

반폭 빙초에 한줌의 구름을 보내노니
그대는 부채수건으로 쓰기 바라노라
모르겠네, 많은 이별의 자리에서
이 손수건 잡고 누굴 위해 눈물 자욱 씻으려는지. ─安大會 역

贈西原妓(증서원기)

臨分解帶當留衣(임분해대당류의)   敎束纖腰玉一圍(교속섬요옥일위)
想得粧成增宛轉(상득장성증완전)   被誰牽挽入羅幃(피수견만입나위)

(『松溪漫錄』)

西原(서원)=충청도 청주(淸州)의 옛 이름 ◇ 羅幃(나위)=비단 장막

갈리면서 옷 대신 띠를 풀어 네게 준다
옥 같은 가는 허리에 잘끈 동여두어라마는
어여쁘게 단장하여 고운 맵시 더할 때에
뉘한테 끌려서 비단 장막 속 들어갈꼬? ─韓詰熙 역

• 宋寅(송인, 1516~1584)

　자 명중(明仲). 호 이암(頤庵), 녹비옹(鹿皮翁). 학자. 명필. 중종의 부마로 글씨에
능하여 오흥(吳興)의 필법을 받아 해서(楷書)를 잘 썼으며, 산릉(山陵)의 지(誌)와 궁
전의 액(額)으로부터 사대부의 비갈에 이르기까지 많은 글을 짓고 썼다.

죽어 선연동의 혼이 되었으면

　　人生一死終難免(인생일사종난면)　　　願作嬋娟洞裏魂(원작선연동리혼)

　　　　　　　　　　　　　　　　　　　　　　　　　　(『紫海筆談』)

　사람이 나서 한번 죽는 일은 마침내 면할 수 없는 일이니
　나도 죽어서 선연동 안의 혼이 되고지고 ─南晩星 역

　嬋娟洞(선연동)=평양성 밖에 기생들의 무덤이 있는 곳

━ 젊었을 때 평양 기생을 사랑했으나 나중 병사(兵使)가 되었을 때 이미 죽었기
에 그 죽음을 슬퍼해서 지은 시이다.

　　滿紙縱橫總誓言(만지종횡총서언)　　自期他日黃泉原(자기타일황천원)
　　丈夫一死終難免(장부일사종난면)　　願作嬋娟洞裏魂(원작선연동리혼)

　　　　　　　　　　　　　　　　　　　　　　　　　(『紫海筆談』)

　종이 가득 쓴 것이 모두다 맹세의 말
　후일 황천에 꼭 가자고
　장부가 한번 죽음 끝내 면치 못할진댄

나도 선연동 속의 넋이 되길 바라네. —韓喆熙 역

━ 이부랑(吏部郞)으로 관서(關西)에 갔다가 평양 기생 동정춘(洞庭春)과 애정이 있었다. 조정으로 돌아온 뒤 동정춘이 편지를 부쳐왔는데 이르기를 "님을 그리워하지만 뵈올 수 없으니 생이별의 그리움 견딜 수 없습니다. 차라리 죽어 묘혈이라도 같이하고자 곧 선연동으로 돌아갈 생각입니다." 이에 내가 장난삼아 지어 보낸 시이다.

生別長含惻惻情(생별장함측측정)　　那知死後忽吞聲(나지사후홀탄성)
乍聞凶訃腸如裂(사문흉부장여열)　　細憶音容淚自傾(세억음용누자경)
書札幾會來浿水(서찰기회내패수)　　夢魂無復到箕城(몽혼무부도기성)
嬋娟戲語還成讖(선연희어환성참)　　愧我泉原負舊盟(괴아천원부구맹)

(『遣閒雜錄』)

吞聲(탄성)=소리를 삼킨다는 뜻으로, 울음을 참고 흐느낌을 비유하여 일컫는 말 ◇ 箕城(기성)=평양의 다른 이름

살아 헤어져서는 그리운 회포 간절했는데
죽은 뒤에는 어찌해 소리도 없는가.
흉음을 들었을 때 창자가 끊어지는 것만 같아
그대의 음성과 옛 모습 되새기며 눈물 흘렸네.
서찰은 패수에서 몇 번 전해왔던가
꿈속에서도 기성엘 다시 가보지 못했네.
선연동의 농담이 사실이 될 줄이야
내 천원의 옛 맹세 저버린 것 부끄럽구려. —李在崑 역

━ 얼마 후 동정춘이 병들어 죽었다. 장난삼아 시를 짓자 친구들이 보고 웃은 시이다.

坐向東風暗魂斷(좌향동풍암혼단)　窓前啼鳥不堪聞(창전제조불감문)
離多合小春將晚(이다합소춘장만)　路遠書稀日欲曛(노원서희일욕훈)
未信星橋曾有鵲(미신성교증유작)　却疑巫峽更無雲(각의무협갱무운)
此情欲寫還怊悵(차정욕사환초창)　空對金爐換夕曛(공대금로환석훈)

(『遣閒雜錄』)

夕曛(석훈)=해진 뒤에 아직 남은 빛

앉아서 동풍 향하니 남모르게 애타고
창 앞에 지저귀는 새소리 견디기 어렵네.
이별의 시간 많고 만나는 시간 적은데 봄은 저물고
길은 멀고 편지는 드문데 날은 저물고
은하수에 오작교 있다는 말 믿어지지 않아
무협에 구름 없다는 말 의심스럽네.
이 정회 펴려 하나 또다시 쓸쓸해져
부질없이 쇠화로를 대하여 저녁별과 바꾸네. ─李在崑 역

홍주(洪州) 기생 옥루선(玉樓仙)과 사귀었는데, 그를 위해 지은 것이다.

一春都向病中過(일춘도향병중과)　離思無端奈爾何(이사무단내이하)
枕上幾回眉蹙黛(침상기회미축대)　酒邊空復眼橫波(주변공부면횡파)
愁看客舍千絲柳(수간객사천사류)　忍聽陽關一曲歌(인청양관일곡가)
門外日斜猶未發(문외일사유미발)　坐看誰是黯然多(좌간수시암연다)

(『遣閒雜錄』)

陽關(양관)=양관곡(陽關曲). 곡조 이름. 위성곡(渭城曲)의 딴 이름. 왕유의 시에서 유래한 것으로 송별의 시를 일컬음

한 봄을 병 가운데 보냈는데
이별을 생각하니 마음 서글퍼
베갯머리에서 몇 번이나 눈썹을 찡그렸던가.
술자리에서 부질없이 눈길 보냈던가.
객사에서 실버들 보는 것이 괴로워
차마 양관의 가곡을 들을쏜가.
문 밖엔 해가 기우는데 아직도 떠나지 못해
좌중에서 누가 가장 마음이 어두운가. ─李在崑 역

〰 전주의 기생 금개(今介)와 사귀다가 이별할 때 준 시이다.

綽約梨園第一容(작약이원제일용)　　客中今日偶相逢(객중금일우상봉)
靡他信誓堅金石(미타신서견금석)　　萬語千言愼莫從(만어천언신막종)

(『遣閒雜錄』)

뛰어났네, 이원에서 제일가는 미모
나그네 되어 우연히 만났네.
다른 사람처럼 금석 같은 맹세 없어
그 많은 말들을 막종은 조심하네. ─李在崑 역

〰 목사 조희(曹禧)는 내게 인척의 어른으로, 며칠 체류케 하고 기생 막종으로 하여금 시중을 들게 하였다. 내가 막종에게 장난으로 지어준 시이다.

老去無心賦洛神(노거무심부낙신)　　凌波不見襪生塵(능파불견말생진)
當年謾憶初呈態(당년만억초정태)　　此日驚聞忽化身(차일경문홀화신)
暮雨朝雲迷舊夢(모우조운미구몽)　　舞衫歌扇付何人(무삼가선부하인)

星山自此繁華減(성산자차번화감)　　寂寞臨風座上賓(적막임풍좌상빈)

（『遺閒雜錄』）

凌波(능파)=파도 위를 걷는다는 뜻으로, 가볍고 아름다운 미인의 걸음걸이를 형용함

늙어가면서 무심히 낙신을 생각해
미인의 모습 보이지 않고, 버선에선 티끌만 움직이네.
당년의 추억 간절한데
이제 그대의 부음에 놀라네.
아침 비 저녁 구름 옛 꿈에 사로잡혀
무의와 부채는 누구에게 주었나.
성산의 번화함이 이로부터 줄어들리.
적막한 임풍루에 상빈으로 앉아 있네. ─李在崑 역

▬ 경상도 감사가 되어 다시 성주에 갔을 때 막종은 경적(京籍)에 뽑혀 도성으로 가고 다시 내가 도성으로 왔을 때는 시골로 내려간 뒤였다. 얼마 후에 병으로 죽자 권응인(權應仁)은 성주 사람으로부터 막종이 죽은 소식을 듣고 시를 지어 조상했는데, 나는 그의 시운(詩韻)을 빌려 지은 것이다.

• 沈守慶(심수경, 1516~1599)
　자 희안(希安). 호 청천당(聽天堂). 문신. 선조 때 우의정이 되고 기로소에 들어갔으나, 임진왜란이 일어나자 삼도도체찰사가 되어 의병을 모집했고, 이듬해 영중추부사가 되어 뒤에 치사(致仕)했다. 문장과 글씨에도 능했다.

차라리 대방에 머물게 하지

至谷城(지곡성)

御使風流似牧之(어사풍류사목지)　　靑樓昨過帶方時(청루작과대방시)
春心至老消難盡(춘심지노소난진)　　翠袖侵晨淚欲滋(취수침신누욕자)
江水無情移畵舫(강수무정이화방)　　角聲又怨送旋旗(각성우원송선기)
浴川三日留人雨(욕천삼일류인우)　　可笑天公見事遲(가소천공견사지)

(『於于野談』)

帶方(대방)=전라도 남원(南原)의 옛 이름 ◇ 畵舫(화방)=그림을 그려 아름답게 장식한
유람선 ◇ 角聲(각성)=군대에서 쓰는 나팔 비슷한 것으로 내는 소리 ◇ 浴川(욕천)=전라남
도 곡성(谷城)의 옛 이름 ◇ 天公(천공)=하늘을 일컫는 말

　　어샷도 풍류가 두목지와 비슷하여
　　어제 대방에서 청루에 묵었었지
　　춘정은 늙었어도 상기 아니 스러졌고
　　푸른 소매는 첫새벽에 눈물로 젖었었네.
　　강물은 무정해서 놀잇배를 흘려보내고
　　각 소리는 노한 듯이 깃발을 보냈었다.
　　욕천에 나리는 비가 사흘 동안 날 묵히니
　　눈치 없는 하느님이 진정 우습고야 ─韓喆熙 역

호남 어사가 되어 남원에 이르러 기생 말진(末眞)의 천침을 받고 이후 사랑하
는 사이가 되었다. 후에 이별하게 되어 곡성에서 비로 사흘간 머물자 차라리 남
원에 더 머물지 못한 것을 원망하여 지은 시이다.

• 李後白(이후백, 1520~1578)

자 계진(季眞). 호 청련(靑蓮). 문신. 인성왕후가 죽어 복제 문제가 일어나자 만 2년상을 주장하여 실행케 하였고 후에 청백리에 녹선(祿選)되었다. 광국공신(光國功臣) 2등으로 연양군(延陽君)에 추봉되었다.

백상루에 올라보게나

君到百祥樓下見(군도백상루하견)　　箏中應有夢江南(계중응유몽강남)

(『芝峰類說』)

百祥樓(백상루)=관서팔경의 하나. 평안남도 안주(安州) 북쪽 성 안에 있는 누각

그대는 백상루 아래로 와서 보라
응당 강남을 꿈꾸는 일이 있으리라. ─李在崑 역

〰 평안도 평사(評事)가 되었을 때 변방의 기생을 사랑했다 병을 얻어 도망쳐왔다. 후에 사람을 시켜 보낸 시이다.

• 白光弘(백광홍, 1522~1556)

자 대우(大祐). 호 기봉(岐峰). 문인. 시에 능했고, 평안도 평사를 사직하고 돌아올 때 우리말로 쓴 가사 「관서별곡(關西別曲)」이 널리 애송되었다.

헛되이 노래만 시켰네

歌姬(가희)

愧我曾無錦一端(괴아증무금일단)　　漫勞哀曲玉珊珊(만노애곡옥산산)
園桃幸饋佳人實(원도행궤가인실)　　酸澁還教蹙遠山(산삽환교축원산)

(『思庵集』)

珊珊(산산)=패옥이 서로 부딪쳐 쨍그랑거리는 소리 ◇ 遠山(원산)=미인의 눈썹의 형용

나에게 비단 한 자락도 없는데
부질없이 고운 소리 슬픈 가락으로 노래 시켰네
다행히 마당 복숭아나무 열매를 주었으나
시고 떫어 도리어 고운 눈썹 찌푸리게 했네. ─ 金銀洙 역

• **朴淳**(박순, 1523~1589)

　자 화숙(和叔). 호 사암(思庵), 청하자(靑霞子). 후에 영의정을 역임했다. 동서 당쟁이 격심할 무렵 서인을 편들다 서인으로 지목되어 탄핵을 받고 영평(永平)의 백운산에 은거했다. 시, 문, 서에 모두 뛰어났는데, 특히 시는 당시(唐詩)의 풍을 따랐고, 글씨는 송설체(松雪體)를 잘 썼다.

굳이 선연동의 혼이 되겠나

人生得意無南北(인생득의무남북)　　莫作嬋娟洞裏魂(막작선연동리혼)

(『紫海筆談』)

인생이 뜻 얻으면 남북이 없는 것을
굳이 선연동의 혼일랑 되지 마세요 —南晚星 역

심수경이 호서 관찰사 때 홍주(洪州)의 기생이 노래 부를 시를 지어준 것이다.

臨岐莫愧淚雙垂(인기막괴누쌍수)　　蔡史高君是伐柯(채사고군시벌가)

(『松溪漫錄』)

갈림길에서 두 눈에 눈물 나온다고 탓하지 마라
채사와 고군은 눈물이 펑펑 쏟아졌다네. —李在崑 역

채세영(蔡世英)과 고경진(高景軫)이 기생 설매향(雪梅香)을 사랑했다가 헤어질 때 눈물을 흘렸다. 후에 박희립(朴希立)이 고을에 왔다가 갈 때 지어준 시이다.

• 權應仁(권응인, 조선 명종)

자 사원(士元). 호 송계(松溪). 문인. 당시 송대(宋代)의 시풍이 유행하던 문단에 만당(晚唐)의 시풍을 받아들여 큰 전환을 가져왔으며, 시평(詩評)에도 훌륭한 업적을 남겼다.

버드나무 윗가지만 탓하네

立馬江頭別故遲(입마강두별고지)　　生憎楊柳最高枝(생증양류최고지)
佳人緣薄含新態(가인연박함신태)　　蕩子情深問後期(탕자정심문후기)
桃李落來寒食節(도리낙래한식절)　　鷓鴣飛去夕陽時(자고비거석양시)
草長南浦春波闊(초장남포춘파활)　　欲採蘋花有所思(욕채빈화유소사)

(『玄湖瑣談』)

蘋花(빈화)=개구리밥의 꽃

강가에 말 세우고 헤어지긴 정 어려워
부질없이 버들 맨 윗가지에만 성화
가인은 인연 박하다 하여 새로운 교태 짓고
탕자는 정 깊이 들어 다시 만날 날 묻는구나.
도리화 떨어지는 한식철이요.
자고새 날아가는 석양 때라
풀 자란 남쪽 갯가 봄 물결 넓은 데서
마름꽃 따고파짐은 그리는 이 있어서라. ―車柱環 역

 십오륙 세 때 부친을 따라 충청도 공주 관아에 있을 때 친한 동기(童妓)와 이별하면서 치맛자락에 써준 시이다.

贈妓詩(증기시)

楊柳池邊第二家(양류지변제이가)　　玉簫解艷雜淸歌(옥소해렴잡청가)
行人爲買佳人笑(행인위매가인소)　　費盡囊中負債多(비진낭중부채다)

(霽峰集)

버드나무 우거진 연못가 둘째 집에서
옥소 소리 곱게 흘러나와 맑은 노랫소리와 섞이네.
길 가던 나그네 아름다운 여인의 웃음을 사려고 하나
다 써버린 주머니 속엔 빚만 많구나. ―黃忠基 역

又

雲髮金釵兩少娥(운발금채양소아)　　隔牆相對語桃花(격장상대어도화)
却嫌春屭生眸纈(각혐춘구생모힐)　　半額頻將纖手加(반액빈장섬수가)

(霽峰集)

却=치어다보다 ◇ 韝(구)=빛 ◇ 纈(힐)=맺다 ◇ 將(장)=으로서 ◇ 加(가)=붙인다

구름 같은 머리에 황금 비녀를 꽂은 두 아가씨
담장을 사이하고 복숭아꽃과 말을 나누네.
봄의 햇빛을 쳐다보기 싫어 눈을 감고
예쁜 손을 이마에다 자주 붙인다. ─黃忠基 역

海州妓別章(해주기별장)

細柳千絲金色黃(세류천사금색황)　　　持贈江北少年郎(지증강북소년랑)
花心蝶意無憑處(화심접의무빙처)　　　取次相思金色黃(취차상사금색황)

(霽峰集)

細柳(세류)=실버들 ◇ 贈(증)=보내다 ◇ 取(취)=받다 ◇ 次(차)=가슴에

누렇게 물든 실버들 가지들을
강북의 어린 낭군에게 고이 보내고 싶네.
꽃의 마음과 나비의 뜻이 의지할 곳은 없어도
누렇게 물든 그리움을 가슴속에 받고 싶다. ─黃忠基 역

成川妓別章(성천기별장)

郎白思儂設在舌(낭백사농설재설)　　　夢中相見亦非眞(몽중상견역비진)
似儂無寐那成夢(사농무매나성몽)　　　夜夜孤燈耿到晨(야야고등경도신)

(霽峰集)

白(백)=말하다 ◇ 設(설)=가령 ◇ 耿(경)=근심하다

그대가 한 말 아직도 혓바닥에 남아 있는 것처럼 나는 생각하며
꿈속에 서로 만났지만 역시 현실은 아니네.
그대가 잠 못 이룰 것 같으니 어찌 꿈인들 꾸며
밤마다 외로운 등불을 켜고 새벽까지 근심하네. ―黃忠基 역

平壤妓別章(평양기별장)

拱北樓前草色齊(공북루전초색제)　　亂歌欲咽夕陽低(난가욕열석양저)
綠水靑山分手地(녹수청산분수지)　　一人騎馬一人嘶(일인기마인인제)

(霽峰集)

亂(난)=음악의 끝 가락

공북루 앞뜰에 풀빛은 가지런하고
마지막 노랫소리에 목이 메려 하고 저녁 해는 기울었네.
경치 좋은 곳 작별하는 자리에
한 사람은 말을 타고 한 사람은 우는구나. ―黃忠基 역

• 高敬命(고경명, 1533~1592)

　자 이순(而順). 호 제봉(霽峰). 문신. 의병장. 임진왜란이 일어나자 광주에서 모집한 의병 6천여 명을 이끌고 금산(錦山)에 침입한 왜군과 싸우다 전사했다. 시, 그림, 글씨에도 뛰어나 이름을 떨쳤다.

임금의 수레가 서쪽으로 가도

六龍西幸隔風塵(육룡서행격풍진)　　一病沈綿度幾春(일병침면도기춘)

馬似遊龍姬似玉(마사유룡희사옥)　　　不知零落屬誰家(부지영락촉수가)

『芝峰類說』

六龍(육룡)=임금의 수레를 끄는 여섯 마리의 말. 임금의 어가(御駕)를 일컬음 ◇ 風塵(풍진)=세상의 소란. 병란(兵亂) ◇ 遊龍(유룡)=자태가 아름다움을 일컬음

어가(御駕)가 전쟁을 멀리하여 서쪽으로 행행하니
병을 오랫동안 앓아 몇 해를 지내었노.
말은 주색에 빠진 용과 같고 계집은 옥과 같아
영락해서 뉘 집을 좇는지 알 수가 없네. ─黃忠基 역

• **李大海**(이대해, 조선 선조)
버슬은 정랑을 지냈다.

두 사람의 마음 두 사람만이 알지

窓外三更細雨時(창외삼경세우시)　　　兩人心事兩人知(양인심사양인지)
歡情未洽天將曉(환정미흡천장효)　　　更把羅衫問後期(갱파나삼문후기)

『續古今笑叢』

三更(삼경)=한밤중 ◇ 羅衫(나삼)=비단 옷자락 ◇ 後期(후기)=다음 약속

밤 삼경 창밖에 부슬비 내릴 때
두 사람 마음 두 사람만이 아네.
환락의 정 아직 흡족치 않아 날이 새는데
나삼 소매 잡고 다음 기회 묻네. ─李在崑 역

『병와가곡집(瓶窩歌曲集)』에 "窓外三更細雨時에 兩人心事兩人知라 新情이　未洽한
듸 하날이 장차 붉아온다 다시곰 羅衫을 뷔혀잡고 後人期約을 뭇더라."(904)처럼
시조로 만들어져 이후의 여러 가집에 수록되었고 『대동풍아(大東風雅)』에만 김명
원(金命元)의 작으로 되어 있다.

• 金命元(김명원, 1534~1602)
　　자 응순(應順). 호 주은(酒隱). 문신. 벼슬은 좌의정에 이르렀고, 유학에도 전념
하여 조예가 깊었으며, 병서와 궁마(弓馬)에도 능했다.

시들어가는 것이 가런키만 하네

弱質愁低首(약질수저수)　秋波不肯回(추파불긍회)
空聞波濤曲(공문파도곡)　未夢雲雨臺(미몽운우대)
爾長名應擅(이장명응천)　吾衰閤己開(오쇠합이개)
國香無定主(국향무정주)　零落可憐哉(영락가런재)

(『南溪見聞錄』)

秋波(추파)=미인의 시원한 눈매. 여자의 아양 떠는 눈초리

연약한 체질에 머리를 살짝 숙이고도
눈짓을 보내지 않네.
허공에 들리는 건 파도 소리요
운우는 꿈이 아닌 것을
오로지 응하는 것은 너의 긴 이름으로
침방은 열었으나 내가 쇠약한 것을

국화은 정해진 주인 없으나
시들어가는 것이 가련키만 하다. ─李在崑 역

▨ 황해 관찰사 때 기생 유지(柳枝)에게 준 시이다.

天姿綽約一仙娥(천자작약일선아)　　十載相知意多態(십재상지의다태)
不是吾我腸木石(불시오아장목석)　　只緣年老謝芬華(지연연로사분화)

(『南溪見聞錄』)

天姿(천자)=타고난 재능 ◇ 綽約(작약)=가냘프고 맵시 있는 모양 ◇ 芬華(분화)=아름다움. 또는 화려하게 꾸밈

아름답고 가냘픈 한 선녀
십 년을 서로 알면서 의태도 많았던 것을
내 간장이 목석이 아닐세.
나이 많아 분화를 사양하는 것일세. ─李在崑 역

▨ 그 후에 유지를 다시 만났을 때 준 시이다.

旅館誰憐客枕寒(여관수련객침한)　　枉教雲雨下巫山(왕교운우하무산)
今宵虛負陽臺夢(금소허부양대몽)　　只恐明朝作別離(지공명조작별리)

(『小華詩評』)

나그네의 찬 잠자리를 그 누가 불쌍히 여겼는지
쓸데없이 구름과 비를 무산에 내리게 했구려.
오늘 밤도 헛되이 양대의 꿈을 저버렸으니
내일 아침 이별이 어려울까 두려울 뿐이로다. ─安大會 역

___ 간이(簡易) 최입(崔岦)이 성천부사로 재직하고 있을 때 공을 시험해보고자 여러 기생들을 불러 "너희들 중에 이분을 홀리는 자가 있으면 내 후한 상을 내리겠다."고 하자 한 미모의 기생이 율곡에게 가기를 청하니 연회장으로 보냈다. 율곡은 그 기생을 낮이면 좌우에서 시중을 들게 하고 밤이면 반드시 거처로 보냈다. 이렇게 보낸 지가 한 달 남짓 되자 기생이 드디어 돌아가기를 청하였다. 그제서야 율곡이 지어준 시이다.

• 李珥(이이, 1536~1584)

자 숙헌(叔獻) 호 율곡(栗谷). 학자. 문신. 조선 유학계에 이황과 더불어 쌍벽을 이루는 학자로 기호학파를 형성하고, 장구(章句)의 분석적 해설보다 근본 원리를 자유롭게 종합적으로 통찰함을 근본 사상으로 이통기국(理通氣局)을 주장, 이 사상의 차이가 당쟁과 관련되어 오랫동안 논쟁의 중점이 되었다.

이십 년 전의 노래가 아직도

二十年前塞下曲(이십년전새하곡)　　何年落此妓林中(하년낙차기림중)
孤臣未死天涯淚(고신미사천애루)　　欲向康陵洒曉風(욕향강릉쇄효풍)

『五山說林』

康陵(강릉)=조선 13대왕 명종(明宗)의 능 ◇ 효풍(曉風)=새벽에 부는 바람

이십 년 전에 변방에서 부른 노래가
어느 해에 기생들에게까지 들어왔나.
외로운 신하가 죽지 못하고 먼 곳에서 흘리는 눈물이
강릉으로 가고자 하는 마음을 새벽바람이 씻어가네. ─黃忠基 역

북쪽 변방으로 가다 우연히 단가(短歌) 한 수를 지었는데 이것은 곧 명종(明宗)이 운명할 가참(歌讖)이었다. 공이 다시 길주(吉州)에 갔을 때 늙은 기생이 이 노래를 부르자 취한 끝에 지은 시이다.

戱李都事期男別妓(희이도사기남별기)

別路重重隔(별로중중격)　愁腸寸寸灰(수장촌촌회)
靑山人獨去(청산인독거)　暝樹鳥雙廻(명수조쌍회)

(『松江原集 卷一』)

別路(별로)=이별하는 길 ◇ 重重(중중)=거듭되는 모양 ◇ 隔(격)=막히다 ◇ 愁腸(수장)=근심하는 마음 ◇ 寸寸(촌촌)=마디마디. 갈가리 ◇ 靑山(청산)=묘지의 뜻이 있음 ◇ 暝(명)=어둑어둑하다

이별하는 길은 겹겹이 막히고
근심하는 마음은 갈가리 재가 된다.
푸른 산을 사람이 혼자 가더라도
어둑어둑할 때 숲에 새는 쌍으로 돌아온다. ―黃忠基 역

關東有贈妓(관동유증기)

十五年前約(십오년전약)　監司察訪間(감사찰방간)
吾言雖或中(오언수혹중)　俱是鬢毛斑(구시빈모반)

(『松江續集 卷一』)

열다섯 해 전에 했던 약속은
감사나 찰방이 되겠다고 했네.
내 말이 비록 적중했다고 하더라도
귀밑털이 다 함께 반백이 되어 있을걸. ―黃忠基 역

襄陽妓有紅粧者戲賦一絶(양양기유홍장자희부일절)

紅粧何必鏡湖間(홍장하필경호간)　千載安詳此地還(천재안상차지환)
不復偏舟勞遠望(불부편주노원망)　一宵同倚玉欄干(일소동의옥란간)

(『松江續集 卷一』)

紅粧(홍장)=고려 말의 박신(朴信, 1362~1444)과 가까이했다는 기생 ◇ 鏡湖(경호)=관동팔경의 하나인 강릉 경포대(鏡浦臺) ◇ 安詳(안상)=신라 시대 화랑. 술랑(述郎), 영랑(永郎), 남랑(南郎)과 더불어 사선(四仙)이라 일컬음

홍장이 하필이면 경포대에만 있어야 하나
천년 전의 안상이 이곳에 다시 돌아오나
조각배 돌아오길 바라보는 수고를 하지 말고
오늘 하룻밤 옥난간에 나와 함께 기대나 보세. ─ 黃忠基 역

• 鄭澈(정철, 1536~1593)

자 계함(季涵). 호 송강(松江). 문신. 시인. 강원도 관찰사 때 「관동별곡」을 짓고 후에 「사미인곡」을 비롯한 가사 작품과 시조를 지어 국문학의 대가로서의 면모를 보여주었다. 벼슬은 좌의정까지 올랐으나 건저(建儲) 문제로 선조(宣祖)의 미움을 받아 귀양 갔다가 임진왜란 이듬해 강화(江華)에서 죽었다.

얼굴은 볼 수가 없어도

贈琴兒(증금아)

佳兒年十三(가아년십삼)　彈琴雙手纖(탄금쌍수섬)
聞聲不見面(문성불견면)　聲出桃花簾(성출도화렴)

(『增補海東詩選』)

아름다운 아가씨 나이는 열셋
거문고 타는 두 손이 곱구나.
거문고 소리 들리나 얼굴은 볼 수 없으니
복숭아꽃을 그린 발에서 소리가 나오나. ─黃忠基 역

• 河應臨(하응림, 1536~1567)

　자 대이(大而). 호 청천(菁川). 문장가. 문장이 뛰어나 송익필 등과 함께 팔문장의
한 사람으로 일컬어졌고, 소식(蘇軾)의 문장을 사숙했다. 시, 서, 화에도 뛰어났다.

그때의 일, 물을 곳 없어

青山重疊水空流(청산중첩수공류)　　不是金宮卽玉樓(불시금궁즉옥루)
全盛至今無更問(전성지금무갱문)　　月明潮落倚孤舟(월명조락의고주)

(『於于野談』)

청산은 중첩하고 물은 흘러가는데
금궐 아니면 옥루였으리
당시의 전성을 이제 와서 물을 길 없어
달 밝은 썰물녘 외로운 배에 몸 의지했네. ─李在崑 역

• 白光勳(백광훈, 1537~1582)

　자 창경(彰卿). 호 옥봉(玉峰). 시인. 최경창(崔慶昌), 이달(李達)과 함께 조선에서
는 처음으로 성당(盛唐)의 시풍에 들어갔다 하여, 삼당(三唐)으로 불렸다. 명필로도

알려졌는데 특히 영화체(永和體)에 빼어났다.

얼굴을 가린 미인에게

贈燕京面紗美人(증연경면사미인)

也羞行路讓輕紗(야수행로양경사)　　淸夜微雲露月華(청야미운노월화)

約束蜂腰纖一掬(약속봉요섬일국)　　羅裙新剪石榴花(나군신전석류화)

(『朝鮮解語花史』)

淸夜(청야)=맑게 갠 조용한 밤 ◇ 月華(월화)=달빛 ◇ 一掬(일국)=한 움큼

길가는 것 수줍어 깁으로 얼굴 가리워

청야에 구름 헤치고 월화를 드러냈네.

허리는 꿀벌 닮아 가늘기가 한 줌인데

비단 치마 석류꽃 수놓았네. ―李在崑 역

• **尹卓然**(윤탁연, 1538~1594)

　자 상중(尙中). 호 중호(重湖). 문신. 임진왜란이 일어나자 함경도 관찰사로 광해군을 호종, 함경도 순찰사가 되어 의병을 모집하고 왜군에 대한 방어 계획을 세우던 중 객사하였다. 시문에도 능했다.

마주 대하니 웃음 먼저 나오네

詎將文字重纖兒(거장문자중섬아)   一笑前頭當笑多(일소전두당소다)

『簡易集』

고운 아가씨에게 어떻게 글을 표현하나
마주 앉아 웃으니 함박웃음 나오네. — 李在崑 역

最是先生名義感(최시선생명의감)   新粧不復攬菱華(신장불부남릉화)

『簡易集』

菱華(능화)=능화(淩華). 거울의 딴 이름

선생의 외로움에 감동되오
새 화장해도 거울은 다시 보지 말 것을. — 李在崑 역

율곡의 운을 빌려 율곡이 가까이했던 유지(柳枝)의 권축(卷軸) 가운데 수록되어
있는 시이다.

蘭舟在渡馬聲多(난주재도마성다)   作別何須唱楚歌(작별하수창초가)
自是令人難忍淚(자시령인난인루)   風吹落日水增波(풍취낙일수증파)

『朝鮮解語花史』

배는 나루에 머물고 말발굽 소리 요란한데
작별하는 이때 초가는 불러 무엇하리.
이 마당에 눈물 참기 어려워
해 지고 바람 부니 파도만 이네. — 李在崑 역

• 崔岦(최입, 1539~1612)

자 입지(立之). 호 간이(簡易), 동고(東皐). 문신. 시에 탁월하여 초(草), 목(木), 화(花), 석(石)의 40여 종을 소재로 한 시부(詩賦)를 각기 한 편씩 지었다. 그의 글과 차천로의 시, 한호의 글씨를 송도삼절이라 일컬었다. 글씨는 송설체에 일가를 이루었고, 문장은 의고문체에 뛰어났다.

백광홍의 옛 애기에게

贈白光弘舊妓詩(증백광홍구기시)

錦繡煙霞依舊色(금수연하의구색)　　綾羅芳草至今春(능라방초지금춘)
仙娘去後無消息(선랑거후무소식)　　一曲關西淚滿巾(일곡관서누만건)

『芝峰類說』

錦繡(금수)=금수산(錦繡山). 평양 교외에 있는 산. 이 산 위에 모란봉이 있음 ◇ 綾羅(능라)=능라도(綾羅島). 대동강에 있는 섬 ◇ 關西(관서)=관서곡(關西曲). 백광홍이 지은 국문가사 「관서별곡」을 말함.

　　금수산의 연하는 옛 모습 그대로인데
　　능라도의 싱싱한 풀은 봄철을 맞은 듯하다
　　아리따운 아가씨 가고 난 뒤 소식이 없으니
　　한 가락 관서곡에 수건 가득 눈물 흘리네. ─黃忠基 역

백광홍(白光弘)이 지은 관서별곡(關西別曲)이 이제까지 전해 오는 것을 듣고 지은 시이다.

官橋雪霽曉寒多(관교설제효한다)　　　小吏門前候早衙(소리문전후조아)
莫怪使君常晏出(막괴사군상안출)　　　醉開東閣賞梅花(취개동각상매화)

『芝峰類說』

小吏(소리)=지위가 낮은 관리

관청의 다리에 새벽 눈 개자 추위가 심한데
낮은 관리는 일찍부터 궐문 앞에 예궐을 기다리네.
사또가 항상 늦게 출근하는 것을 이상하게 생각 말게.
술 취해 동각을 열고 매화를 구경하기 때문이라네. ―黃忠基 역

━ 성씨 성을 가진 선비가 양주목사가 되어 매화(梅花)라는 기생을 사랑하여 침
혹해서 공사를 폐할 정도였다. 이를 풍자해서 지은 시로 하손(何遜)의 일을 가지
고 풍자했다.

相看脉脉贈幽蘭(상간맥맥증유란)　　　此去天涯幾日還(차거천애기일환)
莫唱咸關舊時曲(막창함관구시곡)　　　至今雲雨暗靑山(지금운우암청산)

『記聞叢談』

脉脉(맥맥)=계속하여 ◇ 天涯(천애)=아주 먼 곳 ◇ 咸關(함관)=함경도에 있는 고개.

맥맥히 서로 보았을 뿐, 사랑하는 그대에게 시를 보내네.
천애의 그 먼 곳을 며칠 걸려 돌아갔나.
함관령 옛 곡조일랑 노래하지 마라
지금도 그 푸른 산은 운우에 가리워져 있으리. ―李在崑 역

━ 홍원(洪原) 기생 홍랑(洪娘)이 사랑하는 고죽(孤竹) 최경창(崔慶昌)이 병들었다는
말을 듣고 밤낮 7일 만에 서울에 왔으나 법금(法禁) 때문에 만나지 못하고 돌아가

제2부 漢詩　161

자 뒤에 그가 지어 보낸 시이다.

- **崔慶昌**(최경창, 1539~1583)

  자 가운(嘉運). 호 고죽(孤竹). 시인. 시와 글씨에 뛰어났으며 피리를 잘 불었다. 어려서 영암 해변에 살 때 왜구를 만났으나 통소를 구슬피 불자 왜구들이 향수에 젖어 흩어져갔으므로 위기를 면했다는 일화가 있다. 서화에도 뛰어났다.

계랑을 생각하고 생각하며

懷癸娘(회계랑)

娘家在浪州(낭가재낭주)　　我家在京口(아가재경구)

相思不相見(상사불상견)　　腸斷梧桐雨(단장오동우)

（『村隱集』）

그대의 집은 낭주에 있고

나의 집은 서울에 있어

그리움은 사무쳐도 만날 길이 없으니

오동나무 빗소리에 애가 타오네. ─鄭飛石 역

贈癸娘(증계랑) ①

我有一仙藥(아유일선약)　　能醫玉頰頻(능의옥협빈)

深藏錦囊裏(심장금낭리)　　欲與有情人(욕여유정인)

（『村隱集』）

錦囊(금낭)=비단 주머니

> 나에게 신기로운 선약이 있어
> 찡그린 얼굴도 고쳐줄 수 있으니
> 금낭 속에 간직한 귀한 그 약을
> 정다운 그대에게 아낌없이 주리라. ─鄭飛石 역

贈癸娘(증계랑) ②

曾聞南國癸娘名(증문남국계랑명)　　詩韻歌詞動洛城(시운가사동낙성)
今日相看眞面目(금일상간진면목)　　却疑神女下三淸(각의신녀하삼청)

『村隱集』

南國(남국)=서울에서 남쪽인 전라도 지방을 가리키는 말 ◇ 洛城(낙성)=서울을 가리킴
◇ 三淸(삼청)=선인(仙人)이 산다고 하는 옥청(玉淸), 상청(上淸), 태청(太淸)

> 남국의 아가씨 계랑의 이름
> 시와 노래로 서울까지 울렸도다.
> 오늘에 그대를 직접 대해보니
> 선녀가 지상에 내려온 것만 같구나. ─鄭飛石 역

途中憶癸娘(도중억계랑)

一別佳人隔楚雲(일별가인격초운)　　客中心緒轉紛紛(객중심서전분분)
靑鳥不來音信斷(청조불래음신단)　　碧梧凉雨不堪聞(벽오량우불감문)

『村隱集』

心緒(심서)=마음속의 회포 ◇ 紛紛(분분)=갈피를 잡을 수 없이 어수선하게 많은 모양
◇ 靑鳥(청조)=사자(使者). 서간(書簡). 선녀(仙女)의 뜻

헤어진 그대는 아득히 멀어
나그네는 시름에 잠 못 이루네.
소식조차 없어서 애가 타오니
오동잎에 찬 비 소리 차마 못 듣겠구나. ─鄭飛石 역

戲贈癸娘(희증계랑)

桃花紅艶暫時春(도화홍염잠시춘)　　獺髓難醫玉頰嚬(달수난의옥협빈)
神女不堪孤枕冷(신녀불감고침냉)　　巫山雲雨下來頻(무산운우하래빈)

『村隱集』

紅艶(홍염)=화색이 붉게 돌고 탐스러움 ◇ 獺髓(달수)=수달의 골수. 또는 그것으로 만든 약

복숭아 피는 꽃 시절은 잠시 잠깐인 것을
여윈 몸에 주름지면 고치기 어려워라
신녀의 독수공방 어이 참으리.
무산의 운우의 정 자주 나누세. ─鄭飛石 역

寄癸娘(기계랑)

別後重逢未有期(별후중봉미유기)　　楚雲秦樹夢相思(초운진수몽상사)
何當共倚東樓月(하당공의동루월)　　却話完山醉賦詩(각화완산취부시)

『村隱集』

完山(완산)=전라도 전주(全州)의 옛 이름

헤어진 뒤 다시 만날 기약이 없어
아득히 먼 곳에서 임만 그리오

동루에서 달 구경할 때는 언제이런고
옛일을 생각하며 잔 들고 시를 읊노라. —鄭飛石 역

贈琴娥(증금아)

一夕仙娥下赤城(일석선아하적성)　　風流雅態楚腰輕(풍류아태초요경)
瑤琴抱向紗窓下(요금포향사창하)　　彈盡相思無限情(탄진상사무한정)

(『妓生列傳』)

楚腰(초요)=미인의 가냘픈 허리

어느 날 밤 선녀가 땅에 내려와
풍류 타는 가는 허리 아름다워라
창가에 거문고 품어 안은 그 자태
노래는 끝나도 그리움은 한이 없어라. —鄭飛石 역

重逢桂娘(증봉계랑)

從古尋芳自有時(종고심방자유시)　　樊川何事太遲遲(번천하사태지지)
吾行不爲尋芳意(오행불위심방의)　　唯趁論詩十日期(유진논시십일기)

(『村隱集』)

樊川(번천)=당나라 시인 두목(杜牧)의 호. 자는 목지(牧之)

예전처럼 그대를 찾아왔을 때
두목(杜牧) 같은 그대는 무슨 일로 늦어지는가?
내가 온 것은 그대를 만나려는 것이 아니라
오직 한 열흘 시에 대해 논의코자 함이네. —黃忠基 역

— 在完山時娘謂余曰願爲十日論詩故云(전주에 머물러 있을 때 계랑이 시에 대해 한 열흘 논의코자 원하기에 말하는 것이다).

夢見息影亭美女歌(몽견식영정미녀가)

每憶南州瑞石上(매억남주서석상)	數椽精舍竹林間(수연정사죽림간)
當年美女今何在(당년미녀금하재)	綠髮朱顏夢裏看(녹발주안몽리간)

『妓生列傳』

息影亭(식영정)=전라남도 담양에 있는 정자. 김성원(金成遠)이 임백령(林百齡)을 위해 지었음.

남쪽 나라 바위 위에 앉았던 그 임
대숲 그늘 암자에서 만나던 그 임
그리운 그 임은 지금 어디 있는고
검은 머리 붉은 얼굴 꿈속에 보이네. ―鄭飛石 역

悼玉眞(도옥진)

香魂忽駕白雲去(향혼홀가백운거)	碧落微茫歸路賒(벽락미망귀로사)
只有梨園餘一曲(지유이원여일곡)	王孫爭說玉眞歌(왕손쟁설옥진가)

『妓生列傳』

香魂(향혼)=미인의 넋 ◇ 碧落(벽락)=푸른 하늘 ◇ 微茫(미망)=흐릿한 모양 ◇ 王孫(왕손)=귀공자

아리따운 넋이 수레를 타고 백운 속으로 사라지니
하늘은 푸르고 아득하여 돌아올 길 바이없네.
다만 이원에 남겨놓은 한 가락 음률이 있어

후세의 귀공자들은 옥진가를 다투어 부르리. —鄭飛石 역

• 劉希慶(유희경, 1545~1636)

　자 응길(應吉). 호 촌은(村隱). 학자. 어려서부터 효자로 유명했고 특히 예론과
상례에 밝아 국상은 물론, 평민들의 장례에 이르기까지 그에게 문의해왔다.

애교 반, 수줍음 반으로

抱向紗窓弄未休(포향사창농미휴)　　半含嬌態半含羞(반함교태반함수)
低聲暗問相思否(저성암문상사부)　　手整金釵乍點頭(수정금채사점두)

(『續古今笑叢』)

몸 껴안고 사창을 향하여 희롱을 쉬지 않네.
반은 교태를 부리며 반은 수줍음을 머금어
낮은 목소리로 가만히 사랑하는가 물으니
손으로 금비녀 매만지며 머리 끄덕이네. —李在崑 역

一朶紅葩載輀車(일타홍파재이거)　　芳魂何事去躊躇(방혼하사거주저)
錦江秋雨丹旌濕(금강추우단정습)　　知是佳人別淚餘(지시가인별루여)

(『大東奇聞』)

紅葩(홍파)=붉은 꽃 ◇ 輀車(이거)=영구차 ◇ 錦江(금강)=충청도와 전라도 경계의 강

한 떨기 붉은 꽃상여에 싣고 가니
향기론 혼백은 무슨 일로 머뭇대노.

금강의 가을비에 붉은 영정 젖어드니
어여쁜 이 이별의 눈물인가 여기노라. ─김성언 역

소실인 기생 일타홍(一朶紅)과 사별하고 도성으로 오면서 지은 시이다.

• **沈喜壽**(심희수, 1548~1622)
자 백구(伯懼). 호 일송(一松), 수뢰루인(水雷累人). 문신. 젊어 하는 일 없이 남의 집 잔치에 기웃거리다 기생 일타홍을 만나 새로 태어나 벼슬길에 나가게 되었다는 일화로 유명하다.

겨울에 부채를 주다니

莫怪隆冬贈扇衣(막괴융동증선의)　　爾今年少豈能知(이금연소기능지)
相思半夜胸生火(상사반야흉생화)　　獨勝炎蒸六月時(독승염증유월시)
(『記聞』)

隆冬(융동)=한참 추울 때 ◇ 半夜(반야)=한밤중 ◇ 炎蒸(염증)=찌는 듯한 여름의 더위

한겨울에 부채 준 것 괴이하게 생각 마라
너는 지금 젊음을 알고 있는가.
깊은 밤 생각하면 가슴에 불이 나
홀로 유월의 뜨거움을 이길 것이다. ─李在崑 역

부채에 써서 기생에게 준 시이다.

浿江歌(패강가)

浿江兒女踏春陽(패강아녀답춘양)　江上垂柳正斷腸(강상수류정단장)
無限煙絲若可織(무한연사약가직)　爲君裁作舞衣裳(위군재작무의상)

(『增補海東詩選』)

패강의 아가씨 봄볕을 거니니
강 위에 수양버들 애를 끊게 하네.
한없이 퍼진 안개로는 옷감을 짤 것 같아
그대 위해 춤옷을 만들었으면. ─黃忠基 역

• **林悌**(임제, 1549~1587)

　자 자순(子順). 호 백호(白湖). 문인. 동서 양당의 싸움을 개탄하고 명산을 찾아다니며 여생을 마쳤다. 당대의 명문장가로서 이름을 날렸고 호방, 쾌활한 시풍으로 그의 작품이 널리 애송되었다.

서울에서 이름을 날린 송도 기생에게

贈松都妓(증송도기)

瑤琴橫抱發纖歌(요금횡포발섬가)　宿昔京城價最多(숙석경성가최다)
春色易凋鸞鏡裏(춘색이조난경리)　白頭流落野人家(백두유락야인가)

(『歷代韓國愛情漢詩選』)

鸞鏡(난경)=거울. 뒷면에 난새를 새긴 거울. 난새는 부부 사이의 의가 좋은 새로, 짝을 잃은 난새가 거울 속의 제 그림자를 보고 슬피 울다 죽었다는 고사가 있음.

거문고 가로 안고 가늘게 부르는 노래
옛날 서울서도 성가가 높았네.
봄빛이 거울 속에 꽃 이울 듯 쉬 사라져
지금은 흰머리로 야인의 집에 떨어졌구나. —韓喆熙 역

• 柳根(유근, 1549~1627)

자 회부(晦夫). 호 서경(西坰). 또는 고산(孤山). 광해군 때 대북파가 국정을 농단
하므로 사직하고 괴산에 은거, 후에 인조반정으로 다시 기용되었다. 정묘호란 때
강화에 왕을 호종하던 도중 통진(通津)에서 죽었다.

닭 소리를 백로 소리라고?

酒半高樓畵燭明(주반고루화촉명)　　錦城絲竹正轟轟(금성사죽정굉굉)
佳人恐敗風流興(가인공패풍류흥)　　笑道鷄聲是鷺聲(소도계성시로성)

술 거나한 높은 누각 그림 촛불 밝은데
금관성엔 음악 소리 우렁차게 들리누나.
가인은 풍류의 흥 깨질까 저어하여
닭 소리를 백로 소리라 웃으며 말하도다. —김성언 역

━━ 유근(柳根)이 충청감사일 때 밤새워 술을 마시는데 닭 우는 소리가 들려 흥이
깨질까 걱정하는데 기생 양대운(陽臺雲)이 백로 소리라고 둘러대자 재치에 감탄하
였다. 이때 현감이던 홍난상이 지은 시이다.

• 洪鸞祥(홍난상, 1553~?)

자 중서(仲瑞). 호 습지(習池). 벼슬은 형조좌랑을 지냈다.

기생 송월에게

贈妓松月 (증기송월)

燕透踈簾醉不知(연투소렴취부지)　滿庭松月影參差(만정송월영참치)
朝雲不入襄王夢(조운불입양왕몽)　十二巫山望更疑(십이무산망갱의)

『朝鮮解語花史』

參差(참치)=가지런하지 않은 모양. 뒤섞인 모양. 참은 세 개가 섞인 것, 치는 두 개가
섞인 것을 뜻함

제비가 주렴을 뚫고 들어와도 취해서 알지 못하고
달빛이 뜰에 가득하여 소나무 그림자 이루었네.
아침 노을은 양왕의 꿈에 들어오지 않아
무산 열두 봉 바라보며 시름에 잠기네. —李在崑 역

贈琴娘秋香 (증금랑추향)

十二巫山夢裏寒(십이무산몽리한)　半窓明減一燈殘(반창명감일등잔)
手調舊曲歌金縷(수조구곡가금루)　眉蹙春愁倚玉闌(미축춘수의옥란)
却羨雙飛釵上燕(각선쌍비채상연)　更憐孤舞鏡中鸞(갱련고무경중난)
臙脂坡下尋遺跡(연지파하심유적)　履齒苔痕不忍看(이치태흔불인간)

『朝鮮解語花史』

무산 열두 봉이 꿈속에서 쓸쓸해 보여
창가에선 외로운 등잔불만 깜박거리네.
손으로 옛 곡조 골라서 노래하는 저 기생
봄 시름에 젖어 난간에 의지했네.

쌍쌍이 날아드는 저 제비 부러워

거울 속에 외로운 난새의 모습 가련도 하다

연지 찍던 자리에서 옛 흔적 찾아보니

이 빠진 모습 차마 볼 수 없네. ─李在崑 역

• 車天輅(차천로, 1556~1615)

자 복원(復元). 호 오산(五山), 난우(蘭嵎), 귤실(橘室), 청묘거사(淸妙居士). 명나라
보내는 외교문서를 담당, 문명이 명나라에까지 떨쳐 동방문사라는 칭호를 받았
다. 특히 한시에 뛰어나 한호(韓濩)의 글씨, 최입(崔岦)의 문장과 함께 송도삼절이
라 일컬어졌으며, 글씨에도 뛰어났다.

도련님이 미친 체하네

無題(무제)

戎衣公子醉霞觴(융의공자취하상)　　踞倚靑樓佯使狂(거의청루양사광)
騎出玉驄斜晩影(기출옥총사예영)　　東風十里送衣香(동풍십리송의향)

(『韓國歷代愛情漢詩選』)

霞觴(하상)=선인이 쓴다는 술잔. 아름다운 술잔

군복 입은 도련님이 술에 취해서

기생집에 걸터앉아 미친 체하네.

좋은 말 타고 나와 제 그림자 흘겨보며

봄바람 십 리에 뽐내고 다니네. ─韓喆熙 역

裊裊娉娉荳蔲長(요뇨빙빙두관장)　　翩然輕燕踏龍翔(편연경연답용상)
女郞捨翠爭來看(여랑사취쟁래간)　　隔水東風送異香(격수동풍송이향)

『白沙集』

裊裊(요뇨)=나뭇가지가 바람에 간들거리는 모양. 가냘픈 것이 휘감기는 모양 ◇ 娉娉
(빙빙)=아름다운 모양. 미인 ◇ 荳蔲(두관)='두구'(荳蔲)의 잘못인 듯. 두구는 육두구(肉荳
蔲)를 가리키며 열대식물의 한 가지 ◇ 龍翔(용상)=용처럼 날아오름. 추녀를 형용하여 일
컫는 말 ◇ 女郞(여랑)=여자로서 남자의 재질과 기질이 있는 사람

간들거리고 예쁜 두구처럼 커서
추녀를 닮고 날씬한 제비처럼 펄럭이는구나.
여자다움을 버리고 남자처럼 몰려와 구경하니
물 건너 동풍은 야릇한 향기를 보내는구나. ─黃忠基 역

함경도 풍속에 남녀가 다 말을 달릴 때 전립(氈笠)을 쓰고 굴레를 잡고 달린
다. 이때 관기에 경선(慶仙)이 있어 내가 너도 능히 말을 달릴 수 있느냐고 묻자
경선이 곧 안장에 앉아 말을 달려 앞으로 나가는 것을 보고 지은 시이다.

爾曾年少能騎馬(이증연소능기마)　　賭取鰲翁謫裏詩(도취오옹적리시)
此日相逢談昔事(차일상봉담석사)　　據鞍豪氣未全衰(거안호기미전쇠)

『久堂集』

鰲翁(오옹)=오성부원군(鰲城府院君) 이항복(李恒福)을 말함

내가 연소했을 때 말을 잘 타서
귀양살이하시던 오옹의 시를 얻었네.
오늘 만나 옛일을 말하면서
말안장에 걸터앉으니 아직도 호기가 남아 있네. ─李在崑 역

── 노기(老妓) 경선(慶仙)이 북청으로부터 와서 뵈었다. 경선은 바로 고 이상국(李相國)이 귀양 가 있을 때의 집주인 딸이었다. 열아홉, 스물 나이에 능히 전립을 쓰고 말을 달렸다. 이상국께서 시를 지어주셨으니 구 문집 속에 위의 시가 실려 있다. 경선은 올해 나이 73세라고 하였다.

• 李恒福(이항복, 1556~1618)

자 자상(子常). 호 백사(白沙), 필운(弼雲), 청화산인(淸化山人), 동강(東岡), 소운(素雲). 광해군 때 폐모의 논의가 일어나자, 이를 극력 반대하다 관작이 삭탈되고 이듬해 북청에 유배되어 배소에서 죽었다. 임진왜란 중 난의 뒷수습을 하는 데 힘쓴 명신으로서 당쟁 속에서도 붕당에 가담하지 않고 그 조정에 힘썼다.

경주 기생 월선에게 주다

贈慶州妓月仙(증경주기월선)

爾本月城女(이본월성여)　歌用新羅語(가용신라어)

欲見伽倻仙(욕견가야선)　抱琴伽倻去(포금가야거)

(『於于集』)

月城(월성)=경주(慶州)의 옛 이름 ◇ 新羅語(신라어)=경주 지방에서 쓰는 사투리를 말함 ◇ 伽倻仙(가야선)=가야 시대의 신선. 옛날의 신선

너는 본래 경주의 여자로
옛날 말로 노래를 부르는구나.
옛날의 신선을 만나고자
거문고를 가지고 가야로 갔구나. ─黃忠基 역

大同江舟中贈歌妓香蘭(대동강주중증가기향란)

多謝西京第一娥(다사서경제일아)　　樓船相送到綾羅(누선상송도능라)
依微嫩綠粧烟堞(의미눈록장연첩)　　歷亂殘紅繡石寉(역난잔홍수석과)
薄酒何慳粲一笑(박주하간찬일소)　　高雲欲逗碧千波(고운욕두벽천파)
百壺蕩槳他年事(백호탕장타년사)　　翻我新詩席上歌(번아신시석상가)

(『於于集』)

殘紅(잔홍)=지고 남은 붉은 꽃. 땅 위에 떨어져 있는 붉은 꽃 ◇ 一笑(일소)=한번 웃음, 함께 웃음, 깔보아 웃음, 웃음거리 ◇ 高雲(고운)=높은 구름 ◇ 碧波(벽파)=푸른 물결 ◇ 他年(타년)=전년(前年). 후년(後年)

평양에서 제일 예쁜 아가씨에 후사하려
누선에 올라 이별하고자 하니 어느덧 능라도에 이르렀네.
어렴풋한 모연이 들린 성가퀴에 기대어
전쟁을 겪고 남은 꽃은 쓸모없는 곳에 수놓은 듯
박주를 마셔도 왜 웃음은 나오지 않고
높은 구름은 출렁이는 푸른 물결만 희롱코자 하네.
술 취해 멋대로 젓는 상앗대는 전년의 일을 떠올리게 하고
새로운 노래를 부르는 자리에 나의 마음을 바꾸게 하는구나. —黃忠基 역

• **柳夢寅**(유몽인, 1559~1623)

　자 응문(應文). 호 어우당(於于堂). 간재(艮齋). 묵호자(默好子). 문장이 뛰어났으나 성품이 경박하여 스승의 책망을 받고 절교를 당했다. 광해 때 폐모론에 가담하지 않아 화를 면했으나 이괄의 난 때 잡혀 사형되었다. 조선 중기 설화문학의 대가였으며 글씨에 뛰어났다.

마음 졸이게 한 기생을 보며

觀妓(관기)

其一

泥金寶屧絳霓裳(이금보섭강예상)　　淺黛輕朱時世粧(천대경주시세장)

疑是更生張淨婉(의시갱생장정완)　　不然新降杜蘭香(불연신강두란향)

蓮花步運龍鬚席(연화보운용수석)　　桃葉歌驚玳瑁梁(도엽가경대모량)

靑鳥十回傳一信(처오십회전일신)　　虛敎魂夢惱王昌(허교혼몽뇌왕창)

霓裳(예상)=무지개를 의상에 견주어 일컫는 말 ◇ 蓮花(연화)=여자의 가냘프고 예쁜 발의 형용 ◇ 龍鬚(용수)=임금의 수염 ◇ 玳瑁(대모)=열대지방의 바다거북의 한 가지. 등껍데기가 삼각형이며 빛깔의 변화가 많음. 껍데기는 대모갑이라 하여 공예의 재료로 쓰임.

금물 칠한 고운 신발에 빨간 비단 치마

눈썹 그리고 입술에 붉은 칠해 유행에 맞는 화장

장정완이 다시 태어났다면 의심스러워

그렇지 않으면 두란향이 새로이 하강한 걸세

연화보를 타고 임금 계신 자리에 나와

어여쁜 입에서 나오는 노랫소리는 대모테를 울리네.

열 번 청조를 날려 편지를 전했지만

부질없이 왕창의 꿈만 애태웠네.

其二

回頭盻眄射淸眸(회두반면사청모)　　芳歲纔看二八遵(방세재간이팔준)

艶質比方蘇小小(염질비방소소소)　　春心常帶莫愁愁(춘심상대막수수)

歌聲到處搖梁杏(가성도처요량행)　　裙色非時見石榴(군색비시견석류)

若使楚臺重有夢(약사초대중유몽)　　行雲那得擅風流(행우나득천풍류)

『靑霞集』

蘇小小(소소소)=중국 제(齊)나라 때 전당(錢塘)의 명기(名妓)

머리 돌려 맑은 눈동자를 쏘아보니
꽃다운 나이 16세 되었으니
요염한 자태는 소소소와 같지만
춘심은 언제나 막수의 시름을 띠었네.
노랫소리는 대들보에 감돌고
치마 빛깔에서 때 아닌 석류를 보네
만약 초대에서 거듭 꿈을 이룬다면
떠다니는 구름이 어찌 풍류를 차지하랴 ─李在崑 역

又觀妓(우관기) 三首

其一

嬌嬈顏色好衣裳(교요안색호의상)　　未到先聞繡襪香(미도선문수말향)
今日蘭堂定不夜(금일난당정불야)　　眼波眉月照流黃(안파미월조류황)

화려한 옷차림에 얼굴엔 애교 담뿍 띠고
오기도 전에 비단 버선에 향기 먼저 맞네.
오늘 밤 난당에서 밤 밝히리.
초생달 빛과 눈길이 비단옷 위에 비치네.

其二

六銖衣著蟬衫薄(육수의저선삼박)　　雙臉丹偸鶴頂鮮(쌍검단투학정선)

聲發一聲離鳳曲(성발일성이봉곡)　　樑塵亂墜燭臺前(양진난추촉대전)

鶴頂(학정)=학의 머리의 정수리

육수의 얇은 깁옷
두 볼은 붉어서 학정을 비웃네.
봉을 이별하는 가곡을 부르니
대들보 티끌이 촛대 앞에 어지럽게 떨어지네.

其三
眞仙來自太淸家(진선내자태청가)　　不是蘭香定綠華(불시난향정녹화)
駿馬明珠難擬直(준마명주난의치)　　芙蓉芍藥恥爲花(부용작약치위화)

(『靑霞集』)

太淸(태청)=도가(道家)의 삼청(三淸)의 하나

태청의 집에서 참 신선 내려오니
난향이 아니면 녹화임에 틀림없네.
준마나 명주는 값 따지기 어렵고
부용 작약은 꽃 피기를 부끄럽게 여기네. —李在崑 역

• 權克中(권극중, 1560~1614)

　자 택보(擇甫). 호 청하(靑霞), 화산(花山). 학자. 사마시에 합격하였으나 대과를 단념하고 학문에만 힘썼다.

시의 운을 불러 기생에게

呼韻贈妓(호운증기)

二八嬋娟所念奴(이팔선연소렴노)　　荇衫輕渾雪肌膚(저진경혼설기부)
可憐桂葉低雙翠(가련계엽저쌍취)　　明月誰家唱鷓鴣(명월수가창자고)

『玉峰集』

열여섯 살 곱고 어린 기생
모시 적삼 사뿐히 입고 눈처럼 흰데
가엾구나, 계수나무 잎 같은 눈썹 나직이 깔고서
달 밝은 밤 어느 집에서 자고 노래 부르나. ― 金智勇 역

• 李玉峰(이옥봉, ?~1595)
　이름은 숙원(淑媛). 종실인 이봉(李逢)의 서녀. 조원(趙瑗)의 소실. 한시를 잘 지었음. 작품은 『가림세고(嘉林世稿)』의 부록으로 수록되어 있다.

열다섯 살은 기생 노릇도 힘들어

年纔十五窈窕娘(연재십오요조랑)　　名聞長安第一塲(명문장안제일장)
蕩子恩情深似海(탕자은정심사해)　　花長威令嚴如霜(화장위령엄여상)
蘭窓日晏朝粧急(난창일안조장급)　　松峴風高夕履忙(송현풍고석리망)
相別每多相見少(상별매다상견소)　　陽臺雲雨惱襄王(양대운우뇌양왕)

『朝鮮解語花史』

花長(화장)=기생 서방

나이 겨우 열다섯의 아름다운 아가씨
이름이 장안의 제일로 들리네.
탕자의 은정은 깊이가 바다 같고
화장의 위령은 엄하기 서리 같네.
난창에 해 늦으니 아침 화장 급하고
송현에 바람 거세어 저녁 걸음 바쁘네.
헤어지는 때가 많고 만나는 일 드물어
양대의 운우가 양왕의 넋을 불사르네. ─李在崑 역

• 鄭子當(정자당, 조선 중기)
본명이 아닌 듯하다.

애정의 깊고 얕음은 아가씨가 아네

秋宵易曙莫言長(추소이서막언장)　　促向燈前解繡裳(촉향등전해수상)
獨眼微開睛眛氣(독안미개정맡기)　　兩陰纔合汗生香(양음재합한생향)
脚如螻蟈飜波急(각여누곡번파급)　　腰似蜻蜓點水忙(요사청정점수망)
强健向來心自負(강건향래심자부)　　愛娘深淺問娘娘(애랑심천문낭랑)

（『朝鮮解語花史』）

秋宵(추소)=가을밤 ◇ 睛眛(정말)=눈을 억지로 뜨는 것 ◇ 螻蟈(누곡)=청개구리 ◇ 蜻蜓
(청정)=잠자리 ◇ 娘娘(낭낭)=아가씨

가을밤이 새기 쉬워 길다고 말 마오
재촉하여 등불 앞에서 비단 치마 벗기네.
한 눈 지그시 떠서 묘미에 잠기는데
두 음이 어울리자 땀에서 향내 나네.
다리는 청개구리 같아서 슴 거칠고
허리는 잠자리가 바쁘게 물을 찍는 듯
굴샘은 언제나 마음으로 자부해
애정의 얕고 깊음을 아가씨에게 묻네. ─李在崑 역

• 鄭之升(정지승, 조선 중기)
본명이 아닌 듯하다.

치마가 갖고 싶으면 사또에게

贈崔慶昌(증최경창)

湖商賣錦江南市(호상매금강남시)　　朝日照之生紫烟(조일조지생자연)
佳人政欲作裙帶(가인정욕작군대)　　手探粧奩無直錢(수람장렴무치전)

『靑邱詩話』

호남의 장사꾼이 비단을 강남시에 파는데
아침 햇살이 비취어 자줏빛 연기가 나네.
고운 이가 치마를 짓고 싶어서
화장 그릇 찾았지만 내줄 돈이 없었네. ─韓喆熙 역

— 좋아하던 기생이 장사치가 파는 비단을 갖고 싶어 하자 빨리 지어 최경창(崔慶昌)에게 바치게 한 시이다.

• **李達**(이달, 1561~1618)

자 천각(天覺), 익지(益之). 호 손곡(蓀谷), 동리(東里), 서담(西潭). 시인. 일찍부터 문장에 능하여 선조 때 한리학관(漢吏學官)이 되었으나 곧 사퇴하였다. 최경창, 백광훈과 함께 당시(唐詩)로써 삼당(三唐)으로 불리었으며, 글씨에도 조예가 깊었다.

많은 사람 애태우고 일찍 가다니

無題(무제)

其一
落盡名花一夜風(낙진명화일야풍)　　夢中春色錦屛空(몽중춘색금병공)
玉顔不是人間物(옥안불시인간물)　　應逐姮娥向月宮(응축항아향월궁)

姮娥(항아)=달, 또는 달에 산다는 선녀

이름난 꽃은 하룻밤 바람에 져버리고
봄빛 꿈속에 사라져 비단 병풍만 남아 있네.
얼굴 하도 아름다워 인간으로 볼 수 없어
마땅히 항아를 따라 월궁에서 놀아야지.

其二
雪肌花臉玉爲神(설기화검옥위신)　　艶態分明後太眞(염태분명후태진)
一去蓬山消息杳(일거봉산소식묘)　　世間多少斷腸人(세간다소단장인)

（『朝鮮解語花史』）

눈 같은 살결이며 꽃 같은 얼굴에 옥 같은 그 마음

요염한 모습은 양태진이 분명한데

한번 봉래산으로 떠나간 뒤 소식이 묘연하니

세간에서는 애끊어하는 사람 많을 테지. ―李在崑 역

━ 옥진(玉眞)이란 장안에서 유명한 기생이 일찍 죽은 것을 애도하여 지은 시이다.

• 李睟光(이수광, 1563~1628)

자 윤경(潤卿). 호 지봉(芝峰). 우리나라 최초로 천주교와 서양 문물을 소개함으로써 실학(實學) 발전의 선구자가 되었다. 시문에도 능하여 명나라에 왔던 안남, 유구, 섬라 등의 사신이 그의 글을 본국에 소개했다.

그대 집에서 죽어 나비가 되었으면

擬將今日死君家(의장금일사군가)　　魂化春閨箔上蛾(혼화춘규박상아)

長在玉人纖手下(장재옥인섬수하)　　不辭軀殼似蟬花(불사구각사선화)

(『小華詩評』)

오늘은 그대 집에서 죽어

넋이 봄날 규방의 주렴 위 나비가 되었으면,

영원히 옥인의 섬섬옥수 아래 있어

이 몸뚱이 매미같이 되어도 좋겠네. ―安大會 역

• 許𥛚(허체, 1563~?)

자 자하(子賀). 호 상고재(尙古齋), 수색(水色). 문신. 영사공신(寧社功臣) 1등으로

양릉군(陽陵君)에 봉해졌고, 한성부판윤을 거쳐 기로소에 들어갔다. 문장에 능하고
시에 뛰어났다.

아가씨도 병든 사람에겐 버거워

琴聲雖好淸宵聽(금성수호청소청)　　丫妙殊非病客宜(아묘수비병객의)
十日松都無一句(십일송도무일구)　　空吟蘇老海棠花(공음소노해당화)

(『詩話彙成』)

淸宵(청소)=맑게 갠 조용한 밤. 청야(淸夜) ◇ 蘇老(소노)=송나라의 소식(蘇軾)을 가리킴

거문고 소리 좋기는 하나 초저녁에 듣는 거요
고운 여아는 병객에게는 좋지 않은 것이라
열흘 동안 송도에 있으면서 시 한 귀 없이
소옹의 해당화 시만 부질없이 읊었구나. —車柱環 역

■ 송도에 열흘간 머물 때 금아(琴兒)가 간절하게 시를 지어줄 것을 부탁하자 취
해서 소동파의 시에 차운(次韻)해서 써준 시이다.

次題老妓冠箕城詩卷(차제노기관기성시권)

最是華筵秉燭時(최시화연병촉시)　　把杯低唱岳王詞(파배저창악왕사)
風流舊態今猶在(풍류구태금유재)　　說到當年淚自垂(설도당년누자수)

(『朝鮮解語花史』)

추억이 새로운 건 촛불 돋우고 잔치가 무르익을 때

잔 들고 악왕사를 노래하던 일
지난날의 풍류 아직도 남아 있어
그때 일 말하면 눈물이 절로 흐르네. —李在崑 역

• 李廷龜(이정구, 1564~1635)
  자 성징(聖徵). 호 월사(月沙), 보만당(保晩堂), 응암(凝菴). 문신. 학자. 벼슬은 좌
의정까지 올랐으며, 한문학의 대가로 글씨에도 뛰어났다. 신흠, 장유, 이식과 함
께 조선 중기의 4대 문장가로 일컬어진다.

남이 이 사랑의 괴로움 알 리가

其一
花掩簾帷柳掩門(화엄염유류엄문)　　仲春天氣自消魂(중춘천기자소혼)
傍人那解相思苦(방인나해상사고)　　十尺靑綃盡淚痕(십척청초진누흔)

簾帷(염유)=발과 휘장. 또는 발로 된 휘장 ◇ 消魂(소혼)=사물에 감동하여 자기를 잃
음. 슬픔에 놀라 의기를 잃음 ◇ 靑綃(청초)=얇은 비단. 청사(靑紗)

꽃은 휘장을 가리우고 버들은 문을 가리워
중춘의 봄 날씨에 간장이 녹네
옆 사람들 어찌 이 사랑의 괴로움을 알랴
열 자의 청사가 모두 눈물로 얼룩졌네.

其二
珠箔輕明掩畫堂(주박경명엄화당)　　百花飄盡燕泥香(백화표진연이향)

芳心不識郎思斷(방심불식낭사단)　　淡掃靑娥學世粧(담소청아학세장)

畫堂(화당)=단청을 한 아름다운 누각. 화각(畫閣) ◇ 芳心(방심)=아름다운 마음. 미인의
마음 ◇ 靑娥(청아)=젊은 미인

　주렴은 날아갈 듯 화각을 가리우고
　백화는 날아서 땅 위로 떨어지네
　방심은 낭군의 은정이 끊어졌음을 알지 못하고
　눈썹 그리면서 화장을 하네.

其三
玲瓏玉轡五花駒(영롱옥비오화구)　　七寶粧成艶態殊(칠보장성염태수)
昨夜靑樓公子會(작야청루공자회)　　酒痕猶暈絳羅帷(주흔유훈강라유)

五花駒(오화구)=오화마(五花馬). 푸른색과 흰색의 무늬가 있는 말

　오색이 영롱한 고삐 잡고 오화마에 올라
　칠보로 몸단장했으니 요염한 자태가 뛰어나네.
　어젯밤 청루의 공자의 모임에
　술 흔적이 비단 장막을 얼룩졌네.

其四
對人無語轉頭忙(대인무어전두망)　　淺笑輕嚬滿面粧(천소경빈만면장)
欲得陽臺成一夢(욕득양대성일몽)　　恐教詞客賦高唐(공교사객부고당)

(『象村集』)

淺笑(천소)=미소를 지음. 얕은 웃음 ◇ 詞客(사객)=시가나 문장을 짓는 사람

사람 대하면 말없이 급하게 머리 돌려
얼굴 가득히 미소 띠우며 애교 부리네.
양대의 꿈 이루고 싶지만
사객이 고당의 시를 가르칠까 두렵네. ─李在崑 역

• 申欽(신흠, 1566~1628)

　자 경숙(敬叔). 호 상촌(象村), 현헌(玄軒), 현옹(玄翁), 방옹(放翁). 문신. 학자. 벼슬
은 영의정에까지 올랐고, 정주학자(程朱學者)로 문명이 높았다. 장유, 이식과 함께
조선 중기 한문학의 태두로 일컬어진다. 글씨를 잘 썼다.

절개를 지켜 죽은 기생을 애도하며

悼節死妓(도절사기)

征西諸將摠名卿(정서제장총명경)　幾箇男兒擁重兵(기개남아옹중병)
惟有女娘知死義(유유여랑지사의)　九重曾不荷恩榮(구중증불하은영)

(『朝鮮解語花史』)

서쪽을 정벌하던 장수는 모두 명경들인데
사내로서 몇 사람이나 큰 군대 거느렸던가.
유일하게 한 낭자가 절의로 죽은 줄 알고 있으나
궁궐에서는 아직도 은전을 내리지 않네. ─李在崑 역

半世靑樓宿(반세청루숙)　人間積謗喧(인간적방훤)
狂心有未已(광심유미이)　白馬又黃昏(백마우황혼)

(『溪西野談』)

생애의 절반은 청루에서 잤노니.
세상에 쌓인 비방이 시끄럽구나.
미친 듯 치달리는 마음 가라앉히지 못해
황혼이 지니 또 백마를 타도다. ─柳和秀·李銀淑 역

▬ 소시(少時)에 창가(娼家) 벽에 써놓은 시이다. 후에 이산해(李山海)가 술에 취해 지나가다가 남의 집에서 잤다. 이 집이 바로 창가였는데 이 시를 보고 만나는 사람마다 말을 하여 일시에 세상에 알려졌다는 시이다. 『증보해동시선』에는 기, 승구가 '十載青樓食 薰天積謗喧'(십재청루식 훈천적방훤)으로 되어 있다.

探春豪士氣昂然(탐춘호사기앙연)　翡翠衾中有好緣(비취금중유호연)
撐去玉臂兩脚吃(탱거옥비양각흘)　貫來丹穴兩絃圓(관래단혈양현원)
初看嬌眼迷如霧(초간교안미여무)　漸覺長天小似錢(점각장천소사전)
這裡若論滋味別(저리약론자미별)　一宵高價值千金(일소고가치천금)

(『奇聞』)

昂然(앙연)=자기 힘을 믿고 교만해지는 모양 ◇ 丹穴(단혈)=단사(丹砂)를 캐는 광혈(鑛穴). 여성의 성기를 은유하는 듯 ◇ 嬌眼(교안)=아리따운 눈

봄 찾는 호걸이 기운 뻗치니
비취 이불 속에 그댈 만났네
흰 팔 베고 누우니 두 다리 드높다
붉은 구멍을 꿰었으매 두 줄이 둥근 것을
교안을 얼핏 보니 안개 서린 듯하고
점차로 긴 하늘이 돈짝만큼 보이도다
이 속에 만약 재미가 유별남을 말한다면
하룻밤 높은 값이 천금에 해당하리. ─양희찬 외 역

• 柳塗(유도, 조선 선조)

자호 미상.

기생을 애도하며 부치는 시

悼妓詩(도기시)

玉骨埋靈鎖(옥골매영쇄)　　金爐罷夕熏(금로파석훈)

柳藏蘇小宅(유장소소댁)　　花繞薛濤墳(화요설도분)

一夢秦樓月(일몽진루월)　　孤魂楚峽雲(고혼초협운)

年年大堤草(연년대제초)　　空學舞時裙(공학무시군)

(『朝鮮解語花史』)

夕熏(석훈)='석훈(夕曛)'의 잘못인 듯. 해가 진 뒤에 아직 남은 빛 ◇ 蘇小(소소)=제(齊)나라 때 전당(錢塘)의 명기(名妓) ◇ 薛濤(설도)=당나라 때의 여류 시인

옥골을 땅에 묻어

금로에는 저녁별이 비치네.

버들은 소소의 집 뜰에 서 있고

꽃은 설도의 무덤을 둘렀네.

진루의 한 시절의 꿈

외로운 혼은 초협의 구름처럼 떠도네.

해마다 언덕의 저 풀은

그대 살아 있을 때 춤을 배울 것을. ―李在崑 역

慈悲嶺下慈悲寺(자비령하자비사)　脉脉上看上馬遲(맥맥상간상마지)
今日客懷何處惡(금일객회하처오)　驛樓殘照獨登時(역루잔조독등시)

『芝峰類說』

자비령 아래 자비사에서
말없이 서로 보며 말이 오르는 것이 더디네
오늘 나그네 회포 어찌 이다지도 괴로운가.
역루엔 낙조가 깃드는데 홀로 길 떠나네. —李在崑 역

서경에서 노닐다 자비사에서 정든 기생과 이별하면서 지어준 시이다.

• 申栻(신식, 조선 인조)
자호 미상.

해마다 선연동에 봄은 찾아오지만

年年春色到荒墳(연년춘색도황분)　花似殘粧艸似裙(화사잔장초사군)
無限芳魂飛不散(무한방혼비불산)　祇今爲雨更爲雲(지금위우갱위운)

『小華詩評』

해마다 쓸쓸한 무덤에 봄빛이 이르면
꽃은 지워진 화장, 풀은 치마 빛깔인데
한없는 꽃다운 넋은 흩어지지 못한 채
지금도 비로, 구름으로 서려 있구나! —安大會 역

• 權韠(권필, 1569~1612)

자 여장(汝章). 호 석주(石洲). 문인. 과거에 뜻이 없어 시주로 낙을 삼고 가난하게 살다가 여러 문신들의 추천으로 동몽교관에 임명되었으나 끝내 취임하지 않았다. 광해군의 비(妃) 유씨의 아우 유희분(柳希奮) 등 척족들의 방종을 궁류시(宮柳詩)로써 비방하였다가 발각되어 친국을 받은 뒤 유배되었다. 귀양길에 올라 동대문 밖에 이르렀을 때 사람들이 주는 술을 폭음하고 이튿날 죽었다.

계랑을 애도하며

哀桂娘(애계랑) ①

妙句堪擒錦(묘구감금금)	淸歌解駐雲(청가해주운)
偸桃來下界(투도내하계)	竊藥去人群(절약거인군)
登暗芙蓉帳(등암부용장)	香殘翡翠裙(향잔비취군)
明年小桃發(명년소도발)	誰過薛濤墳(수과설도분)

『惺所覆瓿藁』

偸桃(투도)=한(漢)나라의 동방삭(東方朔)이 천국에 있는 불로장생의 복숭아를 훔쳐 먹고 선인(仙人)이 되었다는 고사 ◇ 竊藥(절약)=항아(姮娥)가 서왕모의 불사약을 훔쳐 먹고 달로 도망갔다고 하는 고사

절묘한 글은 아름다움을 잘 나타냈고
청가는 머물러 있던 구름도 흩어지게 하는구나.
복숭아를 훔쳐 먹고 하계에 내려와
약을 훔쳐간 사람들과 무리가 되었구나.

몰래 부용의 장막 안으로 들어가니
푸른색 치마에는 향기가 남았구나.
내년에 복숭아꽃이 조금 필 때
누가 설도의 무덤을 찾을까. —黃忠基 역

哀桂娘(애계랑) ②

悽絶班姬扇(처절반희선)　　悲凉卓女琴(비량탁녀금)
飄花空積恨(표화공적한)　　裏慧只傷心(양혜지상심)
蓬島雲無迹(봉도운무적)　　滄溟月已沈(창명월이침)
他年蘇小宅(타년소소댁)　　殘柳不成陰(잔류불성음)

(『惺所覆瓿藁』)

　班婕妤(반첩여)=전한 성제(成帝) 때의 여관. 여류 시인. 조비연 자매의 미움을 받아 장
신궁에 물러나 태후를 섬겼다 그가 지은「원가행(怨歌行)」은 유명함 ◇ 卓文君(탁문군)=
한대의 여류 문인. 사마상여의 아내. 상여가 무릉(武陵)의 딸을 첩으로 맞으려 하자「백
두음(白頭吟)」을 지어 단념하게 하였음.

반첩여의 몹시 애처로운 부채와
탁문군의 슬프고 쓸쓸한 거문고라.
꽃은 떨어져 쌓인 한이 부질없고
사리를 깨달으니 다만 마음이 아플 따름이다.
봉도에 떠 있던 구름은 자취가 없어지고
창해에 떠 있던 달은 이미 숨어버렸다.
먼 후년에 소소의 집
남아 있는 버들은 그늘을 이루기 어렵겠구나. —黃忠基 역

‌桂生 扶安娼也 工詩解律 又善謳彈 性孤介 不喜汪 余愛其才 交莫逆 雖詼笑狎

戱 不及於亂 故久以不褻 今聞其死 爲之一涕 作二律 哀之 (惺所覆瓿藁) (계생은 부안의 기생이다. 시를 잘하고 음률을 이해하며 거문고를 잘 탔다. 성품이 단정하고 세속에 물들지 아니하여 음란한 것을 좋아하지 않았다. 내가 그의 이런 재주를 좋아해서 사귐이 막역하였다. 비록 조롱하며 웃고 장난치며 가볍게 대하였어도 문란하지는 않았다. 그러기에 오래도록 목소리를 높이지 않았다. 이제 그가 죽었다는 소식을 듣고 눈물을 흘리며 두 편의 시를 지어 슬퍼한다.) — 黃忠基 譯

• 許筠(허균, 1569~1618)

자 단보(端甫). 호 교산(蛟山), 성소(惺所), 백월거사(白月居士). 문신. 소설가. 반란을 계획하다 탄로되어 능지처참되었다. 시문에 뛰어난 천재로 여류 시인 난설헌의 동생이며, 그의 소설 「홍길동전」은 사회제도의 모순을 비판한 조선시대의 대표적인 걸작이다.

이달(李達)의 향렴체 운을 따라

三首

瑤琴無主擲床塵(요금무주척상진)　　落花重門鎖晩春(낙화중문쇄만춘)
日照粧樓增悄悄(일조장루증초초)　　傷心不見畫眉人(상심불견화미인)

悄悄(초초)=고요한 모양

주인 없는 거문고를 먼지 덮인 상 위에 던지고
꽃이 떨어진 중문은 늦은 봄에도 잠겼네.
단청한 누각에 해가 비추어 더욱 고요한데
눈썹을 그린 사람을 보지 못할까 걱정이 되네.

花厭高樓雨浥塵(화염고루우읍진)　　玉奩粧鏡怨靑春(옥렴장경원청춘)
紗悤寂寂重門掩(사창적적중문엄)　　惟有餘香暗襲人(유유여향암습인)

厭(염)=아름답다 ◇ 奩(염)=경대 ◇ 悤(총)=바쁘다.

꽃이 아름다운 높은 다락에 비 내려 먼지를 적시고
좋은 경대나 화장 거울도 젊음을 원망하는 듯하네.
비단 친 창문은 고요하고 중문은 닫았는데
조금 남아 있던 향내가 사람에게 스며드네.

紅粉樓空不掃塵(홍분누공불소진)　　滿簷花影送餘春(만첨화영송여춘)
傷心一片中庭月(상심일편중정월)　　曾照紗窓刺繡人(증조사창자수인)

(『伴琴堂先生文集』)

紅粉(홍분)=미녀 ◇ 曾(증)=거듭

미녀가 없어 텅 빈 누각의 먼지도 쓸지 않고
처마에 가득한 꽃 그림자가 남은 봄을 보내네.
뜰을 환히 비추고 있는 한 조각달에 마음 아픈데
비단 천을 두른 창에 수놓는 사람을 거듭 비추네. ―黃忠基 역

詩人李達作香奩體七言絶句一首 人稱絶唱傳播一時余不揆荒拙敢次其韻以悼妓爲題 (시인 이달이 향렴체로 칠언절구 한 수를 짓자 사람들이 모두 절창이라며 단번에 전파되었다. 나는 글재주가 없음을 헤아리지 않고 그의 운을 따라 기생을 애도하는 제목으로 삼았다.) ― 黃忠基 역

戲題首陽靑樓(희제 수양청루)

雲樣衣裳玉雪膚(운양의상옥설부)	能令俠少摠忘軀(능령협소총망구)
雙蛾又作嬋娟刃(쌍아우작선연인)	斷我肝腸一寸無(단아간장일촌무)

『伴琴堂先生文集』

攘(양)=걷어 올리다 ◇ 玉雪(옥설)=눈 ◇ 俠(협)=젊다 ◇ 忘(망)=다하다 ◇ 雙蛾(쌍아)=여인의 눈썹. 미인을 일컬음 ◇ 寸(촌)=헤아리다

구름 모양 꾸민 옷에 눈 같은 살결
법도에 얽매 호협한 구석은 조금도 없네.
눈썹은 또 예쁘장한 칼날처럼 꾸미니
나의 간장을 끊기에는 빈틈이 없구나. ─ 黃忠基 역

重尋海洋靑樓贈舊姬(중심해양청루증구희)

幾年幽抱兩相同(기년유포양상동)	未死于今得再逢(미사우금득재봉)
垂淚背燈知有意(수루배등지유의)	玉容應愧對衰容(옥용응괴대쇠용)

『伴琴堂先生文集』

幽抱(유포)=유회(幽懷). 마음속 깊이 품은 생각 ◇ 于今(우금)=이제까지 ◇ 垂淚(수루)=눈물을 흘림 ◇ 有意(유의)=일부러. 고의로 ◇ 玉容(옥용)=아름다운 용모 ◇ 衰容(쇠용)=쇠안(衰顔). 쇠한 얼굴

몇 해를 두고 마음속의 생각이 둘이 똑같더니
이제까지 죽지 않고 또 만나는구나.
등불을 등지고 눈물 흘리는 것이 고의임을 알지만
아름다운 얼굴로 늙은 얼굴을 대하기 응당 부끄러우리. ─ 黃忠基 역

醉會首陽靑樓承呼韻走成贈主人妓(취회수양청루승호운주
성증주인기)

其一

縹渺仙姿在玉淸(표묘선자재옥청)　　惟聞雲外佩環聲(유문운외패환성)
平生自恨塵緣少(평생자한진연소)　　何幸如今問姓名(하행여금문성명)

縹渺(표묘)=표묘(縹少). 멀리 희미하게 보이는 모양 ◇ 仙姿(선자)=신선과 같이 속세를
벗어난 수일한 모습. 선녀 ◇ 佩環(패환)=허리에 차는 구슬의 고리 ◇ 塵緣(진연)=세속의
귀찮은 인연 ◇ 如今(여금)=방금, 이제

멀리 보이는 선녀는 옥청에 있고
패옥 소리 구름 밖에 겨우 들리네.
평생 세속의 인연이 적음을 스스로 한탄하니
이제야 이름을 묻는 것이 어찌 요행이 아니리오.

其二

尋眞不必鍊塵形(심진불필연진형)　　來到三淸地亦靈(내도삼청지역령)
莫道人間離別苦(막도인간이별고)　　忍看仙女淚先零(인간선녀누선령)

　　　　　　　　　　　　　　　　　　　　　　　　(『伴琴堂先生文集』)

來到(내도)=도착함 ◇ 三淸(삼청)=선인이 사는 옥청(玉淸), 상청(上淸), 태청(太淸)

진리를 찾는데 속된 것에 얽매일 필요가 없어
삼청에 도착하니 이곳 또한 신령스럽네.
인간의 이별이 괴롭다 말하지 말라
선녀를 억지로라도 바라보니 눈물이 먼저 흐르네. ─黃忠基 역

題靑樓壁上(제청루벽상)

偶爾來遊眞境界(우이내유진경계)	還敎雲雨滯歸期(환고운우체귀기)
深盟共指蟠桃結(심맹공지반도결)	笑看人間怨別離(소간인간원별리)

(『伴琴堂先生文集』)

偶(우)=짝 지우다 ◇ 眞境(진경)=선인(仙人)이 사는 곳 ◇ 滯(체)=꾸물거리다 ◇ 指(지)=마음 ◇ 蟠桃(반도)=장수(長壽)를 빌 때 쓰는 말 ◇ 看(간)=분별하다

너와 짝을 이뤄 신선이 사는 곳에서 놀다가
돌아와 운우의 정을 가르치다 돌아갈 때를 놓쳤네.
너와 똑같은 마음으로 오래 살자고 굳게 맹서하였는데
인간들에게는 이별을 원망하는 것은 웃음거리일 뿐이네. —黃忠基 역

次戱題靑樓(차희제청루)

曾投暗約兩心知(증투암약양심지)	一賦高唐在幾時(일부고당재기시)
此去陽臺應不遠(차거양대응불원)	夜來相過莫相疑(야래상과막상의)

(『伴琴堂先生文集』)

投(투)=보내다 兩心(양심)=두 사람의 마음, 두 마음, 불순한 마음 ◇ 夜來(야래)=밤에 옴. 밤이 옴

두 사람의 마음을 알고자 남모르게 약속을 거듭 보내
고당의 즐거움을 몇 번이나 말했나.
이제 가면 양대가 멀지 않을 것이니
밤에 서로 잘못이 있어도 의심일랑 말게나. —黃忠基 역

對舊姬酬答(대구희수답)

相看猶喜兩情同(상간유희양정동)　　喜極還疑夢裏逢(희극환의몽리봉)

不爲旁人羞不語(불위방인수불어)　　只緣銷瘦舊時容(지연소수구시용)

(『伴琴堂先生文集』)

銷瘦(소수)=여위고 쇠약하다 ◇ 不爲(불위)=하지 않음. 하려고 하지 않음 旁人(방인)=곁에 있는 사람. 제삼자 ◇ 緣(연)=버리다

두 사람의 마음이야 같지만 보고도 반기기를 주저하니
기쁨이 지나쳐 꿈속에서나 만나는 것처럼 여겨지네.
부끄러워 아무런 관계가 없는 사람처럼 말도 하지 않으니
인연이 다했나, 예전의 얼굴이 수척해졌구나. ─黃忠基 역

次贈妓繡鞋(차증기수혜)

來尋嬌女小樓邊(내심교녀소루변)　　暗贈紅鞋豈偶然(암증홍혜기우연)

步步相隨歌舞地(보보상수가무지)　　行行應向綺羅筵(행행응향기라연)

憑情莫信他人約(빙정막신타인약)　　覽物須堅此日緣(남물수견차일연)

郭外明朝馱細馬(곽외명조타세마)　　探春欲踏草芊芊(탐춘욕답초천천)

(『伴琴堂先生文集』)

來(내)=이르러 ◇ 嬌女(교녀)=아리따운 여자. 고운 여자 ◇ 步步(보보)=한걸음 한걸음. 걸음마다 ◇ 行行(행행)=계속 가는 모양 ◇ 憑(빙)=전거로 삼다 ◇ 覽(람)=받다 ◇ 郭外(곽외)=성곽 밖 ◇ 馱馬(타마)=짐 싣는 말. 열등한 말 ◇ 細(세)=여위다 ◇ 探春(탐춘)=봄 경치를 찾아 구경함 ◇ 芊芊(천천)=풀이 무성한 모양

작은 다락 곁에 아리따운 여자를 만나지 못했지만
아무도 모르게 붉은 신발을 주고자 하는 것이 어찌 우연이리오.

한 걸음 한 걸음 노래하고 춤추던 곳을 따라
계속하여 화려한 잔치가 있는 곳으로 향하네.
정을 빙자한 다른 사람의 약속은 믿을 것이 못 되니
신물을 준 약속이 비록 믿음직하나 이는 그날의 인연뿐
내일 아침 성곽 밖에 여윈 보잘 것 없는 말로
무성한 풀을 밟고 봄 경치를 구경할 수 있을지. ―黃忠基 역

上舍(상사)=생원(生員)과 같은 말 ◇ 同房(동방)=같이 지내다 ◇ 賦(부)=글을 지어주다
◇ 備知(비지)=충분히 알다

相思蟒(상사망)

夫何絶代之佳人(부하절대지가인) 謫降人間謝月殿(적강인간사월전)
梨園幾年獨擅名(이원기년독천명) 綠雲鬢髮桃花面(녹운빈발도화면)
蹁躚妙舞若驚鴻(편선묘무약경홍) 過雲歌聲淸憂憂(알운가성청알알)
風流亦有趙氏子(풍류역유조씨자) 一送秋波愛且悅(일송추파애차열)
從今擬結好因緣(종금의결호인연) 誓海盟山徒自勞(서해맹산도자로)
同舟胡越漫懷想(동주호월만회상) 不與我好心煎熬(불여아호심전오)
縱是嚴親且許諾(종시엄친차허락) 一場歡情終未遂(일장환정종미수)
中宵頻發不祥嘆(중소빈발불상탄) 獨自語曰吾死矣(독자어왈오사의)
擧何痛兮蹴何苦(거하통혜축하고) 一心唯恐違其志(일심유공위기지)
將身忍受玉爪爬(장신인수옥조파) 裂頰傷膚猶不惜(열협상부유불석)
千方無計買一笑(천방무계매일소) 志願未知何時畢(지원미지하시필)
生爲男子竟何用(생위남자경하용) 欲借霜刀寧自劃(욕차상도영자할)
胸中怨憤洩未得(흉중원분설미득) 手經願作相思蟒(수경원작상사망)
居然變盡舊形容(거연변진구형용) 一瞬之頃爲異狀(일순지경위이상)
其形蠢蠢誠可憎(기형준준성가증) 自首及尾幾三丈(자수급미기삼장)

情多有懷彼美人(정다유회피미인)　爲蛇直向臙脂坡(위사직향연지피)
鱗肌襯着玉雪膚(인기친착옥설부)　長身網腰相交加(장신망요상교가)
連枝並蔕豈足羨(연지병체기족선)　斜纏正似同志結(두전정사동지결)
方濃雲雨未肯散(방농운우미긍산)　炯炯雙瞳自開闔(경경쌍동자개합)
城中觀者若雲屯(성중관자약운둔)　謂彼酬了前生冤(위피수료전생원)
其心豈爲穴處安(기심기위혈처안)　繡窓相對傾朝曛(수창상대경조훈)
悠悠往事幾經春(유유왕사기경춘)　頑物宛然今猶存(완물완연금유존)
初聞其說謂不信(초문기설위불신)　我適未斯親見之(아적미사친견지)
人而爲蟒復爲人(인이위망부위인)　人耶蟒耶誰能知(인야망야수능지)
相爲變化物之理(상위변화물지리)　彼此雖殊氣則一(피차수수기즉일)
鷹爲鳩兮雀爲蛤(응위구혜작위합)　以其類而幻其質(이기류이환기질)
惟人最靈物無知(유인최령물무지)　爾胡爲乎爲異物(이호위호위이물)
靑樓一念未能制(청루일념미능제)　換却形容逞其慾(환각형용령기욕)
蛇身雖似上世人(사신수사상세인)　合歡不與人相類(합환불여인상류)
物之貪淫不須責(물지탐음불수책)　彼娥可惜爲其偶(피아가석위기우)
甘心永作蟒之妻(감심영작망지처)　至今每彼傍人笑(지금매피방인소)
人間寧有是理哉(인간영유시리재)　我欲究之亦未曉(아욕구지역미효)
夫子當年不語怪(부자당년불어괴)　典策昭昭垂訓辭(전책소소수훈사)
題詩姑且記顚末(제시고차기전말)　以俟智者辨其疑(이사지자변기의)

(『伴琴堂先生文集』)

謫降(적강)=신선이 속세에 내려오거나 인간으로 태어남 ◇ 梨園(이원)=당 현종이 영인(伶人)을 모아 음악을 가르치던 곳. 기방(妓房)의 뜻 ◇ 擅名(천명)=명예를 혼자서 차지함 ◇ 綠雲(녹운)=부인의 검은 머리가 많고 아름다움을 나타낸 말 ◇ 蹁躚(편선)=너울너울 춤추는 모양 ◇ 遏雲(알운)=노래 소리가 뛰어나게 아름다움. 무심한 구름도 멈추게 한다는 뜻 ◇ 戛戛(알알)=물건이 서로 맞부딪히는 소리 ◇ 從今(종금)=이제부터 ◇ 徒勞(도로)=헛되이 수고함 ◇ 胡越(호월)=서로 멀리 떨어져 있음 ◇ 好心(호심)=호의(好意) ◇ 煎熬(전오)=오전(熬煎)과 같음. 볶음. 걱정 ◇ 縱(종)=비록 ◇ 是(시)=옳다 ◇ 中宵(중소)=한밤중 ◇ 擧

(거)=말하다 ◇ 何(하)=어찌하지 못할까 ◇ 爬(파)=기어다니다 ◇ 一笑(일소)=웃음거리 ◇ 洩(설)=덜다 ◇ 居然(거연)=편안한 모양 ◇ 蠢蠢(준준)=꿈지럭거리는 모양 ◇ 襯着(친착)=바싹 다가서 가까이 달라붙다 ◇ 交加(교가)=서로 뒤섞임 ◇ 連枝(연지)=연리지(連理枝)의 준말. 화목한 부부나 남녀의 사이 ◇ 並蔕(병체)=병체화(並蔕花) ◇ 足(족)=만족하다 ◇ 科纏(두전)=노란 실로 얽어서 동임 ◇ 雲雨(운우)=남녀의 교정(交情) ◇ 炯炯(형형)=눈이 날카로운 모양 ◇ 雙瞳(쌍동)=두 개의 눈 ◇ 開闔(개합)=여는 것과 닫는 것 ◇ 穴處(혈처)=혈거(穴居) ◇ 傾(경)=잠깐 ◇ 朝曛(조훈)=아침저녁 ◇ 往事(왕사)=지나간 일 ◇ 頑物(완물)=흉악한 물건 ◇ 雖(수)=~라 하더라도 ◇ 殊(수)=다르다 ◇ 胡爲乎(호위호)=어찌하여서 ◇ 却(각)=도리어 ◇ 逞(령)=왕성하다 ◇ 上世(상세)=상고(上古) ◇ 貪淫(탐음)=지나치게 색을 즐겨함 ◇ 甘心(감심)=괴로움이나 책망을 달게 여김. 또는 그 마음 ◇ 夫子(부자)=남자 ◇ 當年(당년)=그때 ◇ 策(책)=책 ◇ 昭昭(소소)=밝은 모양 ◇ 垂訓(수훈)=후세에 전하는 교훈 ◇ 姑(고)=잠시 ◇ 且(차)=여기에

대체 얼마나 뛰어난 미인이기에
달나라마저 사양하고 인간세상에 내려왔나.
기방에 들어온 지 몇 년 만에 홀로 이름을 떨쳤나.
구름처럼 아름다운 머릿결과 복사꽃 같은 얼굴
멋지게 추는 춤은 기러기가 놀란 것 같고
뛰어난 노랫소리는 물건이 부딪히는 것처럼 맑다.
풍류가 뛰어난 조씨 남자가 있어
한번 추파를 보내매 사랑스럽고도 즐겁네.
이제부터 좋은 인연과 인연을 맺어
헛된 수고가 되지 않도록 산과 바다를 두고 맹세한다.
서로 멀리 떨어져 있으나 같은 배를 탄 것처럼 멋대로 생각하니
나의 호의를 걱정과 같이하고 싶지 않네.
비록 엄친의 허락이 옳다고 하나
한바탕의 즐거운 정을 끝내 이루지 못했네.
한밤중엔 불길한 한숨이 자주 나와
혼자 중얼거리길 "나는 죽었구나."

어찌 아픔을 말하랴, 괴로움을 차버리지 못할까
마음은 오직 그 뜻을 어긴 두려움뿐이네.
장차 고운 손톱으로 기어다닐 괴로움도 견디고
뺨이 찢어지고 살결이 상해도 오히려 아깝지 아니하다.
웃음거리가 될 어떤 계획도 없고
바라는 것은 언제 끝날지를 알지 못하는 것이다.
남자로 태어나 어디에 쓰일까
날카로운 칼을 가지고 차라리 자결이나 할까.
마음속의 억울하고 분함을 덜고자 했으나 얻지를 못했고
곧바로 상사뱀이나 되었으면 하고 바랐다.
예전 모습이 모두 변하여 편안한 모양으로 되고
한순간에 이상한 모양이 되었네.
그 꿈지럭거리는 모양이 정말로 가증스럽고
머리에서 꼬리까지 거의 석 장이 되겠네.
다정한 회포를 가졌던 저 미인이
뱀이 되어 곧장 화장대로 향하네.
비늘의 살갗을 옥처럼 흰 살에 바싹 붙이고
긴 몸으로 허리를 감고 서로가 뒤섞이네.
연리지나 병체화를 어찌 만족하며 부러워하고
노란 실로 얽어맨 것이 두 사람을 얽어맨 듯.
바야흐로 무르익은 교정의 즐거움이 끝나지도 않았는데
날카로운 두 개의 눈이 저절로 열리고 닫힌다.
성안의 구경꾼들이 구름처럼 모여드니
저것은 전생의 억울함을 끝내버린 것이라 할 만하다.
그 마음이야 어찌 혈거의 편안함이 되랴마는
아침저녁으로 조금씩 수놓은 창을 상대하는구나.

한가한 지난 일이야 몇 해가 지났어도
흉악한 물건은 이제도 오히려 완연하게 남았다.
처음 그 말을 듣고 믿지 않으려 했으니
내가 마침 이를 직접 보지 못했기 때문이다.
사람이 뱀이 되었다가 다시 사람이 되다니
사람인지 뱀인지 누가 능히 알겠는가?
서로 변화하는 것이 사물의 이치거늘
피차간에 기운이 다르다고 하더라도 곧 하나다.
매가 비둘기가 되고 참새가 조개가 된다면
그런 부류가 그런 성질로 변환한 것이다.
오직 사람이 가장 신령하면서도 알지 못하니
너는 어찌하여서 이상한 물건이 되었느냐?
기생에 대한 끈질긴 생각을 억제하지 못하고
도리어 형용을 바꾸어 그 욕망을 왕성하게 하는구나.
뱀의 몸뚱이가 비록 옛날 사람과 닮았다고는 하나
사람들과 같이 살기에는 적합하지 않구나.
지나치게 음란한 것을 모름지기 탓할 수는 없지만
저 아가씨가 그의 짝이 되는 것이 아쉽다.
영원히 뱀의 처가 되어 괴롭겠지만
매번 곁 사람들의 웃음거리가 되었구나.
사람들에게 어찌 이런 일이 있으랴만
내가 알고자 해도 또한 깨우칠 수가 없구나.
남자가 그때의 일을 괴이하다고 하지는 않겠지만
책에 분명히 나타났고 후세에 전하는 교훈이다.
잠시 여기에 그 전말을 시제로 삼아 적어
지혜 있는 사람이 그 의문 나는 것을 변증할 것을 기다린다. —黃忠基 역

__ 首陽有一美妓 姿容善歌舞 州有趙上舍者 見而悅之 同房而未賦高唐 欲化相思蟒 以遂志願 故諸件至今笑之 壬辰冬 余避亂于此 與上舍相親 備知其間事 因作一詩以 戲之 (해주에 아름다운 기생이 있어 용모가 뛰어나고 가무를 잘했다. 고을에 조 생원이란 자가 있어 기생을 보고 기뻐했다. 같이 지내면서도 고당의 글을 짓지도 못하면서도 상사의 뱀이 되기를 원했다. 뜻대로 이루어졌기에 모든 사람들에게 웃음거리가 되기에 이렀다. 임진년 겨울에 내가 이곳에 피난하여 조 생원과 더불어 친하기 때문에 그간의 일을 잘 알아 이것으로 시를 지어 희롱한다.)

• **李砥**(이지, 조선 중기)

자 계발(季拔). 호 반금당(伴琴堂). 본관은 고성(固城). 저서에는 『반금당집(伴琴堂集)』이 있다.

비석은 말이 없고 보름달만 외롭네

一曲瑤琴怨鷓鴣(일곡요금원자고)　　荒碑無語月輪孤(황비무어월륜고)
峴山當日征南石(현산당일정남석)　　亦有佳人隨淚無(역유가인수루무)

(『惺叟詩話』)

峴山(현산)=타루비가 서 있는 산. 진(晉)의 양양태수(襄陽太守) 양호(羊祜)의 덕을 사모하여 그곳의 백성들이 현산에 세운 비. 그 비석을 보는 사람들이 모두 눈물을 흘렸다는 데서 두예(杜預)가 붙인 이름.

한 가락 거문고는 자고를 원망하는데
커다란 비석은 말이 없고 보름달만 외롭게 떴구나.
현산 당일에 세운 정남석에도
또한 미인이 있어 눈물을 흘리던 일이 있던가. ─黃忠基 역

▦ 부안(扶安) 기생 계생(桂生)이 그를 사랑해주던 태수가 죽어 후에 비석을 세우자 달밤에 비석에서 거문고를 타는 것을 이원형이 지나가다 보고 지은 시이다.

• 李元亨(이원형, 조선 광해군?)
자호 미상.

옥아가 사미인곡을 부르는 것을 듣고

聞玉娥歌故寅城鄭相公思美人曲(문옥아가고인성정상공사미인곡)

十年湘浦採江蘺(십년상포채강리)　　望斷瑤臺怨別離(망단요대원별리)
兒女不知時世態(아녀부지시세태)　　至今空唱美人辭(지금공창미인사)

寅城鄭相公(인성정상공)=조선 선조 때 문신 정철(鄭澈)을 가리킴 ◇ 江蘺(강리)=강가에 나는 천궁(川芎) ◇ 美人辭(미인사)=정철이 지은 「사미인곡」(思美人曲)을 가리킴

십년을 상강의 강리를 캐며
선궁의 임 이별 설워했거니,
계집들은 그때 일 알도 못하고
미인곡만 헛되이 불러대는고!

七娥已老石娥死(칠아이노석아사)　　今代能歌號阿玉(금대능가호아옥)
高堂試唱美人辭(고당시창미인사)　　聽之不似人間曲(청지불사인간곡)

（『東岳集』）

칠아는 이미 늙고 석아는 죽고
오늘날 명창은 옥아이로세.
높은 집 떠나갈 듯 미인곡 가락
들을수록 인간곡 아닌 듯하이. —孫宗燮 역

莫怪樽前贈素衿(막괴준전증소금)　　老夫寧有少年心(노부영유소년심)
秋天月白思鄕夜(추천월백사향야)　　一曲淸歌直萬金(일곡청가치만금)

(『遺聞』)

술잔 앞에서 옷감 주는 것을 괴이하게 생각 마라
이 늙은이 아직 소년의 마음이 있는 것을
가을 하늘 달 밝은 밤 고향을 생각하는데
한 곡조의 맑은 노래는 만금의 값인 것을. —李在崑 역

━ 군(郡)에 있으면서 기생에게 준 시이다.

成川館戱贈老妓玉芙蓉(성천관희증노기옥부용)

畵船曾艤紫芝峰(화선증의자지봉)　　何處瑤臺訪故蹤(하처요대방고종)
坐聽伽倻琴一曲(좌청가야금일곡)　　白頭惟有玉芙蓉(백두유유옥부용)

(『朝鮮解語花史』)

자지봉에서 화선을 준비하지만
요대의 옛 자취를 어디메로 찾아간
앉아서 가야금 한 곡조를 들으니
백발의 노기 옥부용의 솜씨일세. —李在崑 역

兵使携酒來訪臨罷題贈歌妓(병사휴주내방임파제증가기)

白紵新袍貯古函(백저신포저고함)　　北來寒重未開緘(북래한중미개함)
殘年試著終無日(잔년시저종무일)　　故贈佳人作舞衫(고증가인작무삼)
莫怪樽前贈素衿(막괴준전증소금)　　老翁寧有少時心(노옹영유소시심)
秋空月滿思歸夜(추공월만사귀야)　　一曲妍歌直萬金(일곡연가치만금)

『朝鮮解語花史』

흰 모시 새 도포를 상자에 담아와
북쪽은 날이 차서 열어보지 않았네.
남아 있는 임기 동안 입을 날 없는 것 같아
가인에게 주어 무의를 만들게 하려네.
술잔 앞에서 옷감 준다고 괴이쩍게 생각 마라
늙은이가 어떻게 소싯적 마음 있으리.
가을밤 달빛 아래 집 생각 간절한데
여인의 청아한 한 곡조가 천금보다 값 있네. ─李在崑 역

戲贈歌妓勝莫愁(희증가기승막수)

妍歌一曲錦纏頭(연가일곡금전두)　　絶代佳人勝莫愁(절대가인승막수)
天外碧雲留不散(천외벽운류불산)　　春風秋月樂民樓(춘풍추월낙민루)

『朝鮮解語花史』

纏頭(전두)=가무를 한 사람에게 칭찬의 뜻으로 주는 금품, 또는 일시적인 축의로 주는
것. 행하(行下). 화대(花代).

미인의 노래 한 곡조에 비단을 상으로 주니
절대가인 승막수일세

저 하늘에는 푸른 구름 머물러 흩어지지 않는데
낙민루에는 봄바람 가을 달이 번갈아 찾아드네. —李在崑 역

戱贈平壤老妓雪娥(희증평양노기설아)

行到西州人共嗤(행도서주인공치)　　鬢絲無復舊時姿(빈사무부구시자)
傷心三十年前事(상심삼십연전사)　　說與箕城老雪娥(설여기성노설아)

『朝鮮解語花史』

鬢絲(빈사)=노인의 백발을 일컬음

발길이 서주에 이르니 사람들은 모두 비웃는데
빈발이 모두 옛 모습 찾아볼 길 없네.
애달프다, 삼십 년 전 일들을
기성의 늙은 설아와나 이야기해볼까. —李在崑 역

戱贈平壤病妓桂娘(희증평양병기계랑)

關路煙塵戰伐多(관로연진전벌다)　　浿城寥落舊笙歌(패성요락구생가)
十年重到腸空斷(십년중도장공단)　　霜髮秋官病月娥(상발추관병월아)

『朝鮮解語花史』

寥落(요락)=영락 또는 몰락된 모양

관서의 길은 병화와 먼지로 뒤덮이고
패성의 생가도 쓸쓸히 들리네.
십 년 만에 다시 오니 창자가 끊어질 듯하고
월아의 머리엔 가을 서리 내리고 몸은 병들었네. —李在崑 역

- **李安訥**(이안눌, 1571~1637)

　자 자민(子敏). 호 동악(東岳). 문신. 시인. 병자호란 때 인조를 남한산성까지 호
종했다. 선조 때 시인 권필(權韠)과 쌍벽을 이루는 시인으로서 이태백에 비유되었
고, 글씨도 잘 썼다.

문천을 지나면서

過文川(과문천)

妹城三甲摠名姬(매성삼갑총명희)　　太守風流又一時(태수풍류우일시)
多少行客斷腸處(다소행객단장처)　　敎坊南畔柳如絲(교방남반유여사)

(『歷代韓國愛情漢詩選』)

妹城(매성)=함경도 문천의 옛 이름

　미인 많은 이 성에서 모인 가희들
　원님의 풍류가 또 한창인데
　허다한 길손이 애를 끊는 곳
　교방 남쪽엔 버들실도 하늘하늘. —韓詰熙 역

- **沈詻**(심액, 1571~1655)

　자 중경(重卿). 호 학계(鶴溪). 문신. 형조를 비롯하여 예조와 이조판서를 역임하
고 청송군(靑松君)에 봉해졌다. 판의금부사로 기로소에 들어갔다.

선연동에 누워 있는 그대를 그리며

生離死別兩茫然(생리사별양망연)　恨入嬋娟洞裏錦(한입선연동리금)
飛步無蹤仙佩冷(비보무종선패냉)　殘花不語曉風顚(잔화불어효풍전)
美人寃血成春艸(미인원혈성춘초)　神女朝雲鎖峽天(신녀조운쇄협천)
九曲柔腸元自斷(구곡유장원자단)　驛名何事又龍泉(역명하사우용천)

(『小華詩評』)

살아서도 이별, 죽어서도 이별하는 이 슬픔
한은 선연동의 여린 풀 속으로 스미네.
나는 듯하던 걸음걸이 사라져 패물 소리도 끊어지고
사그라진 꽃이 말이 없으니 새벽바람만 미친 듯 부네
미인의 원한 맺힌 피는 봄풀로 자라나고
신녀의 아침 구름은 골짜기에 가득하구나.
갸날픈 구곡간장은 애시 당초 끊어졌건만
역 이름은 무슨 일로 또 용천이란 말인가. —安大會 역

___ 손곡(蓀谷) 이달(李達)이 사랑하던 기생을 잃어, 그를 위해 여러 사람들이 역루(驛樓)에 모여 손곡을 위한 '기생을 애도하는 시'를 지을 때 제일 먼저 지은 시이다.

• 趙希逸(조희일, 1575~1638)
　자 이숙(怡叔). 호 죽음(竹陰), 팔봉(八峰). 문신. 인조반정으로 다시 기용하였다. 왕이 붕당을 타파하려 하자 이를 반대, 소북(小北)으로서 대북(大北)의 처벌을 주장하였다. 서화에 뛰어났고 시문에도 능했다.

그대 위해 머리카락이라도 잘라주리라

眼高箕院無佳麗(안고기원무가려)　　腸斷龍灣有別離(장단용만유별리)

（『溪西野談』）

평양에도 눈에 차는 미인이 없더니
용만에서 애끊는 이별 있을 줄이야 ─ 柳和秀·李銀淑 역

── 용만에서 사랑하던 여자와 이별하면서 머리털을 잘라주며 지은 시이다.

佳期何處又黃昏(가기하처우황혼)　　荊棘蕭蕭擁墓門(형극소소옹묘문)
恨入碧苔纏玉骨(한입벽태전옥골)　　夢來朱閣對金樽(몽래주각대금준)
花殘夜雨香無迹(화잔야우향무적)　　露濕春蕪淚有痕(노습춘무누유흔)
誰識洛陽有俠客(수식낙양유협객)　　半山斜日弔芳魂(반산사일조방혼)

（『小華詩評』）

半山(반산)=산의 중턱 ◇ 斜日(사일)=기우는 해. 사양(斜陽)

아름다운 기약은 어디 가고 또 황혼이런가?
가시덤불만 쓸쓸히 묘지문을 가리고 섰구나.
푸른 이끼에 한이 서려 옥 같은 해골을 감싸건만
꿈속에서는 붉은 누각으로 달려가 술잔을 마주 보고 있네.
밤비 내려 꽃 스러지니 향기 자취도 사라지고,
이슬 젖은 봄풀엔 눈물 자국 맺힌 듯
그 누가 알리오? 낙양의 유협객이
석양 지는 산에서 꽃다운 넋을 조상함을. ─ 安大會 역

▨ 선연동(嬋娟洞)을 두고 지은 시이다.

• **尹繼善**(윤계선, 1577~1604)

　자 이술(而述). 호 파담(坡潭). 문신. 지평으로 있을 때 설화(舌禍)로 옹진현감에 좌천되었으나 선정을 베풀어 표리(表裏)를 하사받았다. 평안도 도사로 부임했다가 병으로 사직, 집에 돌아와 죽었다. 문장에 뛰어났다.

난리 뒤에 신안을 지나면서

亂後過新安(난후과신안)

胡騎長驅夜渡遼(호기장구야도요)　　百年城郭此蕭條(백년성곽차소조)
可憐蘇小門前柳(가련소소문전류)　　猶帶春風學舞腰(유대춘풍학무요)

(『歷代韓國愛情漢詩選』)

蕭條(소조)=쓸쓸한 모양

되놈 군사 몰려들어 우리 강토 짓밟으니
굳고도 오랜 성곽 허물어져 처량하네만
가련타 소소의 문 앞의 버들가지는
그대로 봄바람에 너울너울 허리춤을 배우는구나. ─韓喆熙 역

• **金緻**(김치, 1577~1625)

　자 사정(士精). 호 남봉(南峰), 심곡(深谷). 문신. 인조반정 후에 한때 대북으로 몰려 유배, 뒤에 풀려나와 동래부사를 거쳐 경상도 관찰사가 되었다. 천문에 밝았으나 재물을 탐내어 비난을 받았다.

경주의 이별하는 자리에서 용계에게

慶州別筵戲贈龍溪(경주별연희증용계) (龍溪有情妓作別)

其一

座上佳人暗恨生(좌상가인암한생)　　秋波低處淚珠傾(추파저처누주경)
月城之畔星臺下(월성지반성대하)　　幾使男兒惱別情(기사남아뇌별정)

月城(월성)=경주(慶州)의 다른 이름

자리 가운데 아름다운 이가 남몰래 태어난 것을 한스러워하니
은근한 눈길 내려 뜬 곳에 진주 같은 눈물 흐르네.
달 뜬 성 언덕 별 빛나는 누대 아래에서
얼마나 남자가 이별 때문에 번민하게 만들려는지?

其二

好緣何必結三生(호연하필결삼생)　　金石剛腸一笑傾(금석강장일소경)
半夜瑤臺香夢穩(반야요대향몽온)　　星眸雲鬢最有情(성모운빈최유정)

（『仙石遺稿』）

剛腸(강장)=큰 배짱. 굴하지 않는 마음 ◇ 瑤臺(요대)=옥으로 장식한 아름다운 누대.
신선이 살고 있는 누대. 달을 일컬음 ◇ 香夢(향몽)=봄철의 아름다운 꿈 ◇ 雲鬢(운빈)=운
빈(雲鬢)과 같은 말. 미인의 머리털을 구름에 견주어 이른 말

좋은 인연이야 하필 삼생에 걸쳐 맺으랴
금석 같은 단단한 마음이 한번 웃음에 기울어졌구려.
한밤중 아름다운 누대에 향기로운 꿈 편안하니
별 같은 눈동자 구름 같은 머리의 아가씨가 가장 정겨웠구려.

―具智賢 譯

昌原太守餞筵口占上使呼韻(창원태수전연구점상사호운)
(兵營妓有善歌洛陽曲者)

關雲迢遞隔秦京(관운초체격진경)　　滿目風光惱客情(만목풍광뇌객정)
忽聽佳人歌一曲(홀청가인가일곡)　　恍疑身在洛陽城(황의신재낙양성)

(『仙石遺稿』)

迢遞(초체)=초체(迢遞)와 같은 말. 먼 모양 ◇ 滿目(만목)=눈에 가득 참. 눈에 보이는 끝까지

덮여 있는 구름 아득히 멀리 서울을 가로막았으니
눈에 가득한 풍경은 나그네 마음 근심스럽게 하네.
홀연히 아름다운 사람의 노래 한 곡 들려
황홀하여 낙양성에 있나 의심했었지. ─具智賢 역

• 辛啓榮(신계영, 1577~1669)
　자 영길(英吉). 호 선석(仙石). 1639년 부빈객(副賓客)으로 볼모로 잡혀갔던 세자를 맞으러 심양에 갔으며, 벼슬은 판중추부사에 이르렀다. 유고집으로 『선석유고(仙石遺稿)』가 있다.

가는 님의 발걸음을 되돌릴 수 있다면

可憐肅邑人如玉(가련숙읍인여옥)　　能使郎君去復回(능사낭군거부회)

(『古今笑叢』)

애련토다, 숙천의 옥 같은 여인이여
낭군님의 발걸음을 어찌 되돌리는고 ─정용수 역

▬ 이시백(李時白)이 숙천(肅川)에 좋아하는 기생이 있었다. 서울로 오는 길에 조익(趙翼)을 만나 다시 숙천으로 되돌아가 기생을 만나고 싶은 마음을 조익이 알아차리고 놀리려고 지은 시이다.

• 趙翼(조익, 1579~1655)

자 비경(飛卿). 호 포저(浦渚), 존재(存齋). 학자. 문신. 벼슬은 좌의정까지 지냈다. 성리학의 대가로 예학에 밝았으며, 음률, 병법. 복서(卜筮)에도 능했고, 특히 김육(金堉)이 제창한 대동법의 시행을 적극 주장했으며, 문장에도 뛰어났다.

가희가 소금장수의 아내가 되다

歌姬鹽商婦爲(가희염상부위)

禁城花月舊風流(금성화월구풍류)　　一下靑樓二十秋(일하청루이십추)
莫向江船歌竗曲(막향강선가묘곡)　　棹謳漁唱盡啾啾(도구어창진추추)

『澤堂集』

禁城(금성)=궁성 ◇ 江船(강선)=강을 오르내리는 배 ◇ 竗曲(묘곡)=묘지방의 노래 ◇ 棹謳漁唱(도구어창)=뱃노래와 어부들이 부르는 노래 ◇ 啾啾(추추)=망령이 우는 소리.

궁성의 꽃과 달은 옛 풍류 그대로인데
한번 기생이 된 지가 이십 년일세.
강을 오가는 배를 향해 묘지방 노래를 부르지 마라
뱃노래와 어부들의 노래가 다 망령이 우는 소리로구나. —黃忠基 역

• 李植(이식, 1584~1647)

자 여고(汝固) 호 택당(澤堂). 벼슬은 판서를 역임했다. 당대의 이름난 학자로서

문하에 많은 제자를 배출했고 특히 한문학에 정통하여 한문학 사대가의 한 사람으로 꼽힌다.

내 마음 몰라주고 벌써 가다니

重來如一時(중래여일시)　心事有誰知(심사유수지)
浪子忽焉沒(낭자홀언몰)　無人論我癡(무인논아치)　　　　　(『孤山遺稿』)

한결같이 자주 찾아오던 그대
그 심사 무엇인지 누가 알리오
낭자 혼자 홀연히 세상 떠났으니
나의 어리석음은 누구와 말할 건가.—鄭飛石 역

___ 홍헌(洪獻)에서 예(禮)와 승(勝) 두 낭자에게 지어준 시이다.

• **尹善道**(윤선도, 1587~1671)
　자 약이(約而). 호 고산(孤山), 해옹(海翁). 시인. 문신. 치열한 당쟁으로 일생을 거의 벽지 유배지에서 보냈다. 그의 시조는 정철의 가사와 더불어 조선 시가에서 쌍벽을 이루고 있다.

사랑하는 사람 다시 찾았으나 이번에도

碧窓殘月曉仍留(벽창잔월효잉류)　　曲渚輕蘭已覺秋(곡저경란이각추)
斜抱玉琴彈不得(사포옥금탄부득)　　祗今離恨在心頭(지금이한재심두)

『水村漫錄』

푸른 창에 이즈러진 달 새벽에도 남아 있고
굽은 물가 가벼운 난초엔 벌써 가을 기운 도누나.
옥장식 거문고 비스듬히 안고 타지 못함은
지금 이별의 괴로움 마음속에 있어서라. ─車柱環 역

■ 젊어서 사랑하던 기생을 찾아갔으나 만나지 못하고 벽에 적어두고 왔던 시이다.

越羅衫袂動生香(월라삼메동생향)　　嫋娜纖腰一掬强(요나섬요일국강)
晩入巫山作神女(만입무산작신녀)　　時隨行雨下高唐(시수행우하고당)

『水村漫錄』

嫋娜(요나)=부드럽고 긴 모양 ◇ 纖腰(섬요)=가냘프고 연약한 여자의 허리

월나라 비단 적삼 움직여 향기 풍기고
날씬한 가는 허리 한 움큼 남짓.
만경에 무산에 들어가 신녀 되어
때때로 지나가는 비 따라 고당에 내려온다. ─車柱環 역

■ 앞의 시를 지어준 기생의 친구인 여인이 십 년 뒤에 이지천을 알아보고 시를
지어줄 것을 부탁하자 지어준 시이다.

• 李志賤(이지천, 1589~1673)

자 탄금(彈琴). 호 사포(沙浦). 부장소(復長嘯). 문신.

이별하기 서러워 눈물만 뿌리네

立馬東門盡一樽(입마동문진일준)　　練光亭畔欲黃昏(연광정반욕황혼)
衆中不敢分明別 (중중불감분명별)　　暗把秋波贈淚痕(암파추파증누흔)

『朝鮮解語花史』

練光亭(연광정)=평양의 대동강 가에 있는 정자

말은 동문에 서 있는데 술통은 다 비었고
연광정에는 황혼이 깃드는 것을
여럿 가운데서 차마 이별을 못해
몰래 아름다운 눈길에서 눈물만 뿌리네. —李在崑 역

戲贈官妓(희증관기)

送君江上淚頻頻(송군강상누빈빈)　　拭盡香羅數尺巾(식진향라수척건)
留却一端無濕處(유각일단무습처)　　明朝亦有遠行人(명조역유원행인)

『朝鮮解語花史』

頻頻(빈빈)=잦은 모양

강 위에서 님 보내는데 눈물이 쏟아져

두어 척 수건의 향기가 모두 씻기네.
아직 한 끝은 젖은 곳 없으니
내일 아침 또 떠날 사람 있는 것을. ─ 李在崑 역

기성(箕城)의 가기(歌妓)에게 준 시이다.

• **李之馧**(이지온, 조선 인조)
호 빈교(貧郊).

포구락을 구경하면서

觀抛毬樂(관포구락)

紅粉分曹列兩邊(홍분분조열양변)	彩竿高處簇嬋娟(채간고처족선연)
朱脣乍啓回雙眼(주순사계회쌍안)	翠髻頻擡聳一肩(취계빈대용일견)
梭擲錦機花影前(사척금기화영전)	珠離玉子月心穿(주리옥자월심천)
金盃迭把歡聲動(금배질파환성동)	爭記仙桃落舞筵(쟁이선도낙무연)

(『朝鮮解語花史』)

抛毬樂(포구락)=곡조 이름. 주연에서, 공을 던져 노래하는 악곡. 고려 때부터 시작된, 나라 잔치 때 추던 춤의 이름 ◇ 玉子(옥자)=옥으로 된 바둑돌.

기생이 두 패로 나뉘어 양편에 서서
채색 장대가 높이 솟으면 공은 하늘로 나네.
붉은 입술 움직이고 두 눈은 빠르게 돌아가는데
윤기 흐르는 머리 쪽이 자주 흔들리며 어깨 으쓱하네.

비단 베틀에 북 던지니 꽃무늬 움직이고
구슬은 옥자를 떠나 과녁을 뚫고 나가네
금 술잔에 술 부으니 환성이 일고
다투어 애교 부리고 자리 위로 나와 춤추네. ─李在崑 역

• 李殷相(이은상, 1617~1678)

　　자 열경(說卿). 호 동리(東里). 문신. 송시열이 복상 문제로 유배당하자 병을 핑
계로 조회에 나가지 않았다가 이어 서인들이 실각하자 삭출되었다.

신발을 떨어뜨린 것을 보고 장난삼아 짓다

妓生馳履墮戲作(기생치리타희작)

自着金鞭鞚玉驄(자착금편공옥총)　　柳腰輕細不禁風(유요경세불금풍)
凌波寶襪從抛地(능파보말종포지)　　笑掩羅衫醉臉紅(소엄나삼취검홍)

　　　　　　　　　　　　　　　　　　　　　　　　　　　（『西溪集』）

柳腰(유요)=미인의 가는 허리 ◇ 細風(세풍)=미풍 ◇ 凌波(능파)=파도 위를 걷는다는 뜻
으로, 가볍고 아름다운 미인의 걸음걸이를 형용함

　　소중하게 여기는 말에 재갈을 물리고 채찍을 들고서
　　하늘하늘 가는 허리는 막지 못할 미풍보다 가볍구나.
　　날렵한 걸음걸이에 깨끗한 버선이 땅으로 떨어지니
　　술 취해 붉어진 뺨을 나삼으로 가리고 웃더라. ─黃忠基 역

咸興妓客送必萬歲橋出常多離別色有戲情調(함흥기객송필
만세교출상다이별색유희정조)

相勸橋頭盡玉壺(상권교두진옥호)　　九人曾去一來無(구인증거일래무)
欲知東海頻淸淺(욕지동해빈청천)　　半爲麻姑淚眼枯(반위마고누안고)

『西溪集』

橋頭(교두)=다리 근처 ◇ 玉壺(옥호)=주기(酒器)를 말함 ◇ 淚眼(누안)=눈물 어린 눈

다리 근처에서 서로 권하며 술병을 다 기울이고
아홉 사람이나 보냈으나 돌아오는 이 하나도 없네.
동해가의 맑고 얕음을 알고자 하였으나
마고선녀의 눈물 어린 눈이 반이나 메말라버렸구나. ─黃忠基 역

● 朴世堂(박세당, 1629~1703)

　자 계긍(季肯). 호 서계(西溪), 잠수(潛叟). 벼슬은 형조판서를 역임했다. 『사변록(思辨錄)』을 저술하여 주자학을 비판하고 독자적인 견해를 발표함으로써 사문난적(斯文亂賊)의 낙인이 찍혀 관직을 삭탈 유배 도중에 죽었다. 실학파 학자로서 농촌 생활에 토대를 둔 박물학의 학풍을 이룩했고 글씨를 잘 썼다.

기생 추향의 손녀에게

贈長城琴妓秋香女孫(증장성금기추향여손)

我來訪香娘(아래방향랑)　　人亡琴亦亡(인망금역망)
惟有女孫在(유유여손재)　　白頭傳芬芳(백두전분방)

『南岳集』

芬芳(분방)=좋은 향기. 훌륭한 공적, 명예, 또는 그 사람

내가 와서 향랑을 찾았으나
사람도 사라지고 거문고도 사라졌네.
오직 손녀가 있어
백발로 아름다운 아가씨를 대했네. ─李在崑 역

戲贈長城琴妓秋聲介(희증장성금기추성개)

蘆嶺雖高大路平(노령수고대로평)　　片時馳過古長城(편시치과고장성)
紅纓玉勒郵驂出(홍영옥륵우참출)　　翠帶羅衫郡妓迎(취대나삼군기영)
峽雨未能留遠客(협우미능유원객)　　瑤琴只自怨秋聲(요금지자원추성)
離歌繞了忽忽發(이가재료홀홀발)　　似是無情却有情(사시무정각유정)

(『南岳集』)

蘆嶺(노령)=전라남북도의 경계에 있는 고개 ◇ 片時(편시)=짧은 시각 ◇ 峽雨(협우)=계곡에 내리는 비

노령이 비록 높다지만 대로는 평탄해
잠깐 동안 옛날의 장성을 말 타고 넘었네.
붉은 줄, 어여쁜 굴레의 역마가 나오면서
푸른 띠 비단 옷차림의 고을 기생이 맞이하네.
두메의 비는 멀리 가는 나그네를 머물지 못하게 하고
거문고 소리만 쓸쓸하게 들리네.
이별의 노래 끝나자 바쁘게 떠나
무정한 것 같지만 다정한 것을. ─李在崑 역

我怨文詞君怨歌(아원문사군원가)　　聲名從古喜蹉跎(성명종고희차타)
玉堂變作牢囚地(옥당변작뇌수지)　　故里翻成竄逐科(고리번성찬축과)
貧賣舞衫蹉薄命(빈매무삼차박명)　　病祈州紱奈窮魔(병기주불내궁마)
我如出守君歸洛(아여출수군귀락)　　君唱吾詞樂幾何(군창오사낙기하)

(『南岳集』)

蹉跎(차타)=불운하여 뜻을 얻지 못함. 실패함

나는 문장을 탓하는데 그대는 노래를 탓해
명성이란 예부터 일에 어긋남이 많네.
옥당은 뇌옥이 되고
고향은 귀양살이를 만드네.
가난하면 춤을 팔게 되니 박명을 한탄하고
병들면 고을살이를 비니 궁한 운명을 어쩌나
내가 만약 수령 되어 나가고 그대 도성으로 돌아오면
그대는 내 이 노래 부르면서 마냥 즐거워하겠지. ―李在崑 역

　안악 기생 선향(仙香)에게 장난삼아 준 시이다.

• 趙宗著(조종저, 1631~1690)

　자 취숙(聚叔). 호 간재(艮齋), 남악(南岳). 문신. 학자. 이이(李珥)와 성혼(成渾)이
문묘에서 출향(黜享)되자 병을 핑계로 등청하지 않아 파직당했다. 학문에 뛰어나
고 특히 역사에 밝았으며 산수, 천문, 의약에 이르기까지 통달했다.

늘어진 버들이 난초잎을 괴롭히네

薩水風光勝大堤(살수풍광승대제)　　東阿文采暎關西(동아문채영관서)
紅粧滿座何多楚(홍장만좌하다초)　　玉貌傾城自擇齊(옥모경성자택제)
清夢欲隨香爐盡(청몽욕수향로진)　　別懷仍和淚痕題(별회잉화누흔제)
垂楊不絆蘭橈住(수양불반난요주)　　腸斷高樓日色低(장단고루일색저)

(『水村漫錄』)

薩水(살수)=청천강(清川江)의 옛 이름 ◇ 大堤(대제)=중국 양양(襄陽) 부근의 색향(色鄉).

살수의 풍광이 대제보다 뛰어나
동아의 문채가 관서를 다 덮어 가리는 듯하구나.
자리에 가득한 아가씨들이 어찌 초나라보다 많겠느냐만
뛰어난 아름다움은 스스로 제나라를 택하는구나.
욕심이 없는 꿈은 다 타버린 향의 재마저 가지고자 하나
이별의 회포는 곧 눈물의 흔적으로 화답하누나.
늘어진 버들이 난초를 가만히 있도록 하지는 못하고
님과 이별하는 다락에 햇빛이 드리우는구나. ―黃忠基 역

• 李瑞雨(이서우, 1633~?)
　자 윤보(閏甫). 호 송곡(松谷). 문신. 갑술옥사(甲戌獄事) 때 삭직되었다가 얼마 후에 복직되었다. 시문에 뛰어나고 글씨로 이름이 높았다.

신안 기생 귀색에게 주다

戲贈新安妓貴色(희증신안기귀색)

一曲悲歌金縷衣(일곡비가금루의)　　美人淸淚濕羅幃(미인청루습라위)

歡今得意輕相負(환금득의경상부)　　自擁西方千騎歸(자옹서방천기귀)

(『朝鮮解語花史』)

金縷衣(금루의)=금빛 나는 실로 만든 옷

한 곡조 슬픈 노래에

미인의 맑은 눈물이 비단 휘장을 적시네.

지금은 서로 좋다지만 저버리기를 잘해

서쪽 군사의 호위 받으며 내 돌아가야지. ─李在崑 역

___ 귀색(貴色)은 감사 이정영(李正英)이 지난해 가산군수(嘉山郡守)로 좌천되었을 때
사랑했던 기생이다.

• 金錫胄(김석주, 1634~1684)

　자 사백(斯百). 호 식암(息庵). 문신. 사은사로 청나라에 다녀온 후 너무도 음험
한 수법으로 남인의 타도를 획책했다 하여 같은 서인의 소장파로부터 반감을 사
서 서인이 노론과 소론으로 분열한 원인의 하나가 되었다.

행하 대신에 명당을 주었네

一點孤墳是杜秋(일점고분시두추)　　降仙臺下楚江頭(강선대하초강두)
芳魂償得風流債(방혼상득풍류채)　　絕勝眞娘葬虎丘(절승진랑장호구)

(『水村集』)

외로운 무덤 하나 두향이라네
강 언덕 강선대 그 아래 있네.
어여쁜 이 멋있게 놀던 값으로
경치도 좋은 곳에 묻어주었네.—鄭飛石 역

• 任埅(임방, 1640~1724)
　자 대중(大仲). 호 수촌(水村), 우졸옹(愚拙翁). 문신. 벼슬이 우참찬에 승진되었으
나 신임사화(辛壬士禍)로 함종(咸從)에 유배, 후에 금천(金川)에 이배(移配)되어 배소
(配所)에서 죽었다.

성천의 기생에게 주다

贈成川妓(증성천기)

大堤西北草萋萋(대제서북초처처)　　春盡江樓月欲低(춘진강루월욕저)
風送落花添酒算(풍송낙화첨주산)　　雲拖過雨促詩題(운타과우촉시제)
纖腰獻舞何多楚(섬요헌무하다초)　　寶瑟挑心自擇齊(보슬도심자택제)
豪興已闌扶醉過(호흥이란부취과)　　滿街猶唱白銅鞮(만가유창백동제)

(『詩話叢林』)

언덕 서북쪽엔 풀이 아름답고

강루엔 봄빛 가득하고 달빛 휘영청 밝네.

바람에 꽃잎은 술잔 위에 떨어지고

구름은 비를 몰아가서 시상을 돕네.

가는 허리로 춤추니 초희의 모습이고

비파로 춘심을 돋우니 스스로 제나라를 택하네.

호탕한 흥취가 무르익어 취한 몸 부축하여 지나가

거리에서는 오히려 백동제를 노래하네. ─李在崑 역

• 洪萬宗(홍만종, 1643~1725)

자 우해(于海). 호 현묵자(玄默子), 장주(長洲). 학자. 시평가. 학문에 밝고 저술이
많다.

지난날의 향기만 남아 있네

完山老妓香蘭卽鄭相國知和少日鐘情者洛下諸公多贈詩因
成卷軸戲題軸中(완산노기향란즉정상국지화소일종정자낙
하제공다증시인성권축희제축중)

翠袖凋殘七寶紋(취수조잔칠보문)　　尙憐薌澤靄餘薰(상련향택애여훈)

白頭丞相情緣薄(백두승상정연박)　　無復陽臺夢化雲(무부양대몽화운)

(『西坡集』)

凋殘(조잔)=잎이 시든 채 떨어지지 않고 남아 있음 ◇ 薌澤(향택)=향기 ◇ 靄(애)=윤택
하다 ◇ 餘薰(여훈)=남은 향내

푸른 옷소매에 칠보 무늬 시들었지만
아직도 지난날 향기만이 있네.
백발의 정승이 박정해서
양대에서 다시 운우를 꿈꾸지 못하네. —李在崑 역

푸른 소매에 칠보 무늬가 미르고 쇠잔한데
오히려 향기의 화락하게 남은 향내가 있는 것이 예쁘네.
흰 머리의 승상이 정과 인연이 박하여
다시 양대의 꿈이 구름으로 화하는 것이 없었네. —李民樹 역

___ 완산(完山) 노기(老妓) 향린(香蘭)은 정지화(鄭知和)가 소년 시절부터 사랑했던 기생으로 도성의 여러 사람들이 시를 지어 주어 권축을 이루었다. 시축 가운데 장난삼아 쓴 시이다.

清風寒碧樓(청풍한벽루)

雕欄十二妓成圍(조란십이기성위)　　簾外春寒酒力微(염외춘한주력미)
一曲纖歌唱欲了(일곡섬가창욕료)　　小桃花畔月依依(소도화반월의의)

(『西坡集』)

雕欄(조란)=무늬를 아로새긴 난간 ◇ 依依(의의)=멀어서 희미한 모양. 안타까이 사모하는 모양

조란 열두 칸에 기생이 둘러 있는데
주렴 밖에는 봄 추위에 슬기운 약해지네.
기생의 노래 한 곡조 끝나려 할 때
복숭아꽃 위에 달이 비치네. —李在崑 역

興完山通判夜飮通判見余煙花之情冷淡戲使一妓向我唱別
曲余亦戲吟(흥완산통판야음통판견여연화지정냉담희사일
기향아창별곡여역희음)

紅燭淸樽夜未央(홍촉청준야미앙)　　一筵絲竹撼華堂(일연사죽감화당)
佳人莫唱江南曲(가인막창강남곡)　　天末分攜易斷腸(천말분휴이단장)

(西坡集)

未央(미앙)=아직 반에도 달하지 못함 ◇ 絲竹(사죽)=음악을 통틀어 일컫는 말 ◇ 撼
(감)=흔들다 ◇ 攜(휴)=떼어놓다

붉은 촛불 맑은 술잔에 밤이 반이 되지 않았는데
한 자리의 음악이 화려한 방을 뒤흔드네.
아름다운 사람은 강남곡을 부르지 말라,
하늘 끝에서 나누이면 창자를 끊기가 쉬우네. ―李民樹 역

月夜聞妓琵琶用明詩韻(월야문기비파용명시운)

抽將香撥急絃開(추장향발급현개)　　一曲流雲往復廻(일곡유운왕복회)
夜色月舒深院落(야색월서심원락)　　年華秋淨小池臺(연화추정소지대)
臚情婉孌幽閨語(여정완연유규어)　　酣戰騰凌壯士來(감전등릉장사래)
垂老君恩偏有淚(수로군은편유루)　　不同湓浦在天隈(부동분포재천외)

(西坡集)

抽撥(추발)=抽拔(추발)의 뜻인 듯. 골라서 뽑음 ◇ 舒(서)=퍼지다 ◇ 年華(연화)=연광(年
光). 세월 ◇ 臚(여)=전하다 ◇ 婉孌(완련)=나이가 젊고 아름다움. 친하게 지내며 사랑함 ◇
酣戰(감전)=한창 치열하게 싸움 ◇ 騰凌(등릉)=힘차게 달려오다 ◇ 垂老(수로)=70이 가까
운 노인 ◇ 湓浦(분포)=중국 강서성 구강현(九江縣)에 있는 강

향기 풍기는 손을 뽑아 급히 비파 줄을 퉁기니

한 곡조가 흐르는 구름에 갔다가 다시 돌아오네.

밤빛은 달이 깊은 동산에 퍼지고

세월은 가을이 조그만 못의 누대에 깨끗하네.

전해지는 심정은 그윽한 규방의 말이 예쁘고

오래 싸워 치달다가 장사가 왔네.

늙으막에 임금의 은혜에 편벽되이 눈물이 있으니

분포가 하늘가에 있는 것과 같지 않네. ─李民樹 역

戲嘲詩酒二魔(희조시주이마)

(一)

二魔從我到南陲(이마종아도남수)　　緣業踵深患害隨(연업수심환해수)

狂醉暮年忘護攝(광취모년망호섭)　　長哦活計廢營爲(장아활계폐영위)

貧痾幷集憂皆乇(빈아병집우개절)　　妻妾交訕逐亦宜(처첩교산축역의)

又被秋風牽挽得(우피추풍견만득)　　菊花霜月苦相欺(국화상월고상기)

　長城妓秋香 能詩善歌 名冠妓籍 谿谷張太學士 首爲詩以贈 後來薦紳學士 名能文辭者 以次續和 遂成卷軸 香之名播於國中 香今死矣 其孫秋聲介 已老矣 而操琴一彈 尙有嫋嫋家聲 介之孫名可憐者 有姿色且善琴 余纍于是邑於妓籍中 訊之認爲秋香之後孫 吟二絶贈其祖若孫 用爲千古風流之話本云爾 (장성의 기생 추향이 능히 시를 짓고 거문고와 노래를 잘하여 이름이 기적에 우두머리였다. 이에 계곡 장학사가 맨 먼저 시를 지어주었고, 뒤에 오는 천신 학자들로서 이름이 능히 문사를 하는 자들은 차례로 이를 화답해서 드디어 권축을 이루니 추향의 이름이 나라 안에 퍼지었다. 그런데 추향은 이제 죽었고 그 손자 추성개도 이미 늙었으나 거문고를 잡고 한번 타면 오히려 간드러진 가성이 있다. 개의 손자의 이름이 가련인데 아름다운 얼굴이 있고 또 거문고를 잘 탄다. 내가 이 고을에 귀양살이를 오면서 기적에서 물어보아 그가 추향의 후손이란 것을 알고 절구를 두 수를 읊어

그 조모와 손자에게 주어 이것을 천고의 풍류의 이야기 근본을 삼는다.)

陲(수)=부근 ◇ 暮年(모년)=늙바탕 ◇ 攝(섭)=지키다 ◇ 哦(아)=읊조리다 ◇ 痾(아)=숙병 (宿病) ◇ 訕(산)=헐뜯다

두 마귀가 나를 따라 남쪽 변방에서 왔는데
업에 인연한 것이 비록 깊으나 걱정과 해로움이 따르네.
미치고 취하여 저문 나이에 몸 보호하는 것을 잊고
길이 읊어 사는 계획의 경영함을 폐했네.
가난과 병이 함께 모이니 근심이 모두 간절하고
아내와 첩이 다투어 헐뜯으니 내쫓기는 것이 또한 마땅하네.
또 가을바람 덕에 이끌어 붙잡을 수 있는데
국화꽃과 서리 속의 달이 괴롭게 서로 속이네.

(二)

前身自是玉京僊(전신자시옥경선)　　此曲應從上界傳(차곡응종상계전)
老大指尖麤醜甚(노대지첨추추심)　　世人無耳有誰憐(세인무이유수련)
暈頰紅潮卽醉僊(훈협홍조즉취선)　　嬋姸艶態自家傳(선연염태자가전)
瑤琴一奏江南曲(요금일주강남곡)　　十指纖蔥更可憐(십지섬총갱가련)

(西坡集)

老大(노대)=노년이 됨 ◇ 麤醜(추추)=보기 흉함 ◇ 蔥(총)=파

전신은 스스로 이 옥경의 신선인데
이 곡조는 응당 상계로부터 전해졌네.
나이 먹으면서 손가락이 뾰족하여 몹시 거칠고 추해지니
세상 사람이 귀가 없으면 누가 예쁘다고 하랴
눈과 볼의 붉은 기운이 곧 술 취한 신선인데

곱고 예쁜 태도는 스스로 그 집에 전해왔네.
옥으로 장식한 거문고로 한번 강남곡을 타면
열 손가락 가느다란 모습이 다시 예쁘네.—李民樹 역

• 吳道一(오도일, 1645~1703)

자 관지(貫之). 호 서파(西坡). 문신. 벼슬은 병조판서에 이르렀다. 민언량(閔彦良)
의 옥사에 연루되어 장성에 유배되었다. 문장에 뛰어났고, 술을 좋아했다.

좋은 인연이 부채처럼 둥글 수 있나

題妓扇(제기선)

榴花初綻日如年(유화초탄일여년)	蟬翼羅衫擁髻偏(선익나삼옹계편)
歡意己隨衣漸薄(환의이수의점박)	好緣那得扇長圓(호연나득선장원)
秋來篋笥渾無賴(추래협사혼무뢰)	別後腰肢任可憐(별후요지임가련)
留與他人饒樂事(유여타인요락사)	且將新曲度新絃(차장신곡도신현)

（『水村漫錄』）

篋笥(협사)=문서나 의복 등을 넣는 상자

석류꽃 처음 피니 하루해가 한 해와도 같아
매미 날개 같은 나삼에 머리를 기우뚱하게 틀어 얹었네.
즐기고 싶은 뜻 있어 옷이 점점 얇아지는데
좋은 인연 어찌 부채처럼 길이 둥글 수 있으랴
가을이 오면 무뢰배들이 많이 찾아와
헤어진 뒤에는 허리와 다리가 가련하네.

또 다른 사람과 인생을 즐겨
새 곡조 가지고 새 줄을 즐기네. ─李在崑 역

━ 혹은 노봉(老峰) 민정중(閔鼎重)의 시라고도 한다.

• **李師命**(이사명, 1647~1689)
  자 백길(伯吉). 호 포암(蒲菴). 문신. 벼슬이 병조판서에까지 이르렀으나 윤세희와 최석항의 탄핵으로 삭주(朔州)에 유배, 이듬해 기사환국(己巳換局)으로 남인이 득세하자 사형당했다. 뒤에 신원되었다.

평양의 여러 기생들에게 물으며

送張汝元西遊兼訊浿江諸姬(송장여원서유겸신패강제희)

浪迹當年滯柳京(낭적당년체류경)　　浿江兒女慣知名(패강아녀관지명)
相逢若問儂消息(상봉약문농소식)　　爲報多情白髮生(위보다정백발생)

(『六家雜詠』)

柳京(유경)·浿江(패강)=평양을 가리킴

흔적을 감추던 그해 평양에 머무르니
패강의 아가씨들 으레 내 이름 아네.
서로 만나 나의 소식 묻거든
다정으로 흰머리만 늘었다고 알리게. ─黃忠基 역

悼妓(도기)

人間歌舞付東流(인간가무부동류)   却向蓬萊頂上遊(각향봉래정상유)
唯見嬋娟舊時月(유견선연구시월)   至今猶掛畵樓頭(지금유괘화루두)

（『六家雜詠』）

畵樓(화루)=화려하게 채색을 한 누각

사람들은 가무가 동쪽으로 가기를 청하나
도리어 봉래산 꼭대기에서 노는 것에 마음을 쓰네.
누가 예전의 아름다운 달을 보았는가?
지금은 화루의 머리에 걸려 있네. —黃忠基 역

• 崔大立(최대립, 조선 후기)
  자 행원(行源). 호 창애(蒼崖).

거문고 벽에 걸어두고 타지를 않네

門前錦水向西流(문전금수향서류)   十五羅敷與莫愁(십오나부여막수)
陌上使君頻遣問(맥상사군빈견문)   城中年少舊依投(성중연소구의투)
歌殘畵扇收明月(가잔화선수명월)   繡折紅裙暗石榴(수절홍군암석류)
留取寶琴懸著壁(유취보금현저벽)   達人不復按伊州(달인불부안이주)

（『農巖集』）

羅敷(나부)=전국시대 조(趙)나라 한단(邯鄲)의 여자. 조왕(趙王)이 그를 탐내자 「맥상상(陌上桑)」이란 글을 지어 남편이 있는 몸임을 밝혀 왕을 단념하게 하였다고 함. 혹 나부(羅浮)의 잘못. 나부는 미인을 가리킴.

> 문 앞에는 금강이 서쪽을 향해 흐르는데
> 왕년의 미기는 이미 쇠잔한 것을
> 길 위의 사군은 자주 사람을 보내 안부를 묻고
> 성안의 젊은이들은 여전히 찾아오네.
> 청아한 노랫소리 들을 일 없으니 꽃부채가 빛을 잃고
> 옷에 놓인 수 희미해지니 붉은 치마에 석류가 어둡네.
> 거문고 소중히 싸서 벽에 거문고 걸어두고
> 사람을 만나도 타지를 않네. ─李在崑 역

━━ 공주(公州)에 가서 노기(老妓)의 집에 부서진 거문고가 벽에 걸려 있는 것을 보고 장난삼아 지은 시이다.

• 金昌協(김창협, 1651~1708)

자 중화(仲和). 호 농암(農巖), 삼주(三洲). 학자. 문학과 유가(儒家)의 대가로 문장에 능했고, 글씨도 잘 썼다. 학설은 이기설에 있어서 이이보다는 이황에 가까웠고 호론(湖論)을 지지했다.

기생 있는 술집을 노래함

靑樓曲(청루곡)

胡姬春酒柳花飛(호희춘주유화비)　　一曲嬌歌金縷衣(일곡교가금루의)

樓下少年來繫馬(누하소년내계마)　　覇陵原上獵初歸(패릉원상렵초귀)

(『柳下集』)

아가씨는 술에 취해 깔깔대고 버드나무 꽃은 날리는데
아리땁게 차리고 고운 노래 부르네
누 아래에는 젊은이 말을 잡아매려
패릉의 언덕에 사냥 후에 돌아오네. ─黃忠基 역

• 洪世泰(홍세태, 1653~1725)

　자 도장(道長). 호 유하(柳下), 창랑(滄浪). 경사(經史)에 통하고 시에 능했다. 청나라 사신이 와서 조선의 시를 보고자 할 때 최석정(崔錫鼎)의 추천으로 시를 지어 보였고, 벼슬은 울산 감목관을 지냈다. 글씨도 잘 썼다.

어린 기생의 부채에 써주다

書金陵童妓便面(서금릉동기편면)

金陵館外柳千絲(금릉관외류천사)　　乍解春愁不展眉(사해춘수부전미)
恐被行人攀折早(공피행인반절조)　　東風和雨鎖枝枝(동풍화우쇄지지)

『朝鮮解語花史』

　便面(편면)=옛날, 사람들이 자가 얼굴을 보이는 것이 싫어서 얼굴을 가릴 때 쓰던 것. 곧, 부채 따위

금릉관 밖에 버들가지 늘어져
봄 시름 머금어 아직 잎 피지 않았네.
행인에게 꺾일 것을 두려워해서
동풍과 봄비가 가지를 흔드네. ─李在崑 역

금릉의 동기(童妓) 편면(便面)에게 지어준 시이다.

• 李興聞(이흥윤, 조선 숙종?)

그 이름 길이길이 우러러뵈네

今日江上月(금일강상월)　　殘後風幾歲(잔후풍기세)
歷照白日明(역조백일명)　　百歲仰古名(백세앙고명)　　　　　　(『江界邑誌』)

이 밤에도 강에는 달이 떠온다.
님께서 돌아간 지 몇 해이던고
햇별은 두고두고 밝게 비쳐서
그 이름 길이길이 우러러뵈네. ─鄭飛石 역

강계(江界) 기생 불관(弗關)이 원통하게 죽은 혼을 위로하기 위해 그가 죽은 낙
화암 위에 『절부기불관지위』(節婦妓弗關之位)라는 비석을 세우고 지은 시이다.

• 禹鼎翼(우정익, 조선 숙종?)
　강계절제사 역임.

감사의 순찰에 헛고생만 시키네

一笑爐頭睡步兵(일소노두수보병)　　雨來雲去不關情(우래운거불관정)

湖亭柳色春無恙(호정유색춘무양)　　枉殺啼鶯四五聲(왕살제앵사오성)

（『希菴集』）

無恙(무양)＝몸에 탈이 없음. 무병(無病)

화롯가에서 잠든 보병을 보고 웃지만

비 오고 구름 가는 것 아랑곳하지 않네.

호정의 버들에 봄빛 깃들어

부질없이 꾀꼬리만 우짖네. ─李在崑 역

─── 감사가 순찰하며 그곳에 이르는 날에 고을 기생을 독려하여 마중하게 하고는 뒤에 돌려보냈다. 장난삼아 지은 시이다.

• 蔡彭胤(채팽윤, 1669~1731)

자 중기(仲耆). 호 희암(希菴), 은와(恩窩). 문신. 벼슬은 부제학이 이르렀고, 시와 글씨에 뛰어났다.

기생들의 대오가 말달려 기를 뺏는 것을 보고 짓다

副使妓隊馳馬搴旗觀韻(부사기대치마건기관운)

半軃堆雲髻(반타퇴운계)　　新披短後衣(신피단후의)

輕軀馭怒馬(경구어노마)　　嫩腕拔堅旗(눈완발견기)
暖日熏生態(난일훈생태)　　長飇挾若飛(장표협약비)
還思沙老賞(환사사노상)　　吾得壯觀歸(오득장관귀)　　　　　　　（『陶谷集』）

妓隊(기대)=기생들의 대오 ◇ 搴旗(건기)=싸움에 이겨 적의 기를 빼앗음 ◇ 短衣(단의)=
짧은 옷 ◇ 馭馬(어마)=말을 몲. 말을 부림

　쌓여 있는 구름 같은 머리를 축 늘어뜨리고
　새로 짧은 옷을 겉에 걸쳤구나.
　가벼운 몸놀림으로 성난 말을 몰아
　예쁜 솜씨로 상대방의 깃발을 빼앗는구나.
　봄날 모든 것들의 삶의 모습이 스미어
　먼 곳에서 불어오는 폭풍도 나는 듯 가볍구나.
　모래벌에서 익숙하게 즐기던 것을 돌아와 생각하니
　나는 대단한 것을 구경하고 돌아왔구나. ─黃忠基 역

• 李宜顯(이의현, 1669~1745)
　자 덕재(德哉). 호 도곡(陶谷). 관직은 영의정까지 역임했다. 글씨에도 능했다.

장난삼아 평양 기생의 수건에 써주다

戱箕妓手巾著(희기기수건저)

白紵明如雪(백저명여설)　　佳人手裏巾(가인수리건)
年年南浦別(연년남포별)　　拭淚送行人(식루송행인)
　　　　　　　　　　　　　　　　　　　　　　　　　（『和隱集』）

白苧(백저)=흰 모시 ◇ 拭(식)=닦다. 훔치다

눈처럼 하얀 모시가
가인의 손에 수건이 되어
해마다 남포에 님 이별할 때
행인을 보내며 눈물 닦누나. —黃忠基 역

• **李時恒**(이시항, 1672~1736)

학자. 자 사상(士常). 호 화은(和隱·華隱), 만은(晩隱). 벼슬은 군수로 나가 치적을 올렸으나 벼슬을 단념하고 평양에 은거하며 제자들을 교육했다. 문장에 능숙하여 유상운(柳尙運)의 문하에서 학문을 연찬할 때 특히 대구(對句)에 능란했다. 만년에는 학문에 전심하여 장서가 수천 권에 이르렀다. 저서에 『화은집(和隱集)』이 있다.

대정강가에서 정주 기생 지애에게 주다

大定江頭贈定州妓至愛(대정강두증정주기지애)

强挽吾行獨倚樓(강만오행독의루)　　欲言無語半含羞(욕언무어반함수)
沙頭落日相離恨(사두낙일상이한)　　流入江波也不休(유입강파야불휴)

(『白日軒遺集』)

大定江(대정강)=평안북도 박천(博川)에 있는 강 ◇ 含羞(함수)=부끄러운 기생을 띔. 부끄러워함

억지로 나의 길을 막고 혼자 다락에 기대어

말하려다 말고 반은 근심에 잠겨 있다.
모래사장 위 지는 해가 서로의 이별을 한하는 듯
강의 파도 속으로 들어가며 쉬지 않네. ─秦東赫 역

驛村戲贈清營妓月蟾(역촌희증청영기월섬)

古驛寒燈惜別夜(고역한등석별야)　　纖纖語了向隅啼(섬섬어료향우제)
明皇添六眞堪笑(명황첨륙진감소)　　分付村童盡殺鷄(분부촌동진살계)

『白日軒遺集』

옛 역 찬 등불이 이별을 서러워하는 밤에
가느다란 작은 소리로 말 마치자 모퉁이 향해 우네
당 현종이 육진을 더하고 진실로 웃을 수 있었으니
촌동을 시켜서 닭을 잡으라 하네. ─秦東赫 역

又贈惠梅(우증혜매)

多情送我之長楊(다정송아지장양)　　脉脉無言淚滿眶(맥맥무언누만광)
走卒不知相別意(주졸부지상별의)　　彷徨門外報晨光(방황문외보신광)

『白日軒遺集』

晨光(신광)=햇빛 또는 아침의 햇빛

다정하게도 나에게 긴 버들을 보내어
서로 다정히 보며 말이 없이 눈가에 눈물만 가득
갑자기 떠나니 서로 이별하는 뜻을 모르고
문 밖에서 서성대며 새벽을 맞는다. ─秦東赫 역

- 李森(이삼, 1677~1735)

  무신(武臣). 본관은 함평. 이인좌(李麟佐)난 때 분무공신(奮武功臣) 2등으로 함은 군(咸恩君)에 책봉되고, 후에 병조판서를 역임하였다. 지리의 이용과 기계의 제조, 여러 무술에 두루 능통하였다. 저서에 『백일헌유집(白日軒遺集)』과 『관서절요(關西 節要)』가 있다.

시를 지어 행하를 대신하겠네

贈梅妓 附引(증매기 부인)

殘花映瘦竹(잔화영수죽)	晚景何蕭灑(만경하소쇄)
瘦竹尚戀春(수죽상연춘)	愛花如見畵(애화여견화)
海山鬱蒼茫(해산울창망)	愁人坐非嘯(수인좌비소)
何以洗吾心(하이세오심)	廢琴藏古調(폐금장고조)
感娘珍重意(감랑진중의)	貿絲作新絃(무사작신현)
十日淸明閣(십일청명각)	聲聲幽潤泉(성성유한천)
大絃如鼓鐘(대현여고종)	小絃如憂玉(소현여알옥)
明月上高簷(명월상고첨)	海山淸一曲(해산청일곡)
毗耶一丈室(비야일장실)	天女散天花(천녀산천화)
試問花著未(시문화저미)	娘笑穠鬢華(낭소농빈화)
娘是月城女(낭시월성녀)	歌用新羅語(가용신라어)
夢見崔阿飡(몽견최아찬)	抱琴伽倻去(포금가야거)
誰遣伽倻翁(수견가야옹)	白頭坐館舍(백두좌관사)
約娥理蘭舟(약아이란주)	弄月滄江夜(농월창강야)
飮酒當盡醉(음주당진취)	鼓琴當盡聲(고금당진성)

殘花與瘦竹(잔화여수죽)　共惜少年情(공석소년정)　　　　（『靑泉集』）

附引(부인)=인(引)을 붙임. 인은 문체의 한 가지

시든 꽃이 파리한 대와 어울려
늦은 풍경 어찌 이다지도 쓸쓸한가.
파리한 대는 아직도 봄이 그리운데
꽃 사랑하기를 그림 보듯 하네.
바다와 산은 아득히 푸르러
시름에 젖어 앉아 있네.
무엇으로 이 마음 달랠까
거문고 버려두어서 곡조도 잊었네.
낭자의 아름다운 뜻에 감격해
실을 갈아서 새 줄을 만들었네.
초열흘 청명각 위에서
거문고 소리 시냇물 위에 감도네.
대현은 종을 울리는 듯
소현은 옥을 부딪는 듯
밝은 달이 처마 밑에 걸려
맑은 곡조 사방으로 울려 퍼지네.
일 장이나 되는 드높은 방 안에서
천녀가 천화를 흘어
꽃피을 수 있을까 물으니
낭자가 나의 백발을 보고 웃네.
낭자는 월성의 여자라
노래는 신라말을 쓰네.
꿈에 최 아찬을 보았는데

거문고 앉고 가야산으로 들어갔다고
누가 가야옹을 보내서
백발로 관사에 앉아 있게 했나.
월아와 함께 배 띄우고
창강에서 달 구경해
술 마시면 취해야 하고
거문고 타면 소리 다하리.
시든 꽃과 파리한 대나무가
다같이 소년 시절을 그리워하네. —李在崑 역

월성(月城) 기생 영매(英梅)는 젊은 시절에 거문고를 잘 타고 노래와 춤에 능하여 이름이 있었다. 그러나 나와는 일찍이 자리를 같이하는 인연이 없었다. 그녀와 만나게 되어 나이를 물으니 서른아홉이라고 하였다. 머리를 빗어 정제하지 않고 옷이 초라했으니 만나는 것이 늦었음을 애석하게 생각하였다. 내 나이 육십이 되어 머리가 세고 이가 빠졌다. 이에 미녀를 멀리하고 거문고를 상 위에 버려두어서 먼지가 앉았다. 낭자가 소매로 먼지를 털고 줄을 골라 별안간 계림의 구보(舊譜)를 탔다. 소리가 매우 청아하였다. 내가 시를 지어서 행하를 대신하고 낭자를 시켜 노래하게 하였다. 그리고 말하기를 "너는 시를 배우지 않았으니 어찌 나의 소년 시절을 알겠는가." 하였다.

• 申維翰(신유한, 1681~?)
자 주백(周伯). 호 청천(青泉). 본관은 영해(寧海). 문장가. 벼슬은 봉상시 첨정(奉常寺僉正)에 이르렀다. 문장에 탁월했고, 특히 시에 걸작품이 많다. 저서에 『청천집(青泉集)』 등이 있다.

옛날의 나비는 누구의 집으로 날아갔나

題故妓壁(제고기벽)

官門巷口夕陽斜(관문항구석양사)　　春盡尋春不見花(춘진심춘불견화)
溝水東頭舊時蝶(구수동두구시접)　　翩翩飛去向誰家(편편비거향수가)

『增補海東詩選』

관청 길 어구에 저녁 해는 기울어
봄은 다 갔으나 봄 느낄 꽃은 못 보았네.
도랑물 동쪽 머리에 옛적의 나비는
펄펄 날아 누구의 집을 향해 날아갔나. —黃忠基 역

• 權萬(권만, 1688~?)

　자 일보(一甫). 호 강좌(江左). 본관은 안동. 문신. 이인좌(李麟佐)의 난 때 의병장
이 되어 역도의 진압에 공을 세우고, 문과 중시에 을과로 급제, 병조정랑이 되었
다. 저서에 『홍범책(洪範策)』 등이 있다.

출사표 부르던 가련도 이미 늙어

咸關女俠滿頭絲(함관여협만두사)　　醉後高歌兩出師(취후고가양출사)
唱到草廬三顧語(창도초려삼고어)　　逐臣淸淚萬行垂(축신청루만행수)

『錦溪筆談』

兩出師(양출사)=제갈량이 지은 전후 출사표 ◇ 草廬三顧語(초려삼고어)=유비가 제갈량

의 집을 세 번이나 찾아가는 대목 ◇ 逐臣(축신)=쫓겨난 신하. 쫓겨난 객신(客臣)

> 함흥의 여자 협객은 흰 머리가 가득하나
> 술을 마신 뒤 소리 높여 전후 출사표만 노래하네.
> 삼고초려라는 대목을 노래할 때면
> 맑은 눈물이 천줄 만줄 줄지어 흐른다지. —宋淨民 外 역

북관으로 귀양 갔을 때, 함흥을 지나다 기생 가련(可憐)이 이미 늙었다는 말을 듣고 지은 시이다.

• 李匡德(이광덕, 1690~1748)

자 성뢰(聖賴). 호 관양(冠陽). 본관은 전주. 문신. 벼슬은 대제학이 이르렀고, 동생에 관련된 일로 시골에 유배되었다. 이듬해 한성부좌윤에 임명되었으나 취임하지 않고 경기도 과천(果川)에 은거했다. 저서에 『관양집(冠陽集)』이 있다.

이별할 때 귤을 주며 시를 부탁하네

美人臨別以橘贈余仍賦一律 妓名楚香梅
(미인임별이귤증여잉부일률 기명초향매)

美人泣投我(미인읍투아)	金橘楚香奇(금귤초향기)
不是無心贈(불시무심증)	要令見物思(요령견물사)
此爲難忘處(차위난망처)	倘有更逢時(당유갱봉시)
聊欲替芳面(요욕체방면)	行行手自持(행행수자지)

(『寒泉遺稿』)

아가씨가 울며 나에게 준

금귤의 뛰어난 향기가 기이하였지.
무심결에 준 것이라도
귤을 보고 생각에 잠기게 했지.
이것이 잊기 어려운 경우가 되어
아마도 다시 만날 때가 있겠지
애오라지 아름다운 모습을 버리고자 하여
강하게 제 몸을 손수 지키겠지. ─黃忠基 역

到中和夢見美人覺而記之(도중화몽견미인각이기지)

挽吾歸馬涕漣洟(만오귀마체련이)	忍說江頭握手時(인설강두악수시)
有約知應春後見(유약지응춘후견)	多情還復夢中隨(다정환부몽중수)
尚看雙頰啼痕在(상간쌍협제흔재)	暗記前宵別語悲(암기전소별어비)
金橘持來香滿袖(금귤지래향만수)	摩挲從此輒相思(마사종차첩상사)

(『寒泉遺稿』)

漣洟(연이)=눈물과 콧물 ◇ 摩挲(마사)=손으로 어루만짐

가고자 말을 당기니 눈물 콧물이 계속 흐르니
강 어구에 손잡고 이별할 때 할 말을 참는다.
봄 지나면 응당 알리고 만나자고 약속했지만
정답게도 다시 꿈속에서도 따라오는구나.
아직도 두 뺨에 흐른 눈물 자국을 보니
전날 밤 이별할 때 마음 아파한 말 기억한다.
금귤을 가지고 오니 향내가 소매에 가득하고
이를 어루만지니 오직 그리는 생각뿐이네. ─黃忠基 역

• 鄭敏僑(정민교, 1697~1731)

　여항시인. 자 계통(季通). 호 한천(寒泉). 본관은 창녕. 한천의 시는 '정진어신(情眞語新)하고 사치첨일(思致贍逸)하다'는 평을 들었다. 조현명(趙顯命)은 문집 발문에서 '때때로 기갈운치(氣竭韻致)함이 보였는데, 이것이 그가 35세 나이로 요절하게 된 까닭'이라고 하였다. 그의 작품 「군정탄(軍丁歎)」은 황구첨정(黃口簽丁)의 폐해를 사실적으로 그린 서사시의 대표작이다. 저서에 『한천유고(寒泉遺稿)』가 있다.

기생집이 큰길가에 있어

靑樓曲(청루곡)

靑樓臨大道(청루임대도)　　門柳細如絲(문류세여사)
上有秦家女(상유진가녀)　　春風獨畵眉(춘풍독화미)

(『增補海東詩選』)

靑樓(청루)=유녀(遊女)가 있는 곳 ◇ 秦(진)=중국의 통칭

　기생집이 큰길이 내려다보이는 곳에 있어
　문 앞 버드나무 가지가 실처럼 가늘구나.
　그 위에 중국 여자가 있어
　홀로 봄바람 맞으며 눈썹 그리네.—黃忠基 역

• 朴尙文(박상문, 조선 숙종)

　여항시인. 자 자중(子中). 호 간운당(看雲堂). 본관은 밀양.

외로운 무덤에 밤이면 학들도 날아들겠지

香魂終古降仙臺(향혼종고강선대)　　三尺古墳水上限(삼척고분수상한)
南浦春愁草自黯(남포춘수초자암)　　緱山月色鶴應來(구산월색학응래)

降仙臺(강선대)=강선루(降仙樓)를 가리킴. 평안남도 성천(成川)에 있는 누각으로 관서팔
경의 하나 ◇ 香魂(향혼)=꽃의 정령(精靈). 또는 미인의 넋 등을 일컫는 말 ◇ 黯(암)=어둡다

　그윽한 옛 혼 강선대에 향기로운데
　석 자 외로운 무덤에 물결이 굽이치네.
　갯가의 봄 시름에 풀빛조차 어두우니
　달이 뜨면 학들도 응당 날아들리라.

芳名不沒登歌詠(방명불몰등가영)　　異事相傳薦酒盃(이사상전천주배)
寄語村民須善護(기어촌민수선호)　　歸舟日暮却低回(귀주일모각저회)

（『雲山集』）

　꽃다운 이름은 시와 노래에 실려 오고
　옛일을 서로 전하며 술잔을 올리도다.
　마을 사람에게 잘 지켜주기를 부탁했지만
　해는 져도 돌아오는 뱃길이 마냥 더디구나. ―鄭飛石 역

　고계(古溪) 옹이 여러분과 함께 옥순봉, 구담으로부터 배를 타고 강선대에 이
르러 그 밑에 배를 멈추고 장회(長淮) 촌민 박순욱(朴順郁)에 길을 물어 단양의 고
비(故婢) 두향(杜香)의 무덤에 술잔을 드리며 길이 수호해주도록 부탁하였다 하니,
내 비록 그들과 같이 배를 타지는 못했으나, 고계 옹의 편지를 읽고 창연히 느끼
는 바 있어 율시 한 편을 읊어 그 일을 기록하노라.

• 李彙載(이휘재; 1795~1875)

자 덕여(德輿). 호 운산(雲山). 문신. 벼슬에서 물러나 학문에 전념하여 성리학을
많이 연구했고, 후진을 양성했다. 병인양요(丙寅洋擾) 이후 다시 벼슬길에 나와 호
조참의와 한성부우윤을 역임했다. 저서에 『운산문집(雲山文集)』이 있다.

평양의 기생 송랑에게 보낸다

寄浿妓松娘(기패기송랑)

巫山曾不作因緣(무산증부작인연)	別後前遊細可憐(별후전유세가련)
綺席倫分藏果篋(기석윤분장과협)	紅裙笑蕩採菱船(홍군소탕채릉선)
關河楚國今千里(관하초국금천리)	烟月楊州又一年(연월양주우일년)
浮碧練光歌舞地(부벽연광가무지)	玉人能憶舊詩仙(옥인능억구시선)

(『石北集』)

浮碧練光(부벽연광)=부벽루(浮碧樓)와 연광정(練光亭) ◇ 玉人(옥인)=미인을 지칭하는 말

무산의 좋은 인연 일찍이 못 맺었고
헤어진 뒤 생각하니 앞서 놀이 눈에 삼삼
이부자리 걷어차고 과일 나누어 먹던 일
치맛자락 팔랑이며 놀잇배에서 춤추던 모습
남북으로 서로 막혀 아득 천 리인데
흥겨워 놀던 지가 또 일 년이 되었구나.
부벽루 연광정 노래하고 춤추던 곳에
지금도 예쁜 너는 시선 나를 기억하는지. ─韓喆熙 역

練光亭贈劍舞妓秋江月 (연광정증검무기추강월)

靑髥戰笠紫羅裳 (청종전립자라상)	第一西關劍舞娘 (제일서관검무랑)
落日魚龍來極浦 (낙일어룡내극포)	晴天風雨集虛堂 (청천풍우집허당)
蛾眉顧眄能生氣 (아미고면능생기)	珠袖翻回合斷腸 (주수번회합단장)
更下蘭舟歌一曲 (갱하난주가일곡)	水光山色遠蒼蒼 (수광산색원창창)

(『石北詩集』)

靑髥(청종)=검을 갈기 ◇ 戰笠(전립)=옛날 군인이 쓰던 모자. 벙거지 ◇ 顧眄(고면)=뒤
돌아봄. 사방을 둘러봄 ◇ 蒼蒼(창창)=초목이 부성한 모양

푸른 전립 자줏빛 비단 치마
평양에서 제일가는 검무 기생
해 으스름에 어룡이 노니는 이슷한 물가
갠 날 빈 다락엔 비바람이 몰아오는 양
아미는 움직여 곱게 생기가 돌아나고
비단 소매 풀풀 나부껴 사람의 애를 끊게 하누나.
다시 난주로 내리며 노래 한 곡
물빛 산빛이 모두 다 푸르구나. ─ 申石艸 역

贈妓 (증기)

十六良家子 (십륙양가자)	今年入敎坊 (금년입교방)
誤身由暴客 (오신유포객)	揮淚去新郞 (휘루거신랑)
羞難學歌舞 (수난학가무)	貧不借衣裳 (빈불차의상)
薄命多生恨 (박명다생한)	明官照未詳 (명관조미상)

(『石北詩集』)

揮(휘)=뿌리다 ◇ 明官(명관)=고을을 잘 다스리는 원.

열여섯 살 난 양가집 색시가
올해 처음 교방에 들어왔다네.
어느 난폭한 사나이에게 몸을 그르쳐
눈물을 뿌리며 낭군과 이별을 하였네.
가무를 배우는 것이 그지없이 부끄럽고
가난해도 아예 의상은 빌리지 않아라.
박명한 가인에겐 원한이 많은 것을
명관이 소상히 알아주지 못하네. ─ 申石艸 역

練光亭留贈浿江妓(연광정류증패강기) 二首

其一

烟雨樓臺水崖多(연우누대수애다)　　行人落日聽勞歌(행인낙일청노가)

何時更作關西客(하시갱작관서객)　　浮碧蘭舟逆上波(부벽난주역상파)

勞歌(노가)＝노동할 대 부르는 노래 ◇ 浮碧(부벽)＝부벽루(浮碧樓)를 가리킴

비 연기 그림 다락 물 언덕도 많아라.
석양에 일어나는 이별곡 길손이 들어라.
어느 때나 또다시 서관의 객이 되어
푸른 강에 그림배 띄워 물결 헤쳐 올라갈꼬.

其二

臨水紅粧送客多(임수홍장송객다)　　夕陽齊唱上帆歌(석양제창상범가)

孤舟欲下長林近(고주욕하장림근)　　極目春江生遠波(극목춘강생원파)

(『石北詩集』)

紅粧(홍장)=화장을 한 미인 ◇ 齊唱(제창)=합창 ◇ 極目(극목)=시력이 미치는 한 멀리 봄. 눈에 보이는 한 멀리 봄

물가에 내리며 미인들은 객을 보내네.
석양에 모두 배따라기를 부르네.
외로운 배 장림 쪽으로 내려가나니
눈길 먼 곳 봄 강물은 아득하구나. ─ 申石艸 역

贈南原歌姬春蟾(증남원가희춘섬)

紅石榴花御使家(홍석류화어사가)　　美人何似石榴花(미인하사석류화)
今日花前一笑後(금일화전일소후)　　美人消息是天涯(미인소식시천애)

(『石北詩集』)

붉은 석류꽃 핀 어사의 집
미인은 어쩌면 석류꽃과 같은고
오늘 꽃 앞에서 한번 웃고 난 뒤
미인 소식은 하늘가가 되리로다. ─ 申石艸 역

어사의 집에 붉은 석류꽃 있지만
미인이 어찌 석류꽃 같으랴
오늘도 석류꽃 앞에서 한 번 웃지만
미인의 소식은 천애에 끊어졌네. ─ 李在崑 역

贈尙書歌姬梅月 (증상서가희매월)

梅花明月滿樓中(매화명월만루중)　　子夜淸歌樂未窮(자야청가낙미궁)

今日樽前更一曲(금일준전갱일곡)　　年年二十四番風(연년이십사번풍)

『石北詩集』

子夜(자야)=한밤중 ◇ 二十四番風(이십사번풍)=이십사번화신풍(二十四番花信風)과 같은 말. 이십사절기 가운데 소한에서 곡우까지 부는 바람. 닷새만큼씩 새로운 바람이 부는데 그에 응해서 절기의 꽃이 차례로 핀다고 함.

매화 밝은 달이 누에 가득 들어온다.
밤중만 맑은 노래 즐거움 끝없어라
오늘 이 술잔 앞에 다시 한 곡
해마다 스물네 번 꽃바람아 불어라. ─申石艸 역

聞浿妓牧丹肄樂梨園戱寄(문패기모란이악이원희기)　三首

其一
白頭名肄入漢京(백두명이입한경)　　清歌能使萬人驚(청가능사만인경)
練光亭上關山曲(연광정상관산곡)　　今夜何因聽舊聲(금야하인청구성)

肄樂(이악)=풍류를 익히다 ◇ 清歌(청가)=반주 없이 노래 부름 ◇ 關山曲(관산곡)=신광수(申光洙)가 지은 악곡인 관산융마(關山戎馬)를 말함.

명기 모란이 머리가 희어 한경에 들어와
그 노래 솜씨 만인을 놀라게 한다네.
연광정에서 듣던 관산곡을
오늘밤 어쩌면 다시 들을 수 있을까.

其二
清流壁下木蘭舟(청류벽하목란주)　　憶聽菱歌幾度遊(억청능가기도유)

萬戶長安今夕月(만호장안금석월)　　可憐猶似浿江秋(가련유사패강추)

淸流壁(청류벽)=대동강 연안의 절벽 ◇ 菱歌(능가)=능가(菱歌). 마름을 따면서 부르는 노래.

청류벽 아래 목란주
마름 따는 노래 들으며 몇 번이나 놀았던가.
만호 장안에 오늘 저녁 달은
유난히도 대동강의 가을을 연상케 하네.

其三
梨園南接廣通橋(이원남접광통교)　　咫尺仙裙弱水遙(지척선군약수요)
聽說歌聲依舊好(청열가성의구호)　　秪應顔色到今凋(지응안색도금조)

（『石北詩集』）

秪(지)=마침. 다만 ◇ 凋(조)=건강이나 기력이 쇠하여 줄어들다.

이원은 남쪽 광통교
지척에 신선 치마 약수가 멀다
듣자니 그대 고운 노래 소리 여전하다는데
얼굴은 벌써 잔주름이 잡혀 있을라. ─申石艸 역

　내가 서주(西州)에서 놀 때 매양 단기(丹妓)를 데리고 호루화방(湖樓畵舫)이나 등잔불 앞과 달 아래에 있었다. 단기가 문득 내 「관산융마시」를 노래할 때는 목소리가 가는 구름도 멈추게 하는 것 같았다.

臨別贈諸妓(임별증제기)
西江落日半荒荒(서강낙일반황황)　　去路長安千里長(거로장안천리장)

別後紅粧誰不憶(별후홍장수불억)　　錦亭蘿寺更難忘(금정나사갱난망)

『石北詩集』

荒荒(황황)=어둠침침한 모양

서강에 지는 해는 반이나 황황한데
갈 길은 장안 천 리 역로가 멀다
떠나간 후 홍장미인 뉘 아니 생각하리.
금강정 어라사(於蘿寺)를 다시 잊기 어려워라. ─ 申石艸 역

贈義州妓梨花春(증의주기이화춘) 三首

其一

關外年年春自回(관외연년춘자회)　　梨花雪色爲誰開(이화설색위수개)

驛亭時有江南客(역정시유강남객)　　怊悵紅欄月色來(초창홍란월색래)

怊悵(초창)=원망하는 모양. 서로 바라보는 모양. 실의의 모양

관 밖에 해마다 봄은 절로 오건만
눈 같은 이화는 누굴 위해 피었는고
가다가 역 정자엔 강남 손님 오고
애틋이 붉은 난간엔 달빛이 노네.

其二

晴川西去是龍灣(청천서거시용만)　　水到龍灣一夜還(수도용만일야환)

今日玉人相別處(금일옥인상별처)　　普通門外更靑山(보통문외갱청산)

청천을 서녘으로 가면 이곳이 용만

강물이 용만에 이르면 하룻밤에 돌아오네.
오늘처럼 임과 작별하는 곳
보통문 밖 다시 푸른 산.

其三

斜陽欲盡浿江西(사양욕진패강서)　　　草綠關山細馬嘶(초록관산세마시)
浮碧樓中歌舞地(부벽루중가무지)　　　曉風殘月憶應迷(효풍잔월억응미)

(『石北集』)

嘶(시)=말이 울다

패강 서녘 머리 석양이 지려 하고
풀 푸른 관산에 가늘게 말이 우네
부벽루 춤 노래 즐기던 곳
새벽 바람 지샌 달에 추억만이 어리리로다. —申石艸 역

初度日 值春分 州妓綠璧 問病餉橘 以詩謝贈(초도일
치춘분 주기녹벽 문병향귤 이시사증)

瀛洲仙子霧鬟靑(영주선자무환청)　　　白鹿春騎下海亭(백록춘기하해정)
聞是使郞初度日(문시사랑초도일)　　　摘來南極老人星(적래남극노인성)

(『石北集』)

初度日(초도일)=생일. 환갑일의 예스런 일컬음 ◇ 霧鬟(무환)=무빈(霧鬢)과 같은 말. 안
개와 같은 머리. 두발의 아름다움을 일컬음

꽃 같은 영주선자 무환이 푸르네
백록을 타고 봄에 바다 정자로 내려왔네
들으매 사절낭군 생신날이라 하여

남극노인성을 따 가지고 제 여기 왔네. ─ 申石艸 역

戲贈少妓碧桃月(희증소기벽도월)

瀛洲山下碧桃花(영주산하벽도화)　　來自瑤池阿母家(내자요지아모가)
鄭郞偸學東方朔(정낭투학동방삭)　　謫下江南天一涯(적하강남천일애)

(『石北集』)

阿母(아모)=유모의 미칭. 어머니를 정답게 부르는 말 ◇ 東方朔(동방삭)=한 무제 때 사람. 속설에 서왕모의 복숭아를 훔쳐 먹어 장수하였다고 함

　영주산 아래 벽도화는
　요지 아모의 집에서 왔다고 한다.
　정랑이 동방삭이 하던 일 배워서
　강남의 끝단 곳으로 귀양왔네. ─ 李在崑 역

벽도월은 정형(鄭珩)의 사랑을 받고 있었으며, 정은 이때에 해남(海南)에 귀양와 있었다.

贈綠璧弟子月蟾(증녹벽제자월섬)

蘇小家中學舞娘(소소가중학무랑)　　隨孃送客到橫塘(수양송객도횡당)
津亭落日相思曲(진정낙일상사곡)　　不待明朝已斷腸(부대명조이단장)

(『石北集』)

蘇小(소소)=제(齊)나라 때 전당(錢塘)의 명기(名妓)

　소소의 집에서 춤 배우는 아가씨
　어미 따라 횡당까지 나그네 보내려 왔네.

나루터 헤어지는데 상사곡 불러
내일 아침도 되지 않아 애끊어지리. ―李在崑 역

 기생 월섬(月蟾)이 이때 상사곡을 불렀다.

別時船上贈一絶(별시선상증일절)

鼕鼕打鼓放船時(동동타고방선시)   月落東風滿兩旗(월락동풍만양기)
蠻女亦知王事急(만녀역지왕사급)   莫將離恨送男兒(막장이한송남아)

(『石北集』)

鼕鼕(동동)=북소리. 향기가 풍기는 모양

둥둥둥 북은 울고 배 떠나가는데
달은 떨어지고 샛바람에 깃발은 터질 듯하네.
만녀야, 너도 왕사가 급한 줄을 알거든
이별의 한으로 사람을 보내지 말아다오 ―李在崑 역

 기생 월섬(月蟾)이 이때 상사곡을 불렀다.

贈江陵妓栗丹(증강릉기율단)

朱脣不動正嬌顔(주순부동정교안)   細發淸歌子夜間(세바청가자야간)
鏡浦蘭舟千載後(경포난주천재후)   紅粧多意爲誰還(홍장다의위수환)

(『石北集』)

붉은 입술 움직이지 않고 얼굴 바르게 해서
한밤에 청아한 노랫소리 떨리어 나오네.

경포호의 놀잇배 천 년 뒤에는
홍장은 생각 많아 누굴 위해 돌아가나. ―李在崑 역

觀舞(관무)

黃衫長袂舞垂垂(황삼장몌무수수)　　裊裊東風弱柳枝(요뇨동풍약류지)
誰使一身兼百態(수사일신겸백태)　　畫堂看到日斜時(화당간도일사시)

『石北集』

垂垂(수수)=차츰차츰. 아래로 드리워지는 모양 ◇ 裊裊(요뇨)=나뭇가지가 바람에 간들거리는 모양

황삼에 긴 소매로 너울너울 춤추는 모습
동풍에 간드러지게 움직이는 버들가지일세.
누가 한 몸에 백 가지 모습 겸하라고 했나
화각엔 저녁 해가 걸려 있네. ―李在崑 역

別栗娥(별율아)

難得佳人送我盃(난득가인송아배)　　白頭怊悵越中回(백두초창월중회)
但將詩係紅裙在(단장시계홍군재)　　長似相隨鏡浦臺(장사상수경포대)

『石北集』

怊悵(초창)=원망하는 모양. 서로 바라보는 모양. 실의하는 모양

가인을 내게 보내왔지만 받기 어려워
백발의 몸 섭섭하게 발길 돌리네
시를 붉은 치마폭에 써놓았으니

길이 경포대에서 따라 노닐 테지.—李在崑 역

五十川橋頭別諸妓(오십천교두별제기)

斜險强下竹西樓(사험강하죽서루)　　只得東來一夜遊(지득동래일야유)

五十川邊諸別妓(오십천변제별기)　　暫時停馬更回頭(잠시정마갱회두)

(『石北集』)

竹西樓(죽서루)=강원도 삼척에 있는 누대. 관동팔경의 하나

험한 길 따라 억지로 죽서루를 내려와

동쪽으로 와서 겨우 하룻밤을 놀았네.

오십천 냇가에서 기생들과 작별하고

잠시 말 멈추고 머리 돌려보네.—李在崑 역

憶江陵妓栗丹(억강릉기율단)

江陵城外駐轎時(강릉성외주교시)　　草草佳人馬首辭(초초가인마수사)

前路夕陽千里曲(전로석양천리곡)　　至今腸斷有誰知(지금장단유수지)

(『石北集』)

草草(초초)=걱정하는 모양. 근심하는 모양

강릉성 밖 가마를 멈추었을 때

미인이 말고삐 잡고 안타깝게 말하기를

해는 저무는데 앞길은 천 리나 되오

지금 이 애끊는 회포를 누가 알리오—李在崑 역

中臺法堂聽海玉珮歌(중대법당청해옥패가)

臨別佳人月下歌(임별가인월하가)	秋眉漠漠帶烟波(추미막막대연파)
餘音轉入陽關調(여음전입양관조)	不待明朝恨已多(부대명조한이다)

(『石北集』)

漠漠(막막)=쓸쓸한 모양. ◇ 烟波(연파)=물안개 ◇ 陽關調(양관조)=양관곡(陽關曲). 곡조의 이름. 위성곡(渭城曲)의 딴 이름

헤어질 때 미인이 달 아래서 노래하는데
섭섭한 듯 맑은 눈썹엔 이슬이 맺혔네.
가곡이 양관조를 넘어간다.
내일 아침 기다림 없어 애 끊으리.—李在崑 역

中臺洞口駐馬別竹西諸妓(중대동구주마별죽서제기)

中臺洞外水東流(중대동외수동류)	一半斜陽白嶺頭(일반사양백령두)
聞唱送君千里曲(문창송군천리곡)	不如初別竹西樓(불여초별죽서루)

(『石北集』)

증대동 밖 물은 동쪽으로 흐르는데
저녁 해는 반쯤 백령고개 위에 걸렸네.
천 리 밖에 님 보내는 노랫소리 들으니
처음 죽서루에서의 헤어짐만 같지 못하네.—李在崑 역

贈永春妓桂花(증영춘기계화)

蛾眉不掃鬢雲垂(아미불소빈운수)	一種淸懷誰得知(일종청회수득지)

天上桂花香自別(천상계화향자별)　　肯敎塵土落多時(긍교진토락다시)

『石北集』

어여쁜 눈썹에 귀밑머리 흐트러져 있어
마음속 맑은 회포 누가 알리
천상의 계화 뛰어난 향기 지니고 있는데
어찌 오래도록 진토에 묻혀 있게 하리. ─李在崑 역

계화는 죄를 얻어 새로이 물 긷는 직책을 맡았기 때문에 하는 말이다.

贈妓楚月(寧越) (증기초월(영월))

離曲勞歌兩恨新(이곡노가양한신)　　白頭亭馬越江濱(백두정마월강빈)
可憐別後陽臺夢(가련별후양대몽)　　留作誰家夢裏人(유작수가몽리인)
越絶坊中第一歌(월절방중제일가)　　畵船同載使君多(화선동재사군다)
山杏多時更相憶(산행다시갱상억)　　錦江亭上恨如何(금강정상한여하)

『石北集』

이별의 곡조, 위로하는 노래에 두 가지 한 새로운데
백발 몸으로 영월 강가에 말 멈춰 세웠네.
애닯다, 헤어진 뒤 양대의 꿈을
또다시 뉘 집에서 꿈꾸어볼까
영월 교방 제일의 가희와
놀잇배 함께 타고 노닐었는데
살구꽃 필 때 추억 간절하리.
금강 정자 위에서 한을 어찌하나. ─李在崑 역

贈妓杏丹(증기행단)

楊柳腰肢嫋嫋斜(양류요지요뇨사)　可憐杏丹水邊家(가련행단수변가)
歸時只下相思種(귀시지하상사종)　留發年年滿樹花(유발연년만수화)
三歲能縫白襪宜(삼세능봉백말의)　緣襠成贈遠歸時(연당성증원귀시)
銀針細縷行行直(은침세루행행직)　何似佳人別淚垂(하사가인별루수)

(『石北集』)

嫋嫋(요뇨)=약하디약함. 아름다운 모양 ◇ 縫(봉)=꿰매다 ◇ 襪(말)=버선 ◇ 襠(당)=배자
◇ 細縷(세루)=가는 실

실버들 같은 허리, 다리가 가냘파
애처롭다, 물가에 있는 행단의 집
돌아올 때 오직 상사의 씨앗을 남겼을 뿐인데
해마다 자라서 꽃을 활짝 피웠다네.
세 살 때 이미 버선을 만들었고
내 돌아올 때엔 초록색 배자를 지어 기념으로 주었네.
은바늘로 줄줄이 가늘게 누벼
마치 가인이 이별의 눈물이 드리워진 것 같았네. ─李在崑 역

贈妓越艶(증기월염)

前身解浣越溪紗(전신해완월계사)　一夢楊州父母家(일몽양주부모가)
今似片花春盡後(금사편화춘진후)　錦江蘿屋寄生涯(금강나옥기생애)

(『石北集』)

전에는 냇가에서 비단을 빨며
양주 부모의 집을 그리워하네.

지금은 봄철 지나간 뒤 남의 꽃 신세 되어.
금강의 모옥(茅屋)에서 생애를 보내네. ─李在崑 역

贈成都妓一枝紅(증성도기일지홍)

環珮何年別楚宮(환패하년별초궁)　　後身名是一枝紅(후신명시일지홍)
書生不作襄王夢(서생부작양왕몽)　　只有行雲入望中(지유행운입망중)
巫峽流傳絶妙辭(무협유전절묘사)　　未聞神女昔能詩(미문신녀석능시)
仙樓舊客今頭白(선루구객금두백)　　何不花開我到時(하불화개아도시)
凌波仙襪降巫山(선파선말강무산)　　雲雨綾羅錦繡間(운우능라금수간)
風流已讓關西伯(풍류이양관서백)　　乞與花牋當玉顔(걸여화전당옥안)

（『石北集』）

花牋(화전)=꽃무늬가 있는 아름다운 종이. 화전(花箋). 남의 편지에 대한 높임말. 화한
(花翰)

미인은 어느 해 초궁을 떠났던가.
후신의 이름을 일지홍이라 했네.
서생은 양왕의 꿈을 이루지 않아
떠도는 구름을 바라볼 뿐일세.
무협에 내려오는 절묘한 가사
옛날 신녀가 시에 능했다는 말 못 들었네.
선루의 옛 나그네 이제 백발이 성성한데
내가 온 때엔 왜 꽃을 피우지 않나.
구름 헤치고 선녀가 무산에 내려와
능라금수 사이에서 운우를 즐기네.
풍류를 이미 관서백에게 양보했으니

문장을 가지고 그대 대하기를 바랄 뿐일세. ―李在崑 역

濟州城觀妓走馬(제주성관기주마) 二首

其一

男裝走馬濟州娘(남장주마제주랑)	燕趙風流滿敎坊(연조풍류만교방)
一擧金鞭滄海上(일거금편창해상)	三回春草石城傍(삼회춘초석성방)
爭朝橘柚家家巷(쟁조귤유가가항)	獨步驊騮處處場(독보화류처처장)
敎著蛾眉北方去(교저아미북방거)	千金早嫁羽林郎(천금조가우림낭)

驊騮(화류)=준마의 하나. 주 무왕이 천하를 주유할 때 탔다고 하는 말 ◇ 羽林(우림)=금위(禁衛)를 일컬음. 임금의 숙위를 맡았음

남장하고 말 달리는 제주 아가씨
연, 조의 풍류가 교방을 차지했네.
한 번 금 채찍 들어 푸른 물결 가리키고
봄풀 자라난 석성 곁을 세 바퀴 도네.
다투어 집집의 귤나무 바라보며
곳곳에서 준마를 달리네.
기녀를 훈련시켜 북방으로 보내
진작 무부에게로 시집가게 하리.

其二

池深明月浦(지심명월포)	春暗綠橙城(춘암녹등성)
官妓能調馬(관기능조마)	船人不畏鯨(선인불외경)
文章風土記(문장풍토기)	花鳥月朝評(화조월조평)
知海防營將(지해방영장)	時來慰客情(시래위객정)

(『石北集』)

月朝評(월조평)=월단평(月旦評)과 같은 말. 인물의 비평. 후한 때 허소(許劭)가 매 월단(月旦)에 품제(品題)를 정하여 향당(鄕黨)의 인물을 비평한 고사에서 유래한 말

물은 명월포가 깊고
봄빛은 등자성에 짙네.
관기는 말을 잘 달리고
뱃사람은 고래를 두려워하지 않네.
문장은 풍토의 기록
화조의 운치를 묘사했네.
해방을 맡은 영장이
때때로 찾아와 나그네의 외로움을 위로하네. —李在崑 역

全州寒碧堂十二曲(전주한벽당십이곡)

一曲

今日不留來日至(금일불류내일지)　　來日又去花滿地(내일우거화만지)
人生幾何非百年(인생기하비백년)　　寒碧堂中每日醉(한벽당중매일취)

寒碧堂(한벽당)=전라북도 전주(全州)에 있는 누각

오늘이 머물러야 내일이 다시 오제
내일이 다시 오면 꽃도 저 땅에 가득 날리나니
사람이 살면 몇 백 년이나 사더란 말이냐
한벽당 속에 매일 취하리라.

二曲

全羅使道上營新(전라사도상영신)　　寒碧堂中別看春(한벽당중별간춘)
借問敎坊誰第一(차문교방수제일)　　金屛紅燭夜來人(금병홍촉야래인)

借問(차문)=허청대고 그저 한 번 물어봄. 남에게 물음

전라 사또 도임하면
한벽당에 별난 봄놀이가 벌어지네.
하마 교방엔 누가 제일?
금병홍촉에 밤에 오는 사람이라.

三曲

全州兒女學男裝(전주아녀학남장)　　寒碧堂中劍舞長(한벽당중검무장)
轉到溜灕看不見(전도유리간불견)　　滿堂回首氣如霜(만당회수기여상)

전주 색시들은 남장을 좋아하제.
한벽당 속에 검무춤이 한창이제,
유리 빛 푸른 그림자가 떠돌아
온 당 기세가 서릿발 같제.

四曲

春城聯袂踏輕埃(춘성연몌답경애)　　寒碧堂中習樂回(한벽당중습악회)
齊唱完山新別曲(제창완산신별곡)　　判官來日壽筵開(판관내일수연개)

聯袂(연몌)=소매를 나란히 한다는 뜻으로 동행함, 또는 행동을 같이함을 일컫는 말 ◇
完山(완산)=전주의 옛 이름 ◇ 齊唱(제창)=여러 사람이 함께 노래 부름

봄 성으로 쌍쌍이 사뿐사뿐
한벽당에서 악 연습을 하고 돌아가누나.
모두 완산 새 별곡을 부르며
내일엔 판관 영감 수연잔치가 열리지라.

五曲

輭色紅綾時體宜(연색홍릉시체의)　　　　裁成裙樣學京師(재성군양학경사)
綺筵催上多羞澁(기연최상다수삽)　　　　寒碧堂中對舞遲(한벽당중대무지)

輭(연)=연하다　◇　綾(능)=비단　◇　羞澁(수삽)=부끄러워서 머뭇거리는 모양　◇　對舞(대무)=
마주 서서 춤을 춤, 또는 그 춤

　연한 색 빨간 능은 시체에 알맞은지라
　새로 지은 옷맵시는 모두 서울 유행 따랐지라.
　꽃자리에 바삐 올라 수줍음도 어려
　한벽당 속에 얼이춤이 더디더라.

六曲

寒碧堂中各官行(한벽당중각관행)　　　　現身依例帖子呈(현신의례첩자정)
花押着成紅踏印(화압착성홍답인)　　　　錢文三兩作人情(전문삼냥작인정)

現身(현신)=아랫사람이 윗사람을 뵘.　◇　帖子(첩자)=체지(帖紙). 사령장. 영수증　◇　花押
(화압)=문서의 자기 이름 밑에 자필로 도장을 찍는 대신으로 찍는 표지　◇　錢文(전문)=돈

　한벽당 속엔 여러 관행
　현신하며 으레 첩자를 드리제.
　화압 놓고 붉은 인 찍은 뒤에
　엽전 석 냥으로 인연을 맺제.

七曲

寒碧堂中夜宴歸(한벽당중야연귀)　　　　松都估客到多時(송도고객도다시)
又被案前催入直(우피안전최입직)　　　　背人燈下著羅衣(배인등하착라의)

估客(고객)=장사꾼 ◇ 案前(안전)=하급 관리가 상급 관리에게 쓰던 존칭 대명사.

한벽당의 먹거지 끝나고 밤중에 혼자 집에 돌아오면
송도 거상님이 와 기다린 지 오래라.
걸어둔 정 다 풀기 전에 안전께선 또 입직하라는 성화
돌아서서 등불 밑에 옷을 갈아입제.

八曲

韓山白苧梨花白(한산백저이화백)   削作雙針衫袖窄(삭작쌍침삼수착)
寒碧堂中五月時(한벽당중오월시)   風多力弱不堪着(풍다역약불감착)

韓山白苧(한산백저)=한산에서 나는 흰 모시

한산 백저는 배꽃보다 희더라.
쌍침 적삼을 지어 입어 소매가 좁다랗다.
한벽당 속에 오월 바람 쌀쌀하여
살갗이 시려 약약하구나.

九曲

二十衙客面如玉(이십아객면여옥)   奪取銀叙多戲劇(탈취은채다희극)
寒碧堂中不肯歸(한벽당중불긍귀)   滿堂明月要人宿(만당명월요인숙)

衙客(아객)=원을 찾아와 지방관아에서 묵는 손님

스무 살 난 아객님은 얼굴이 백옥 같제
은비녀를 뺏어 들고 장난도 심히 치제.
한벽당 속에서 돌아갈 줄을 모르고
만당 명월 깊은 밤을 이대로 지새잔다.

十曲

中營令監夾袖綠(중영영감협수록)　　　　寒碧堂中賭雙六(한벽당중도쌍륙)
少年豪氣勝文官(소년호기승문관)　　　　抛擲粧刀百金直(포척장도백금치)

夾袖(협수)=동달이. 동달이는 옛날 군복의 하나. 검은 두루마기인데, 안을 다홍으로
하고 붉은 소매를 달았으며, 뒤를 터서 지었음 ◇ 抛擲(포척)=내던짐. 돌보지 않음. 상관
하지 않음

중영 영감 동달이는 푸르디푸르게
한벽당 속에서 쌍륙을 치네.
젊은 호기가 문관님보다 나아
백금짜리 장도칼을 선뜻 던져주네.

十一曲

寒碧堂前曲曲水(한벽당전곡곡수)　　　　闌干臨照如花人(난간임조여화인)
無端打起鴛鴦隊(무단타기원앙대)　　　　賺得使君回首嗔(잠득사군회수진)

한벽당 앞을 굽이굽이 흐르는 물
난간에 비친 사람 꽃처럼 고와라
무단히 원앙새를 때려 꺽꺽 날아 일으켜
사군님 보시게 하고 꾸지람 듣잔다.

十二曲

寒碧堂中罷宴曲(한벽당중파연곡)　　　　黃花亭北春草綠(황화정북춘초록)
此地年年多別離(차지연년다별리)　　　　送君迎君日不足(송군영군일부족)

(『石北集』)

환벽당에 잔치는 파하고

황화정 북쪽에 봄물이 푸르더라.

이 땅엔 연년이 이별이 잦아

낭군님 배웅하고 낭군님 맞아들이기에 날이 모자란다. ─申石艸 역

關西樂府 幷序(관서악부 병서)

其六

長林五月綠陰平(장림오월녹음평)   十里雙轎勸馬聲(십리쌍교권마성)

永濟橋頭三百妓(영제교두삼백기)   黃衫分作兩行迎(황삼분작양행영)

勸馬聲(권마성)=임금이 말이나 가교를 타고 갈 때, 또는 봉명고관이나 수령 또는 그 부인이 말이나 쌍교를 타고 행차할 때, 위세를 더하기 위하여 그 앞에서 임금일 경우에는 사복하인(司僕下人)이, 그 밖의 경우에는 역졸이 목청을 길게 외치던 소리.

장림 오월 녹음이 우겼는데

십 리 쌍가마에 권마성 소리

영제교 머리에 노랑 나삼 삼백 명 기생들은

길 양편에 쪽 늘어서서 행차를 맞는다.

其十一

蔓聲小妓告茶餤(만성소기고다담)   銀箸輕輕下二三(은저경경하이삼)

擎退漆紅高足案(경퇴칠홍고족안)   禮房裨將向前監(예방비장향전감)

茶餤(다담)=다담(茶啖). 손님 접대를 위한 음식 ◇ 輕輕(경경)=가벼운 모양. 경솔한 모양

동기는 긴 소리 뽑아 다담을 고하고

은수저 두서너 번 들었다 놓는구나.

칠홍빛 놋다리 상을 높이 들어

예방 비장은 앞서서 감을 보는 제.

其十四
書案前頭點妓名(서안전두점기명)　　　斂裙離次拜低聲(염군이차배저성)
汾陽宅裏春宵宴(분양택리춘소연)　　　燕錦新裝隊隊明(연금신장대대명)

汾陽宅(분양택)=당 현종 때 공신 곽자의(郭子儀)의 집. 분양왕을 봉했기에 곽분양이라
고 함

책상머리 앞에선 기생 접고를 하는데
치마를 거머잡고 차례로 나직이 대답하며 절을 한다.
분양택 속 봄 잔치엔
연경 비단으로 새 단장한 몸맵시가 저마다 환하여라.

其十五
初唱聞皆說太眞(초창문개설태진)　　　至今如恨馬嵬塵(지금여한마외진)
一般時調排長短(일반시조배장단)　　　來自長安李世春(내자장안이세춘)

太眞(태진)=양귀비(楊貴妃)를　가리킴 ◇ 馬嵬(마외)=양귀비가　죽은　곳 ◇ 李世春(이세
춘)=당시의 서울 가객

처음 시작하는 창은 거의 다 양태진을 노래한 장한가라
지금도 마외역의 한을 슬퍼하는 듯
일반 시조에 장단을 붙인 이는
장안에서 온 이세춘이라.

其十六
行首偸看氣色工(행수투간기색공)　　　守廳別揀兩坊中(수청별간양방중)

金釵十二紅綃帳(금채십이홍초장) 　　 第一佳人一點紅(제일가인일점홍)

綃帳(초장)=생초로 만든 휘장

행수기생은 가만히 미색을 살피나니
수청은 양방 중에서 각별히 고르렷다.
금비녀 열두 폭 홍초장 속에
제일가는 가인 일접홍이로다.

其四十二
京上歌兒進宴時(경상가아진연시) 　　 主人皆是狹斜兒(주인개시협사아)
唐衣盡珮珊瑚穗(당의진패산호수) 　　 西路身裝値萬金(서로신장치만금)

進宴(진연)=나라에 경사가 있을 때 궁중에서 열던 잔치 ◇ 狹斜兒(협사아)=협사에 오는
아이. 협사는 화류가(花柳街)를 일컫는 말. 원래는 장안의 유흥가의 이름임. 길이 비스듬
히 교차되고 좁아서 수레도 지날 수 없을 정도였기 때문에 일컬음 ◇ 唐衣(당의)=여자 예
복의 한 가지. 거죽은 초록, 안은 연분홍빛이며 뒷자락이 앞자락보다 긺

경중의 노랫기생 진연을 드리는데
주인들은 모두 다 한량들이다
당제 옷에 빨간 산호 가지를 차고
평양 길 몸치장에 만금이나 들었세라.

其四十三
成都小妓一枝紅(성도소기일지홍) 　　 錦繡心肝解語工(금수심간해어공)
飛馬馱來三百里(비마태래삼백리) 　　 校書郞在綺羅中(교서랑재기라중)

성도 기생 일지홍은

비단 같은 마음씨에 행동도 고와라
나는 듯 말에 실려 삼백 리를 달려왔건만
야속다, 교서랑은 기라 속에 있구려.

其四十四

銀燭金樽子夜淸(은촉금준자야청)　　橡塵飛盡牧丹聲(양진비진목단성)
如今白首琵琶女(여금백수비파녀)　　曾是梨園第一名(증시이원제일명)

梨園(이원)=배우들이 연기를 익히던 곳. 연극 또는 연극배우를 일컫는 말로 쓰임

은촛대 금술잔에 깊은 밤 맑았는데
높고 청아하게 드날리는 모란의 노랫소리
지금은 흰머리에 비파 안은 여인
일찍이 이원에서 제일 이름을 떨쳤더니.

其四十五

雲母窓間曲宴深(운모창간곡연심)　　雙雙念佛小娘音(쌍쌍염불소랑음)
當前進退桃花扇(당전진퇴도화선)　　面面生要施主金(면면생요시주금)

曲宴(곡연)=임금이 궁중 내원(內苑)에서 베풀던 조촐한 잔치

운모 들창 안에 곡연이 깊었세라
쌍쌍이 염불하는 낭자들은
도화선 펼쳐 들고 간드러지게 춤을 추며
손님마다 시주금을 청하겄다.

其四十六

雙廻劍舞滿堂寒(쌍회검무만당한)　　手勢燈前風雨闌(수세등전풍우난)
十三能學秋江月(십삼능학추강월)　　來作東軒夜夜看(내작동헌야야간)

東軒(동헌)=고을 원이나 병사(兵使), 수사(水使) 그 밖의 수령들의 공사를 처리하던 대청이나 집

쌍쌍이 돌아가는 검무 춤은 당에 가득 찬 기가 도네
등잔불 춤 소매에 풍우가 인다.
열세 살 때에 이 춤을 익힌 추강월이
밤마다 동헌에 와 선을 보이나다.

其四十八
風動朱闌錦幕高(풍동주란금막고)   教坊新樂沸嘈嘈(교방신악비조조)
次第中堂呈舞了(차제중당정무료)   小童騎鶴獻仙桃(소동기학헌선도)

嘈嘈(조조)=소리의 시끄러운 모양 ◇ 呈舞(정무)=정재(呈才) 춤. 정재는 대궐 안 잔치 때의 하던 춤과 노래

바람은 붉은 난간에 비단 장막 펄렁이고
교방의 새 가락은 들끓어 오르는데
중당엔 차례로 정재 춤이 끝나
무동이 학을 타고 내려와 선도를 바친다.

其五十一
輕風暖日木蘭橈(경풍난일목란요)   滿載靑娥逆浪遙(만재청아역낭요)
蕩碎紅粧明水底(탕쇄홍장명수저)   繞身前後百花嬌(요신전후백화교)

靑娥(청아)=푸르고 아름다운 눈썹. 미인의 형용.

바람은 잔잔하고 날씨는 따뜻한데 목란주 띄워
청아 가득 싣고 역수로 올라가네

명경같이 맑은 물에 홍장이 비쳐
앞뒤로 흔드는 몸매 일백 꽃이 한데 어려 노니는 듯.

其五十五

靑莎斷礎九梯宮(청사단초구제궁)　　宮女如花昔日紅(궁녀여화석일홍)
伊今浿上春遊妓(이금패상춘유기)　　鬪草抽荑輦路中(투초추제연로중)

鬪草(투초)=단오절에 행하던 여자들의 유희. 풀싸움 ◇ 荑(제)=삘기. 띠의 어린 싹. 흰
비름을 가리킬 때는 독음이 이임

푸른 잔디 흩어진 주춧돌에 구제궁 빈 터로다
이곳에 궁녀들은 꽃같이 붉었더니
지금엔 패강변에 임금님 지나시는 길처에
봄놀이 나온 기생들이 풀싸움만 하더라.

其五十九

嬋娟洞裏草呂裙(선연동리초려군)　　多恨多情今古墳(다한다정금고분)
浮碧練光歌舞地(부벽연광가무지)　　昔年爲雨更爲雲(석년위우갱위운)

嬋娟洞(선연동)=평양성 밖에 있는 기생들의 무덤이 있는 곳

선연동의 풀빛은 치맛자락 같고
한 많고 정 많은 무덤만 즐비하다.
그 옛날 부벽루 연광정 가무하던 자리에
모두 구름이 되고 비가 되어 있었더니.

其八十

雲幕江樓白日塲(운막강루백일장)　　夕陽誰是壯元郞(석양수시장원랑)

紅欄百隊淸喉妓(홍란백대청후기)   細調呼名故故長(세조호명고고장)

壯元郞(장원랑)=과거에서 장원급제한 사람 ◇ 故故(고고)=새 따위의 울음소리. 일부러. 고의로.

구름 장막 강 다락에 백일장이 열리나니
석양에 누가 장원랑에 뽑히던고
붉은 난간에는 백 줄로 늘어선 맑은 목청 뽑는 기생들이
가는 조로 이름을 불러 짐짓 길게길게 끄니난다.

其九十三
威化秋草草樹平(위화추초초수평)   風毛雨血獵軍行(풍모우혈엽군행)
繡服鐃歌弓箭妓(수복요가궁전기)   皆騎撻馬入州城(개기달마입주성)

風毛(풍모)=사냥에서 새를 많이 잡음을 일컬음

위화동에 가을이 깊어 풀나무는 평평한데
풍우모혈 사냥꾼의 모릿소리
수옷 입고 요가 부르는 화살 멘 기생들이
모두 달단말을 타고 고을 성으로 들어간다. ─申石艸 역

━━ 평양은 기자와 동명왕이 도읍했던 곳이다. 옛적부터 아름답고 화려하기로 나라 안에 이름나 있다. 중국 사신들 가운데 장방주(張芳洲), 허해악(許海嶽), 주란우(朱蘭嵎) 같은 이들이 혹은 천하제일강산이라 일컫고 혹은 금릉전당(金陵錢塘)과 같다 하였다.

우리나라 조정의 태평한 수백 년 동안에 사대부와 관리로서 이곳에 와 노는 사람이 많아 그림배 강 다락과 미색과 음악으로 유연 침감하여 실로 진회(秦淮)의 연기 달과 서호(西湖)의 연꽃 달에 노는 즐거움이 없지 않다. 그러니 금릉과 전당에는 모두 당나라 송나라의 재사들의 시가(詩歌)가 있어 호산(湖山)의 풍치를 도와

태평 시대를 장식했던 것이다.

동국에는 악부(樂府)가 없다. 서경(西京)의 시가 오직 목은(牧隱)과 이상국(李相國) 혼(混) 외에 근세 김삼연(金三淵)옹의 작품들이 아름답기는 해도 모두 율체(律體)이다. 정지상(鄭知常)의 관선(官船) 일절(一絶)이 비로소 악부의 뜻을 얻어 가락이 천년 절창이라 할 만하고 성당(盛唐)에 견줄 만하다. 선조 때에 이달(李達), 최경창(崔慶昌), 백광훈(白光勳)이 삼당(三唐)이라 일컬었고 한때 또 서익(徐益)이 있어 함께 정(鄭)씨 운을 밟아 지은 시가 매우 명작이라 일컬어오기는 하지만 선배들이 또한 그 채련곡(採蓮曲)조를 병(病)으로 삼고 있는 것이다. 대개 그 진수는 아니다.

나도 또한 일찍이 평양에서 그의 운을 밟으려다가 마치 황학루(黃鶴樓)에 최호(崔顥)의 시가 있었던 것 같아 붓을 잡고 강에 임하여 얼마나 김황원(金黃元)의 울음을 터뜨리려 했던고 참으로 시의 길은 어려운 것이로구나. 연광정(練光亭)과 부벽루(浮碧樓) 사이에서 내 개연히 방황하지 않을 수 없었다.

지금 다시 관서악부(關西樂府)를 지어 이곳의 방백(方伯)에게 보내려 하니 생각하매 오십 포의(布衣)로 뜻을 잃고 서황(棲皇)하여 귀인들이 소중히 여길 바 못 되고 또 불소(不少)한 나이에 서경(西京)의 손이 되었다가 울울하게 돌아와 어느덧 10여 년이 지나 머리털이 희어지려 하고 있으니 한스러울 뿐이로다. 하지만 그곳의 호산(湖山)이 사랑스럽기 담장미인 같아 잊기 어렵고 왕왕 꿈이 패강의 배 가운데에 이르게 된다.

번암상서(樊巖尙書)가 서주절도(西州節度)로 내려갈 때 경중(京中) 인사들이 많이 시가를 지어 전송했다. 내가 마침 영릉(寧陵)에 봉직하여 돌아오지 못하니 그 뒤 낙랑(樂浪) 사자가 올 때마다 글월을 보내어 시를 독촉하여왔다. 번암은 나의 친우이다. 풍류 문채가 족히 평양 산천과 서로 빛날 만하고 내 또한 옛 집념이 움직여 마치 백수폐장(白首廢將)이 10년 동안 전원에 묻혔다가 홀연 출새(出塞)의 북소리와 말 우는 소리를 듣고 걸어 두었던 활을 내려 저도 모르게 한번 뛰쳐나가듯이 공을 위해 기꺼이 붓을 들었다. 마침내 왕건궁사체(王建宮詞體)를 본따 약 그릇을 옆에 놓고 붓을 놀려 관서악부를 지으니 또한 관서백사시행락사(關西伯四時行樂詞)라고도 이름할 만하다.

먼저 여름철로 시작한 것은 번암이 부임한 것이 오월 단오였기 때문이다. 서도(西都)의 형세와 경개, 요속(謠俗) 역대 흥망과 충효, 절협(節俠), 신선(神仙), 사찰(寺刹), 변새군려(邊塞軍旅)와 누대선방(樓臺船舫)으로부터 여악(女樂) 유연(游衍)의 일에 이르기까지 기술하지 않음이 없으니 또한 가히 일종의 서관지(西關志)라고도 이를 수 있지 않을까.

가다가 섬세한 말이 항간 이속(俚俗)에 섞여 거의 풍아(風雅)가 없고 경박한 가락을 면치 못한 것도 같으나 왕건시의 백팔구를 따른 것은 선가(禪家)의 염주법(念珠法)을 쓰려 함이라. 선가의 지계(持戒)하는 이들이 백팔염주로 선을 닦고 순환무궁의 이치를 염하는 것을 내가 평생 기꺼이 여기는 바다. 서토(西土)가 비록 분냄새 나고 사치스러운 땅으로 이름나 있기는 하되 이곳에 노는 자가 항상 수주(數珠)의 법을 생각한다면 미녀의 추파와 관현의 가락이 어찌 족히 사람을 탐닉케 할까 보냐. 하지만 재사 호걸들로서 또한 부귀하여 뜻을 얻고 성색(聲色)의 장에 이르게 되면 능히 미혹하지 않을 사람이 몇몇 사람이나 되리오

아란(阿難)은 세존(世尊)의 높은 제자다. 마등가음실(摩騰伽淫室)에 떨어져 삼순(三旬)을 돌아오지 못하다가 세존이 청정대법(淸淨大法)을 나타내어 고해(苦海)에서 구해냈었으니 번암의 정력(定力)이 아란과 어떠한지 내가 알 수 없거니와 나에게 세존의 신통광대한 법을 가지지 못했고 백팔악부(百八樂府)가 또 당, 송의 제자들의 글처럼 족히 호산을 비쳐 빛나지는 못할망정 또한 그것이 청정대법으로 되지 않을 것을 어이 알리오

청컨대 번암은 나의 시를 선가수주(禪家數珠)로 삼아 기연주석(綺筵酒席)에서 한 번 노래하고 한 번 춤출 때마다 생각하고 생각하여 자성(自省)하라. 묻노니 주인옹은 깨달음이 있을는지 어떨는지? — 申石艸 역

• **申光洙**(신광수, 1712~1775)

자 성연(聖淵). 호 석북(石北), 또는 오악산인(五嶽山人). 「관산융마(關山戎馬)」는 그의 대표작으로 널리 애송되었음.

용만의 부윤이 기생을 데리고 왔기에

灣尹携妓作樂 感念舊事 草成長句(만윤휴기작악
감렴구사 초성장구)

來宣之閣軒且豁(내선지각헌차활)	亭午開筵勢秩秩(정오개연세질질)
使君爲我久行役(사구위아구행역)	携酒微歌消永日(휴주미가소영일)
輕羅疊縠紛威蕤(경라첩곡분위유)	兩行粉黛嬌成列(양행분대교성렬)
薌澤微微軟風度(향택미미연풍도)	簫鼓轟轟寒雲裂(소고굉굉한운렬)
畫鼓輕受舞袍鳴(화고경수무포명)	香球飄若流星疾(향구표약유성질)
一雙少妓最輕身(일쌍소기최경신)	舞劍飛騰生夏雪(무검비등생하설)
舍莘茹苦二千里(함신여고이천리)	對此可以心神兌(대차가이심신열)

(『樊巖集』)

宣之閣軒(선지각헌)=선화당(宣化堂)을 말함. 관찰사가 사무를 보던 정당(正堂) ◇ 秩秩
(질질)=공경하고 삼가는 모양. 질서정연한 모양 ◇ 輕羅(경라)=가볍고 엷은 비단 ◇ 粉黛
(분대)=화장을 일컫는 말. 아름답게 화장을 한 미인을 일컫는 말 ◇ 微微(미미)=그윽하고
고요한 모양 ◇ 轟轟(굉굉)=관현악의 높고 시끄럽게 울리는 소리의 형용

선화당은 높고도 넓어
한낮에 성대한 연회를 베풀었네.
사군은 내 객고를 위안키 위해
술 권하고 노래 부르게 해서 긴 하루 보내네.
울긋불긋 비단옷으로 꽃밭 이루어
기생은 애교 떠면서 두 줄로 벌려 섰네.
향기로운 바람 따라 움직이는데
피리 소리 북소리는 하늘로 울려 퍼지네.

화고는 춤추는 북채 받아서 울리고
공은 흐르는 별처럼 빠르게 날고 있네.
한 쌍의 어린 기생 몸이 가벼워
춤추는 검이 허공에 높아 여름에 눈 흩날리네.
이천 리 나그네 길 괴롭기도 하더니만
이 놀이 보는 순간 심신이 기뻐지네.—李在崑 역

龍灣曲(용만곡)

舞妓腰肢白雪輕(무기요지백설경)　　華筵對酒月盈盈(하연대주월영영)
使君歡笑行人醉(사군환소행인취)　　無事巡軍報五更(무사순군보오경)

(『樊巖集』)

盈盈(영영)=물이 가득 찬 모양. 여자의 용모가 곱고 아름다운 모양 ◇ 巡軍(순군)=순라
군(巡邏軍). 조선시대 2경에서 5경까지의 통행금지 시간에 궁중 또는 서울 거리를 순회
하며 도둑과 화재를 경계하는 군졸

무기의 허리와 다리는 백설처럼 가벼운데
술자리엔 달빛이 유난히도 밝네.
사또의 즐거운 웃음에 나그네 술 취하고
시절이 태평하니 순군은 오경을 알리네.—李在崑 역

倚劍亭夜宴 次朴齊家韻(의검정야연 차박제가운)

秋近關山道(추근관산도)　　高樓多夕陰(고루다석음)
非無敎坊樂(비무교방악)　　終是異鄕音(종시이향음)
妓飾薰香細(기식훈향세)　　塘華有燭深(당화유촉심)
不須行樂處(불수행락처)　　怊悵遠遊心(초창원유심)

(『樊巖集』)

관산 길엔 가을이 깃들고
높은 누각엔 노을빛 가득한데
교방에는 풍악이 있지만
이향의 소리임은 면치 못하네.
기생 몸단장에 향내 퍼지고
연못에 핀 꽃 아름답기도 하여라.
인생을 즐기는 이곳에서
외로운 나그네 회포란 금물이지.―李在崑 역

妓有奉牋求書者 戲草以贈(기유봉전구서자 희초이증) 四首
其一
別起粧樓倚曲灣(별기장루의곡만)　　艶陽新卉滿庭間(염양신훼만정간)
春來悔種紅桃樹(춘래회종홍도수)　　多事開花妬妾顔(다사개화투첩안)

강 언덕에 화루를 세웠는데
늦은 봄 풀이 뜰을 메웠네.
봄이 오니 홍도 심은 것 뉘우쳐
꽃 피면 첩의 미모를 시샘하겠지.

其二
步出原頭薄采蘭(보출원두박채란)　　踏青時節屬微寒(답청시절속미한)
無端爭得宜男草(무단쟁득의남초)　　剛夫同儕半日歡(강부동제반일환)

宜男草(의남초)=훤초(萱草)의 딴 이름. 임부(妊婦)가 이 꽃을 차면 아들을 낳는다고 함.

들녘으로 나가서 난초를 캐네.

답청하는 시절에는 날씨 아직 차다오.
원추리 찾아다니다가
벗들과 한나절의 즐김을 잃었네.

其三
學舞春來罕在家(학무춘래한재가)　　越羅香濕教坊花(월라향습교방화)
可憐樂府多情曲(가련악부다정곡)　　慣唱前溪子夜歌(관창전계자야가)

子夜歌(자야가)=자야오가(子夜吳歌). 자야오가는 악부의 제명(題名). 동진(東晉)의 자야
라는 여자가 지은 오언절구의 가곡

춤 배우느라 봄 되면서 집에 있는 일 드물어
비단 향기는 교방의 꽃에 젖어 있네.
가련타, 악부에는 다정한 곡조 많아
전계자야가를 부르는 것이 습관이 되었네.

其四
日暮門前芳草洲(일모문전방초주)　　采菱歌曲動離愁(채릉가곡동리수)
生憎凝碧潭邊柳(생증응벽담변류)　　未繫情人北去舟(미계정인북거주)

　　　　　　　　　　　　　　　　　　　　　（『樊巖集』）

문 앞 방초주엔 해가 저물고
마름풀 뜯는 노래엔 이별의 시름 더하네.
응벽담 못가의 얄미운 버들은
님을 북쪽으로 태워갔던 배 매어두지 않았음이 한스럽네. ―李在崑 역

髮毛短短身(담모단단신)　　不及郞琴半(불급아금반)

雙手如有神(쌍수여유신)　瑤絃調急慢(요현조급만)　　　　　『樊巖集』

髧(담)=머리털이 늘어진 모양.

단발머리에 키가 작아서
가야금의 반에도 미치지 못하네.
양손에 신기가 있어
거문고 줄이 음률에 조화롭게 하네. ─李在崑 역

치성(雉城)에 동기(童妓)가 있어 키가 한 자 남짓했으나, 가야금을 잘 타서 고저장단이 음률에 맞았다. 그 나이를 물어보니 겨우 여덟 살이었다. 그에게 써준 시이다.

暮春携妓登六角臺(모춘휴기등육각대)

仰視蒼蒼迥(앙시창창경)　　名園各自成(명원각자성)
奇哉此地俗(기재차지속)　　都是以花鳴(도시이화명)
嵐翠衣裳潤(남취의상윤)　　韶光洞府明(소광동부명)
老夫猶有用(노부유유용)　　歌舞飾昇平(가무식승평)　　　　　『樊巖集』

蒼蒼(창창)=봄 하늘의 푸른 빛 ◇ 韶光(소광)=봄날의 화창한 경치

쳐다보니 길이 멀리 뻗쳐 있어
각각 명원을 이루네.
기이하다 이곳의 풍속이여
모두 꽃을 가지고 울리네.
푸르스름한 남기에 옷을 적시고
화창한 봄빛에 선경은 아름답네.

이 늙은이도 쓸모 있어

가무로 태평성대 기리네. ―李在崑 역

翌日茶坊寓舍携妓燕敎(익일다방우사휴기연오)

未了北城興(미료북성흥)　　仍成南巷遊(잉성남항유)

白頭探勝事(백두탐승사)　　浮世有何愁(부세유하수)

劍舞圍虹暈(검무위홍훈)　　鶯聲讓妓喉(앵성양기후)

預敎供畫燭(예교공주촉)　　良夜又堪留(양야우감류)　　　　　　　　　　(『樊巖集』)

북성의 흥이 채 끝나지도 않아서

또 남쪽 마을에서 노니네.

백발 늙은 몸으로 놀이를 즐기니

뜬세상에 무슨 시름 있으리.

검무는 무지개를 그리고

기생의 목소리는 꾀꼬리 같네.

미리 화촉을 준비케 하여

좋은 밤을 또 함께 지내네. ―李在崑 역

率妓樂登訪花隨柳亭(솔기악등방방화수류정)

丹梯迢忽半空浮(단제초홀반공부)　　生色華城第一州(생색화성제일주)

天上未知能有此(천상미지능유차)　　人間方是好登樓(인간방시호등루)

龍知駕過擊飛礎(용지가과격비초)　　妓訖身輕入小舟(기이신경입소주)

無恙靑松偏雨露(무양청송편우로)　　生成恩大若爲酬(생성은대약위수)

(『樊巖集』)

訪花隨柳亭(방화수류정)=경기도 수원에 있는 화성(華城) 성곽의 정자 ◇ 無恙(무양)=몸에 탈이 없음

붉은빛 사다리가 반공중에 떠 있어
화성에서 제일가는 승경을 이루었네.
천상에도 이 같은 선경이 있는지 몰라
인간에서는 이 누에 오르기를 좋아하네.
용은 옥가의 지나심을 알아서 주춧돌을 받들어 올리고
기생은 가벼운 몸을 날려 작은 배 위에 서 있네.
푸른 소나무 우로에 젖어 있어
생성하는 은혜도 크다. 무엇으로 갚으리. —李在崑 역

奉壽堂習進饌儀(봉수당습진찬의)

仙韶流動妓花香(선소유동기화향)	彩箔高褰奉壽堂(채박고건봉수당)
地效異靈供聖代(지효이령공성대)	天將瑞旭悅吾王(천장서욱열오왕)
南山北斗無彊福(남산북두무강복)	金尺瑤桃不盡祥(금척요도부진상)
惟願多年叨此食(유원다년도차식)	有聲詩裏畫春光(유성시리화춘광)

(『樊巖集』)

韶(소)=풍류 이름. 순(舜) 임금의 음악 ◇ 叨(도)=진실. 정성

풍악이 울려 퍼지는데 기생은 꽃같이 아름다워
채색 주렴이 봉수당에 높이 걸려 있네.
땅의 신령함이 성대에 보효(報效)하고
하늘의 상서를 내려 우리 왕을 기쁘게 하네.
남산 북두 같은 끝없는 복을 누리소서.
금척 요도의 상서를 다함이 없으리.

오래오래 이것을 잡수시고

덕을 기리는 속에 봄빛을 누리소서. ─李在崑 역

蘭舟搖漾月昇輪(난주요양월승륜)　　十隊紅粧百斛樽(십대홍장백곡준)
當日蘇仙猶瑣瑣(당일소선유쇄쇄)　　等閒肴酒費精神(등한효주비정신)

(『樊巖集』)

搖漾(요양)=물 위에 떠돎 ◇ 瑣瑣(쇄쇄)=잘고 곰상스런 모양. 생각이 좁고 얕은 모양 ◇
等閒(등한)=소홀함

목란주 물결에 흔들리고 달은 두둥실 솟아 있구나.

수많은 어여쁜 기녀들과 백곡들이 술두루미

소동파의 적벽강 놀음이야 오히려 초라했구나.

심상한 술과 안주로 정신을 소비했으니. ─南晩星 역

春星孤館坐迢迢(춘성고관좌초초)　　鐘罷街塵遂寂寥(종파가진수적요)
悲壯出師歌一闋(비장출사가일결)　　八旬豪氣未全消(팔순호기미전소)

(『樊巖集』)

迢迢(초초)=밤이 깊어가는 모양 ◇ 出師歌(출사가)=제갈량의 전후 출사표를 노래로 만
든 것

봄밤 외로운 여관에 앉아 있노라니

인경 울리고 거리는 고요하네.

비장할손 출사가 한 곡조

팔순 나이에 호기가 사라지지 않았네. ─李在崑 역

___ 함흥 기생 가련(可憐)이 나이 84세에 출사표(出師表)와 옛 사람의 시를 외웠는
데 한 자도 틀리지 않았다. 그리고 외우는 사이사이에 말로 풀이했으니 모두 이
치에 맞아서 사람을 깨우치기에 족했다. 사람들이 여협(女俠)으로 일컫는데 실로
마땅할 것이다. 그러나 내가 가련을 칭찬하고 사랑하는 데에는 달리 느끼는 바가
있는 것이다. 이것은 가련과 나만이 알 뿐이다.

• 蔡濟恭(채제공, 1720~1799)

　자 백규(伯規). 호 번암(樊巖). 문신. 벼슬은 영의정에 이르렀다. 정조의 특별한
신임으로 천주교 문제를 위임받아 온건 정책을 유지, 천주교의 박해가 확대되지
않았다.

월성의 늙은 기생 영매에게 주다

　　贈月城老妓英梅(증월성노기영매)

　百疊伽倻世外山(백첩가야세외산)　　仙翁琹譜落人間(선옹금보낙인간)
　千年遺曲山中夜(천년유곡산중야)　　疑有尋聲羽蓋還(의유심성우개환)

　　　　　　　　　　　　　　　　　　　　(『白華子集』)

　첩첩한 가야산 세속을 떠난 곳에
　신선의 노래가 인간에 전하는구나.
　천년이 지난 가락을 산속에서 밤에 들으니
　신선이 수레를 타고 소리를 듣고자 올 것만 같구나. —黃忠基 역

秋月歌(추월가)

湖西故百濟(호서고백제)
有女名秋月(유녀명추월)
十六善於歌(십륙선어가)
選入貴主宅(선입귀주댁)
時有郢人歌(시유영인가)
歌從郢人習(가종영인습)
寤寐喉舌間(오매후설간)
林壑貞陵洞(임학정릉동)
清夜満天月(청야만천월)
西陽蕉葉扇(서양초엽선)
(西平陽平綾昌洛昌皆貴公子)
錦幕酌流霞(금막작유하)
歌兒列金釵(가아열금채)
満空碧嵯峨(만공벽차아)
雲韶八音和(운소팔음화)
遶梁今韓娥(요량금한아)
百年長豪奢(백년장호사)
人生逝瀾波(인생서난파)
秋草夕陽斜(추초석양사)
所歌皆咬哇(소가개교와)
門外抱瑟過(문외포슬과)
誰復識伯牙(수부식백아)
南國歸來些(남국귀래사)
掩抑彈琵琶(엄억탄비파)
聽者皆悲嗟(청자개비차)

遺俗好謳歌(유속호구가)
公州出妓家(공주출기생)
聲名聞京華(성명문경화)
紅拂間綺羅(홍불간기라)
白雪耻里巴(백설치리파)
一年洗淫哇(일년세음와)
唱今三年多(창음삼년다)
溪石練戎衒(계석연융아)
暖日千樹花(난일천수화)
綾洛鶴脛車(능락학경거)
綺席咽絲管(기석열사관)
舞人匝紅裙(무인잡홍군)
高雲忽不動(고운홀부동)
秋娘一曲歌(추랑일곡가)
拂塵古莫愁(불진고막수)
自擬風流場(자의풍류장)
世事翻奕棋(세사번혁기)
連雲舊甲第(연운구갑제)
今人賤古調(금인천고조)
如齊方好竽(여제방호우)
有呂鍾期死(유려종기사)
悲意托楚謳(비의탁초구)
正似潯江舡(정사심강강)
中曲意慷慨(중곡의강개)
浮世本如此(부세본여차)

秋娘奈爾何(추랑내이하)

紅拂(홍불)=홍불기(紅拂妓). 수(隋)의 명기(名妓). 이정(李靖)이 양소(楊素)를 만났을 때
옆에서 홍불을 들고 있던 여자가 밤에 찾아와서 인연을 맺었다는 고사가 있음. 홍불은
붉은 불자(拂子) ◇ 鍾期(종기)=종자기(鍾子期). 춘추시대 초(楚)의 음악가. 백아(伯牙)의
거문고 소리를 듣고 그의 악상을 일일이 알아맞혔다 함. 지음(知音)이란 말이 이에서 비
롯되었음 ◇ 伯牙(백아)=춘추시대 유명한 탄금가(彈琴家) ◇ 潯江(심강)=중국 광서성(廣西
省) 남쪽에 있는 강

호서는 옛 백제의 땅
노래 부르기 좋아하는 풍속이 남았네.
추월이란 아가씨가 있으니
공주 기생집에 태어났네.
열여섯 살에 이미 노래를 잘해
명성이 서울까지 들렸어라.
귀한 집에 뽑혀 들어가니
기생 가운데 홍불기가 되었어라.
이 시절 속된 노래를 잘 부르는 사람은
백설가처럼 속된 노래 부르기를 부끄럽게 여겼네.
노래는 속된 가수를 따라 익혔으나
한 해 안에 음탕한 소리를 씻어버렸네
자나 깨나 노래의 오묘한 이치를
삼 년 넘게 깨우쳤네.
정릉 골짜기 깊숙한 곳
군대를 훈련하는 시냇가 바위
맑게 갠 밤 온 세상을 비추는 달
따뜻한 햇볕에 모든 꽃 피고
서양은 파초잎 부채로

능락은 날아갈 듯한 수레로
(서평 양평 능창 낙창은 다 귀공자임)
연석에서 울리는 음악 소리 목 메는 듯
비단 장막 안에서는 술잔이 오가네.
춤추는 기생은 붉은 치마 두르고
노래하는 기생은 금비녀로 단장하고 늘어앉았네.
높이 떠 있는 구름 갑자기 멈추는 듯하니
하늘은 푸르고 높게만 느껴지네.
추월이 부르는 노랫가락이
악기 소리와 어울려 아름답구나.
옛날 막수의 낡은 먼지를 다 떨쳐내는 듯하니
이제 한아처럼 들보의 먼지를 머물게 하는구나.
스스로 풍류의 자리를 헤아려
죽을 때까지 이어질 호사를 생각하누나.
세상일이란 바둑판처럼 변화가 심하고
인생이란 커다란 물결처럼 빠르다.
옛 저택들은 구름처럼 이어졌고
가을철 초원에 저녁 해 비추네.
이제 사람들은 옛 가락을 싫어해
부르는 노래가 다 음탕한 노래뿐이네.
모두들 피리 소리만을 좋아하니
거문고를 안고 문밖을 지나가네.
종자기가 죽고 난 뒤에 훌륭한 음률이 있어도
누가 백아처럼 다시 알겠는가.
비감한 뜻을 초나라 노래에 의탁해서
남쪽 지방에 돌아왔네.

마치 심양강에 떠 있는 배와 같아
비파 타기를 그치고 억제하네.
노래 가운데 강개한 뜻을
듣는 사람들이 다 슬퍼하네.
덧없는 세상이란 본래 이와 같아
추월이 너인들 어찌하겠느냐? —黃忠基 역

• **洪愼猷**(홍신유, 1724~?)

자 휘지(徽之). 호 백화자(白華子). 여항시인. 그의 시의 흐름은 서울 여정의 서민들의 삶을 테마로 한 장편 고시이다. 소재도 흥미롭고 사실적인 묘사 또한 높이 평가할 만하다. 다른 특징은 민족의 역사·문화·풍속 따위를 과감하게 시로 끌어들인다는 점이다. 그의 시세계는 상당히 이색적인데, 여기에는 모방을 거부하고 자기류의 개성을 추구하는 확고한 시의식이 바탕되어 있다.

일 년도 안 되어 헌신짝처럼 대하나

戲贈美妓(희증미기)

汝死爲花我爲蝶(여사위화아위접)　　果是當初金石約(과시당초금석약)
奈何未過一週年(내하미과일주년)　　視我如同弊棄舃(시아여동폐기석)

舃(석)=신. 바닥을 여러 겹으로 붙인 신

너는 죽어 꽃이 되고 나는 나비가 되자고
처음에 한 굳은 약속 정말 이러했었지.

어찌 일 년도 못 되어
나를 헌 신발처럼 여기는고?

我本肥白好男子(아본비백호남자)　　爲爾瘦了身一半(위이수료신일반)
前生何等有冤業(전생하등유원업)　　使我日夜長愁歎(사아일야장수탄)

肥白(비백)=살찌고 흼 ◇ 冤業(원업)=과거 또는 전세(前世)에서 뿌린 악의 씨

나는 본래 풍신 좋은 남자로되
너로 인해 몸이 반쪽이 되었네.
전생에 무슨 원한의 업보가 있어
나로 하여금 날마다 근심스런 탄식을 하게 하나.

一月每有三十日(일월매유삼십일)　　一年又有十二朔(일년우유십이삭)
一日亦有十二時(일일역유십이시)　　豈無片時一來隙(기무편시일내극)

한 달은 삼십 일
하루는 열두 달
하루는 열두 때
어찌 잠시의 틈도 없는가?

人若死而有還生(인약사이유환생)　　汝化爲我我爲汝(여화위아아위여)
平生因汝斷腸事(평생인여단장사)　　沒數輪回付汝許(몰수윤회부여허)

사람이 죽었다 다시 살 수 있다면
너는 내가 되고 나는 네가 되어

평생에 너로 인한 애끓을 일을
모두 거두어 너에게 주었으면.

爾是一團熱火耶(이시일단열화야)　　爾是一把利斧耶(이시일파이부야)
若非烈火又利斧(약비열화우이부)　　奈何焦殘我心耶(내하초잔아심야)

너는 죽어 한 덩어리의 뜨거운 불이 되었느냐
너는 죽어 한 자루의 날카로운 도끼가 되었느냐
네가 뜨거운 불이나 날카로운 도끼가 아니라면
어찌 내 마음을 애타게 쓰는 글처럼 만드느냐?

爾不來時衾自冷(이불래시금자냉)　　爾不來時枕半餘(이불래시침반여)
爾來溫氣襲我骨(이래온기습아골)　　爾來和氣滿吾廬(이래화기만오려)

（『安和堂集』）

네가 오지 않았을 때는 이부자리도 싸늘하고
네가 오지 않았을 때는 베개도 반쯤 남았더니
네가 오니 온기로 내 몸이 녹아들고
네가 오니　화기로 온 집안이 가득하구나. ―黃忠基 역

倉頡許多作字時(창일허다작자시)　　離別二字奈何爲(이별이자내하위)
秦帝焚時能得免(진제분시능득면)　　至今在世使人悲(지금재세사인비)

（『安和堂集』）

倉頡이 作字홀지 此生怨讐 이별 두 字
秦始皇 焚書에 어늬 틈에 드려다가

至今에 在人間ᄒ야 남의 애를 긋ᄂᆞ니. (『樂學拾零』 722)

▩ 시조를 한시로 번역한 것이다.

神農曾嘗百草根(신농증상백초근)　　廣濟天下萬人病(광제천하만인병)
相思一病獨無醫(상사일병독무의)　　汝以妙藥活我病(여이묘약활아병)
(『安和堂私集』)

神農氏 嘗百草홀제 萬病을 다 고치되
相思로 든 病은 百藥이 無效ㅣ로다
저 님아 널노 든 病이니 네 고칠가 ᄒ노라. (『樂學拾零』 567)

▩ 시조를 한시로 번역한 것이다.

▩ 壬寅冬 余以濕瘇 首尾五旬 委身枕席 長夜亦不能寐 燈下間間 抄韻戱題 雜詩弄作八九十首 以消病憂 此皆無足觀人 雖然棄之 則惜矣 故書于卷末 以爲閑中一笑之資焉. (임인년 (1782) 겨울 내가 습진으로 50여 일을 자리에 누웠었는데 긴 밤을 잠을 이룰 수가 없었다. 등불 아래 때때로 노래를 베껴 재미난 제목을 붙여 잠시 팔구십 수를 장난삼아 지었다. 이것이 남에게 보이기에는 만족스럽지 못하지만 그러나 버리기에는 애석하다고 여겨져 책 끝에 붙여 한가한 가운데 한번 웃음거리로 삼고자 한다.)

• 馬聖麟(마성린, 1727~1798)
　자는 경희(景羲). 호는 안화당(安和堂). 여항시인. 그의 작품을 통해 당시의 금객・가객・시인・묵객이 어울리는 분위기와 사대기서(四大奇書)를 외워가며 밤을 새우는 경아전들의 생활상을 여실히 보여준다고 하겠다. 저서에 『안화당사집(安和堂私集)』이 있다.

논개가 의롭게 죽은 바위를 노래하다

義巖歌(의암가)

釣龍臺前落花巖(조룡대전낙화암)　　洛東江上砥柱碑(낙동강상지주비)

何如矗石樓前南江畔(하여촉석루전남강반)

煌煌義巖特立時(황황의암특립시)

藍風却雨磨不緇(남풍각우마불치)　　記昔義妓名論介(기석의기명논개)

爲國貞心女中一男兒(위국정심여중일남아)

此地城陷日(차지성함일)

倭將有如貪花狂蜂窺(왜장유여탐화광봉규)

不惜一花落(불석일화락)　　　　斷除彼熊羆(단제피웅비)

乘醉携出江之巖(승취휴출강지암)　　嬉戲百態芙蓉姿(희희백태부용자)

鬢聳巫山一段雲(빈용무산일단운)　　裙拖六幅瀟湘水(군타육폭소상수)

抱倭將投水死(포왜장투수사)　　　染齒諸酋喪膽墜(염치제추상선추)

一女能當萬夫勇(일녀능당만부용)　　江淮保障匪爾誰(강회보장비이수)

尤翁大筆表章後(우옹대필표장후)　　更作千年竹枝詞(갱작천년죽지사)

(『明隱集』)

熊羆(웅비)=용맹한 무사를 비유하여 일컫는 말. 남자를 일컬음 ◇ 尤翁(우옹)=송시열을
가리킴

조룡대 앞 낙화암과

낙동강 위 지주비라.

어찌하여 촉석루 앞 남강 물가에

황황히 의암이 우뚝 섰는가

남풍 부는 심한 난리에도 훼손되지 않으니

예전 의로운 기생 논개를 기록한 것이다.
나라 위한 곧은 마음 여자 중의 남아로
이 땅에 성이 함락되던 날
왜장이 꽃을 탐하는 미친 벌 엿보자
한 떨기 꽃 떨어짐 아깝지 않으나
결단코 저 놈을 제거했으니
취한 틈타 강 언덕으로 이끌어
희희하는 모습이 부용꽃 자태라
수염 솟구침은 무산의 구름 같고
육 폭 치마 당긴 것은 소상의 물가라
왜장 안고 물에 떨어져 죽으니
더러운 추장들 담이 서늘해지고
한 여자 만 대장부의 용맹 당해내어
나라 보장함에 그대 아니면 누구이랴
우옹께서 크게 표창한 후
다시 천년의 죽지사를 지었구나. —申韓燮 역

• 金壽民(김수민, 1734~1811)

　호 명은(明隱). 과거를 포기하고 오직 향리에서 학문 연구에만 생애를 바쳤다. 저서로는 문집인 『명은집(明隱集)』이 있고, 위의 작품은 그 가운데 「기동악부(箕東 樂府)」에 수록되어 있다.

홍랑아, 얼굴 곱다 자랑 마라

嬋娟洞(선연동)

嬋娟洞草賽羅裙(선연동초새나군)	剩粉遺香暗古墳(잉분유향암고분)
現在紅娘休詑艶(현재홍랑휴이염)	此中無數舊如君(차중무수구여군)

(『歷代韓國愛情漢詩選』)

선연동 여린 풀이 비단 치마를 깐 듯해도
분도 향도 다 가고 옛 무덤만 쓸쓸코나.
홍랑아, 너 지금 얼굴 곱다 자랑 마라
여기 묻힌 무수한 이들 너만큼 옛날에 예뻤느니. ─韓詁熙 역

• **李德懋**(이덕무, 1741~1793)

자 무관(懋官). 호 형암(炯庵), 아정(雅亭), 청장관(靑莊館), 영처(嬰處), 동방일사(東方一士). 실학자. 박학다재하여 경사(經史)에서 기문이서에 이르기까지 통달했고, 문장에 개성이 뚜렷하여 문명을 일세에 떨쳤으나, 서출이었기에 크게 등용되지 못했다. 글씨도 잘 썼고, 그림은 특히 지주(蜘蛛)·영모(翎毛)에 뛰어났다. 저서에 『청장관전서(靑莊館全書)』가 있다.

두향의 이름은 바위처럼 오래가리

孤墳臨官道(고분임관도)	頹沙映紅蔂(퇴사영홍악)
杜香名盡時(두향명진시)	仙臺石應落(선대석응락)

(『名妓列傳』)

외로운 무덤이 국도변에 있어
거친 모래에 꽃이 붉게 비치네
두향의 이름이 사라질 때면
강선대의 바위도 없어지리라. ―鄭飛石 역

― 중종 때 기생 두향(杜香)의 무덤을 두고 지은 시이다.

• **李匡呂**(이광려, 조선 영조)

자 성재(聖載). 호 월암(月巖). 학자. 학문과 문장에 뛰어나 천거를 받아 참봉이 되었다. 일찍부터 책을 통하여 고구마에 대한 지식을 얻고 통신사 조엄(趙曮) 등이 고구마를 갖고 귀국하자 이를 재배하여 기술 부족으로 실패했으나 강필리(姜必履)에게 자극을 주어 재배에 성공케 하였다. 저서에 『이참봉집(李參奉集)』이 있다.

정은 끈질긴 것, 훗날에도 소원하지 말기를

贈妓(증기)

欲別別無語(욕별별무어)　　贈詩詩有餘(증시시유여)
一般情脈脈(일반정맥맥)　　他日莫相疎(타일막상소)　　　　　　(『蒼巖集』)

이별하고자 하여도 특별히 할 말이 없고
시를 주고자 하여도 할 말이 남아 있네.
대체로 정이란 계속되는 것
먼 후일에도 서로 소원하지 말았으면. ―黃忠基 역

詠花字贈妓英花(영화자증기영화)

凝露妝霞一朵花(응로장하일타화)　　芳名傾國是英花(방명경국시영화)
此身倘化尋香蝶(차신당화심향접)　　好向春風更賞花(호향춘풍갱상화)

(『蒼嚴集』)

倘(당)=혹시. 어정거리다

이슬과 안개로 곱게 꾸민 한 떨기의 꽃
뛰어난 아름다움으로 꽃다운 이름은 이 영화로구나
이 몸은 향기를 찾는 어정거리는 나비가 되어
봄바람에 다시 꽃을 감상하기를 좋아하네. ―黃忠基 역

• 金尙彩(김상채, 조선 영조)
　자 경숙(敬叔). 호 창암(蒼嚴). 여항시인. 그는 유자(儒者)의 도리를 각별히 좇고 언행이 조심스러웠으며 자제의 교육에 남다른 면모를 지녔다. '아들이 불민(不敏)하면 아비 역시 불민한 것이고, 아들이 무식하면 아비가 무식해서이며, 아들이 가르침이 없으면 아비 역시 가르침이 없는 것이다.'라고 생각하여 쓴 「계자책기(戒子責己)」 시는 그의 이러한 면을 단적으로 보여주는 글이다.

넓은 세상에 바다 밖을 나갈 수 없다니

大寰海外頭不出(대환해외두불출)　　五嶽誰能昏嫁畢(오악수능혼가필)
毛羅爲島界搏桑(모라위도계부상)　　星主千年僅貢橘(성주천년근공귤)

毛羅(모라)=제주(濟州)의 딴 이름 ◇ 搏桑(부상)=해가 돋는 곳. 부상(扶桑)과 같음. 일본을 가리킴

넓은 천지 바다 밖에는 못 나가니
넓다 한들 뉘라서 시집 장가 끝내랴
제주라 섬나라 이웃은 일본
사또는 천 년 세월에 귤만 바쳐왔네.

橘林深處女人身(귤림심처여인신)　　意氣南極無饑民(의기남극무기민)
爵之不可問所願(작지불가문소원)　　願得萬二千峰看(원득만이천봉간)

귤밭 깊은 숲속에 태어난 여자의 몸
의기는 드높아 주린 백성 없앴네.
벼슬은 줄 수 없어 소원을 물으니
만이천 봉 금강산 보고 싶다네.

翠袖雲鬟一帆哨(취수운환일범초)　　孤南所照回天笑(고남소조회천소)
催乘駟騎向煙霞(최승일기향연하)　　佛日仙風環佩耀(불일선풍환패요)

雲鬟(운환)=아름다운 상투. 먼 산의 형용

의젓이 다듬은 모습에 돛대도 높이
남쪽 별은 빛나 임금님도 기쁨을
바삐 말에 올라 금강산으로 향하니
햇빛도 바람결도 노리개에 찬란타.

眞覺新羅一念通(진각신라일념통)　　異相巾幗符重瞳(이상건괵부중동)
從知波浪乘風志(종지파랑승풍지)　　不是桑弧蓬矢中(불시상호봉시중)

(『妓生列傳』)

巾幗(건괵)=부인의 머리 장식 ◇ 桑弧蓬矢(상호봉시)=상봉지지(桑蓬之志)와 같은 말. 남자가 큰 뜻을 품고 웅비하려는 뜻. 고대 중국에서 남자를 낳으면 뽕나무 활과 쑥대 살로 천지사방을 쏘아서 성공을 축원한 데서 유래한 말이다.

정녕 깨달았으리, 신라와 마음은 하나
생김도 달라 여자 몸 눈동자가 겹이라
이제사 알겠노라, 바다 건너온 뜻은
잗다란 세상일에 있지 아니했음을. ―宋志英 역

제주 기생 만덕(萬德)을 두고 지은 시이다.

• 朴齊家(박제가, 1750~?)

자 차수(次修). 호 초정(楚亭), 정유(貞蕤), 위항도인(葦杭道人). 실학자. 『북학의(北學議)』 내외편을 저술했다. 이 저서는 실사구시의 사상을 토대로 내편에서는 실생활에 있어서의 기구와 시설의 개선을 다루고, 외편에서는 정치·사회제도의 전반적인 모순점을 지적하여 서정의 개혁 방안을 서술한 것이다. 그 외에 저술로는 『정유시고(貞蕤詩稿)』가 있다.

천연 그대로의 얼굴을 가진 복랑

福娘(복랑) ①

不待施朱鉛(부대시주연)　　花貌自天然(화모자천연)
不是人間有(불시인간유)　　應從畵裏傳(응종화리전)　　　　(『四名子詩集』)

朱鉛(주연)=연지와 분. 일반적으로 화장품을 가리킴

화장을 하지 않아도
천연 그대로의 아름다운 얼굴
대저 인간에게는 있을 법하지 않고
그림 속에나 전해야 마땅하리라. ─黃忠基 역

戲贈紅娥擇乎(희증홍아택호)

華陰多玉女(화음다옥녀)　　惟爾最嬋姸(유이최선연)
頰帶桃花嫩(협대도화눈)　　眉橫柳葉鮮(미횡유엽선)
穠纖俱合度(농섬구합도)　　嚬笑摠堪憐(빈소총감련)
應是陽臺伴(응시양대반)　　朝雲暮雨仙(조운모우선)　　　　　（『四名子詩集』）

穠纖(농섬)=살찜과 여윔 ◇ 嚬笑(빈소)=상을 찡그리는 일과 웃음

꽃그늘 속의 많은 미녀들 가운데
오직 네가 가장 아름답구나.
뺨에는 복숭아꽃 같은 아름다운 빛을 띠고
눈썹은 마치 가로놓은 버들잎처럼 선명하구나.
살지고 여윈 것이 모두가 알맞고
찡그리고 웃는 것이 모두가 사랑스럽구나.
마땅히 양대에서 노닐 상대가 될 만한
서왕모와 같구나. ─黃忠基 역

紅月 柳生所眄(홍월 유생소면)

柳已成綠月有綠(유이성록월유록)　　雨絲相合不相離(양사상합불상리)
天綠乃爾非人力(천연내이비인력)　　白雪樓中暮雨時(백설루중모우시)

　　　　　　　　　　　　　　　　　　　（『四名子詩集』）

유생도 젊고 홍월 또한 젊으니
두 사람이 합쳐져 떨어지기 어려워라
하늘이 맺어준 인연은 인력으로 어쩔 수 없으니
백설루 가운데 저녁비가 내리누나. ─黃忠基 역

順娘(순랑)

妾身本是崧陽女(첩신본시숭양녀)　　誤嫁長安輕薄兒(오가장안경박아)
楊峽嘉陵非我土(양협가릉비아토)　　華陰縣婢最堪悲(화음현비최감비)

『四名子集』

崧陽(숭양)=경기도 개성(開城)의 옛 이름

나는 본래 개성 양가의 아녀자로
장안의 경박한 사람에게 시집을 잘못 갔네.
양협이나 가릉은 내가 살 곳이 아니니
화음의 종의 신분으론 감당하기 어렵네. ─黃忠基 역

福娘(복랑) ②

語裏生香笑裏花(어리생향소리화)　　淡粧高髻玉釵斜(담장고계옥채사)
沈魚落雁非虛語(침어낙안비허어)　　西子南威謾自誇(서자남위만자과)

『四名子集』

沈魚落雁(침어낙안)=미인을 보고서 물고기가 숨고 기러기가 달아났다는 고사에서, 미인의 형용을 일컫는 말 ◇ 西子(서자)=서시(西施)를 일컫는 말 ◇ 南威(남위)=진대(晉代)의 미인. 진의 문공(文公)이 그에 반하여 사흘간 정사를 게을리하다가 스스로 잘못을 깨닫고 그를 멀리한 다음, 후세에 반드시 여색으로 나라를 망치는 일이 있을 것이라고 말하였다 함.

말에 향내를 뿜으니 웃음 속의 꽃이로다.

엷은 화장에 머리는 틀어 올리고 옥비녀는 기울었다.

침어낙안이란 말이 헛말이 아니니

서시나 남위마저 업신여길 만큼 자랑이 대단하고나. ─黃忠基 역

• 車佐一(차좌일, 1752~1808)

자 숙장(叔章). 호 사명자(四名子). 문인. 벼슬에 뜻이 없고 시작에 전심했다.
만년에 최북·천수경·장혼·왕태 등과 함께 송석원시사(松石園詩社)를 맺어,
시문으로 여생을 보냈다. 저서에 『사명자시집(四名子詩集)』이 있다.

요염한 한 떨기의 꽃 같은 성천부기에게

贈成川府妓(증성천부기)

高唐神境盛唐時(고당신경성당시)　　仙館名花艶一枝(선관명화염일지)

莫道朝雲逢內翰(막도조운봉내한)　　老夫才薄不堪期(노부재박불감기)

(『朝鮮解語花史』)

內翰(내한)=송대(宋代)에 한림학사를 일컫는 말

고당의 신경, 성당의 시,

선관의 명화 요염한 한 떨기

아침 구름이 내한을 만났다고 말하지 말라

노부는 재주가 부족해서 기대에 맞기 어려워. ─李在崑 역

• 沈念祖(심염조, 조선 정조)

호 초연재(蕉研齋).

검무를 추는 미인에게

舞劍篇贈美人(무검편증미인)

鷄婁一聲絲管起(계루일성사관기)
矗城女兒顔如花(촉성여아안여화)
紫紗褂子靑氈帽(자사괘자청전모)
纖纖細步應疏節(섬섬세보응소절)
翩然下坐若飛仙(편연하좌약비선)
側身倒揷蹲蹲久(측신도삽준준구)
一龍在地一龍躍(일용재지일용약)
倏忽雙提人不見(숙홀쌍제인불견)
左鋌右鋌無相觸(좌정우정무상촉)
颮風驟雨滿寒山(표풍취우만한산)
驚鴻遠擧疑不反(경홍원거의불반)
鏗然擲地颯然歸(갱연척지삽연귀)
新羅女樂冠東土(신라여악관동토)
百人學劍僅一成(백인학검근일성)
汝今靑年技絶妙(여금청년기절묘)
幾人由汝枉斷腸(기인유여왕단장)

四筵空闊如秋水(사연공활여추수)
裝束戎裝作男子(장속융장작남자)
當筵納拜旋擧趾(당연납배선거지)
去如怊悵來如喜(거여초창내여희)
脚底閃閃生秋蓮(각저섬섬생추련)
十指翻轉如浮雲(십지번전여부운)
繞胸百回靑蛇纏(요흉백회청사전)
立時雲霧迷中天(입시운무미중천)
擊刺跳躍紛駭矚(격자도약분해촉)
紫電靑霜鬪空谷(자전청상투공곡)
怒鶻回搏愁莫逐(노골회박수막축)
依舊腰支纖似束(의구요지섬사속)
黃昌舞譜傳自古(황창무보전자고)
豊肌厚頰多鈍魯(풍기후협다둔노)
古稱女俠今乃覩(고칭여협금내도)
已道光風吹幕府(이도광풍취막부)

(『與猶堂全書』)

계루 한 소리에 풍악이 시작되어
온 좌석이 가을 물결처럼 고요하다.
촉석루 성 아가씨 꽃 같은 그 얼굴에
군복으로 분장하니 남자 맵시 되었구나.

보랏빛 쾌자에 청전모 눌러 쓰고
좌석에 인사하고 발꿈치 돌린 맵시
부드러운 걸음 박자 맞춰 사뿐히도 걷는구나.
쓸쓸히 걸어가다 생긋 숫듯 돌아서네.
날아갈 듯 선녀처럼 살짝 내려앉았으니
발밑은 고운 빛에 가을 연꽃 방불하고
한참 몸을 기울여 물구나무서면서
열 손가락 뒤쳐 뵈니 뜬구름과 같구나.
한 칼은 땅에 놓고 한 칼로 춤추니
푸른 뱀이 휘휘 서려 가슴을 휘감는 듯
홀연히 두 칼 잡고 소스라쳐 일어선다.
사람은 안 보이고 안개구름 자욱한데
이리저리 휘둘러도 칼끝 닿지 않는구나.
치고 찌르고 뛰고 굴러 보기에 소름 끼친다.
회오리바람 소나기가 빈 골짜기를 울리는 듯
번개처럼 서릿발이 온 공중에 번쩍인다.
놀란 기러기처럼 안 올 듯이 날아가다
성낸 보라매인 양 감돌아 노려본다.
땡그랑 칼 놓고, 사뿐히 돌아서니
예처럼 가는 허리 의연히 한 줌일세
신라의 여악은 동방에서 으뜸이라
황창무 옛 곡조가 지금까지 전하누나.
칼춤 배워 성공한 이 백에 하나 어렵거든
몸매만 느리어도 재간 없어 못한다네.
너 이제 젊은 나이 묘한 기예 지녔으니
옛날에 이르던 모습 지금 본 것 같을시고

이 세상 몇몇 풍류 너로 하여 애태웠노

때때로 미친 바람 장막 안에 불어든다네. —金智勇 역

雨中妓(우중기)

玉人來自錦城西(옥인내자금성서)	雲雨陽臺路不迷(운우양대노불미)
羅襪一雙芳草路(나말일쌍방초로)	翠裙千點落花泥(취군천점낙화니)
烏雲墜髻非緣愁(오운추계비연수)	珠淚盈腮未是啼(주루영시미시제)
若有眉間愁濕色(약유미간수습색)	將身並坐學黃鸝(장신병좌학황리)

(『與猶堂全書』)

烏雲(오운)=검은 머리

아름다운 그대 멀리 금성서 찾아오니

좋은 연분 맺을 길 희미하지 않구나.

비단 버선 한 쌍은 꽃다운 풀에 젖었고

푸른 치마는 천 송이 지는 꽃으로 물들었네.

검은 머리 푸른 상투는 근심 탓은 아니어니.

뺨에 가득 눈물방을 우지 않고 웬 일이냐

눈썹 사이에 젖은 것을 수심하는 빛 있을 양이면

단 둘이 나란히 앉아 꾀꼬리를 배우리라. —金智勇 역

─ 유배에서 풀려 나주를 지날 때 이곳 원님이 기생을 보내니 마침 그때 비가 올 때이므로 착상하여 지은 시이다.

• 丁若鏞(정약용, 1762~1836)

자는 미용(美鏞), 송보(頌甫). 호는 다산(茶山), 삼미(三眉), 여유당(與猶堂), 사암(俟菴). 실학자. 그의 학문적 체계는 사상적으로 유형원과 이익의 주류를 계승하고,

유학의 정신 체계에 기반을 두고 있으나, 다분히 양명학적인 데로 기울어져 있다. 저서에 『정다산전서(丁茶山全書)』가 있고, 시호는 문도(文度)이다.

강을 건너는 날에 기생에게 써주다

渡江日同行者多房妓所惱書此示之(도강일동행자다방기소뇌서차시지)

龍灣兒女白羊裘(용만아녀백양구)　　　送客爭來鴨頭水(송객쟁래압두수)
一曲淸波兩行淚(일곡청파양행루)　　　夕陽寒雨滿孤舟(석양한우만고주)

(『秋齋集』)

용만의 아가씨 백양의 갖옷을 입고
압록강 어구에 손을 보내려 다투어 오네.
한 곡이 맑은 물에 흐르는 두 줄기 눈물
석양 무렵 내치는 찬 비가 외로운 배에 가득하네. ―黃忠基 역

嬋娟洞(선연동)

有洞名嬋娟(유동명선연)　　無情自黯然(무정자암연)
花容曾幾日(화용증기일)　　草色又今年(초색우금년)
是處應埋玉(시처응매옥)　　誰家枉費錢(수가왕비전)
牧丹峰上月(목단봉상월)　　千載畫眉傳(천재화미전)

(『秋齋集』)

黯然(암연)=어두운 모양. 우울한 모양.

동리 이름은 예쁘고 아름답다는 뜻을 가졌으나

무정하고 우울하기 짝이 없구나.

아름다운 얼굴을 얼마나 지녔으랴

봄풀은 올해도 또 푸르렀구나.

이곳이 응당 옥이 묻혔으리니

누구의 집에서 헛되이 돈을 썼을까?

모란봉 위에 솟은 달도

천 년 뒤에도 미인이 있음을 전할까? ─黃忠基 역

老妓(노기) ①

一片名花畵閣東(일편명화화각동)　　幾回經雨又經風(기회경우우경풍)
遊蜂戲蝶無消息(유봉희접무소식)　　虛送光陰寂寞中(허송광음적막중)

(『秋齋集』)

화각 동쪽의 꽃잎 하나뿐인 명화는

몇 년의 세월을 지내왔는가?

장난치며 노닐던 벌과 나비는 소식이 없고

쓸쓸한 가운데 세월을 허송하네. ─黃忠基 역

誄玉妓(뇌옥기)

花是容顔玉是名(화시용안옥시명)　　一生銷瘦爲多情(일생소수위다정)
蟾宮欲補群娥缺(섬궁욕보군아결)　　鴛枕常敎二豎嬰(원침상교이수영)
盡出篋衣酬藥券(진출협의수약권)　　獨留樑月寫歌聲(독류량월사가성)
塵根解脫茶毗爇(진근해탈다비촉)　　披剃琴娘未覺淸(피체금랑미각청)

(『秋齋集』)

誄(뇌)=뇌사(誄詞). 죽은 사람의 명복을 비는 말이나 글. 죽은 이의 생전의 공덕을 칭송하며 조상하는 글이나 말 ◇ 二竪(이수)=병마(病魔)를 일컫는 말. 진(晉)의 경공(景公)이 병으로 앓아누웠을 때, 꿈에 병마가 두 아이가 되어 나타났다는 고사에서 유래함 ◇ 塵根(진근)=근진(根塵)과 같은 말. 불교에서 눈·귀·코·혀·몸·뜻의 육근(六根)과 이에 대하는 색(色)·성(聲)·향(香)·미(味)·촉(觸)·법(法)의 육진(六塵) ◇ 다비(茶毗)=화장(火葬).

꽃과 같은 얼굴 옥 같은 이름이
평생 병약했으나 정은 오히려 많았네.
섭궁을 보강하려 했으나 아가씨들이 부족하여
항상 병에 걸려 자리에 누워 있었네.
상자 속의 옷을 다 내다가 약원 갚고자
홀로 추녀에 머문 달을 보며 노래를 익혔네.
근진을 벗어나려 화장을 부탁하니
산발하거나 머리 깎은 금랑을 생각하기 어렵네. —黃忠基 역

老妓(노기) ②

憶昔儂年二八時(억석농년이팔시)	青樓才色兩兼之(청루재색양겸지)
輕塵不動凌波舞(경진부동능파무)	妙曲爭傳折柳詞(묘곡쟁전절류사)
彩閣春風迷蝶夢(채각춘풍미접몽)	銅臺曉日照蛾眉(동대효일조아미)
光陰焂忽紅顏改(광음숙홀홍안개)	身勢飄零白髮悲(신세표영백발비)
山杏落來經雨蘂(산행낙래경우예)	海棠攀盡隔墻枝(해당반진격장지)
盤龍寶鏡行當賣(반룡보경행당매)	駿馬佳郎坐失期(준마가랑좌실기)
半枕久空粧淚積(반침구공장루적)	重門常掩土花滋(중문상엄토화자)
閑愁每被新鶯喚(한수매피신앵환)	往事猶餘老婢知(왕사유여노비지)
北里秋娘添重價(북리추랑첨중가)	東山明月擅嬌姿(동산명월천교자)
天寒翠袖偏蕭瑟(천한취수편소슬)	悔不兒時學繭絲(회불아시학견사)

『秋齋集』

折柳詞(절류사)=이별의 노래. 절양류(折楊柳)와 같은 말. 악부의 이름. 버드나무 가지를 꺾어 떠나는 임에게 주며 석별의 정을 노래한 것 ◇ 倏忽(숙홀)=얼른 빨리 ◇ 飄零(표령)=영락함 ◇ 土花(토화)=이끼 ◇ 繭絲(견사)=명주실. 견사(絹絲). 다른 뜻으로는 고치에서 명주실을 뽑아내듯, 백성들에게서 조세(租稅)를 전부 거둬들이지 아니하고서는 그치지 아니함을 비유하여 일컫는 말. 가렴주구

내 나이 열여섯인 때를 돌이켜 생각하니
청루나 재색이 다 뛰어났었지.
먼지마저 일지 않을 훌륭한 춤 솜씨와
이별의 노래는 다투어 전하고픈 미묘한 가락이었지.
채각에서 봄바람에 꿈속을 헤매고,
동작대에 아침 햇빛이 아미에 환하구나.
세월은 빠르게 홍안을 바꾸고
신세는 영락하여 백발이 마음 아프게 하는구나.
산행은 떨어지고 조금 내리는 비는 꽃술을 적시고
찔레덩굴은 담을 격해 있는 가지에 착 달라붙었구나.
용이 새겨진 보경을 팔려고 했으나
준마 타고 온다던 사랑하는 님은 까닭 없이 약속을 어기네.
잠자리 한쪽은 오래 비어 있어 얼룩진 화장이 남아 있고
중문은 항상 닫혀 있어 이끼가 무성하다.
근심을 멀리하고 매양 꾀꼬리 우는 소리 듣지만
지난 일은 오히려 늙은 내가 다 아네.
북리의 늙은 기생 비싼 값을 더하고
동산의 밝은 달은 아름다운 자태 더욱 뽐내네.
싸늘한 느낌의 푸른 소매는 소슬하게 하나
어려서 견사를 배우지 않은 것을 후회하네.—黃忠基 역

寒蟾(한섬)

一哭一歌澆一杯(일곡일가요일배)　　杯行終日若輪廻(배행종일약윤회)
蓍鄉已死師師老(기향이사사사노)　　誰識江南玉笛哀(수식강남옥적애)

『秋齋集』

輪廻(윤회)=순환하여 그치지 아니함. 한없이 돌아감 ◇ 師師(사사)=본받을 만한 훌륭한
스승

　울며 노래하며 술을 마시니
　종일을 윤회하듯 술잔을 돌리네
　어른께서 돌아가시니 본받을 분 다 늙고
　강남 옥적이 슬픈 줄을 누가 알리요 —黃忠基 역

寒蟾 全州妓 黃橋李尙書置之家 敎歌舞鳴於國中 寒蟾老歸家歲餘 尙書捐館矣
蟾聞卽馳至尙書墓 一哭澆 一杯飮 一杯歌 一哭 再哭再澆再飮再歌 循環終日而去
(한섬은 전주 기생이다. 황교 이상서가 집에 두고 가무를 가르쳐 이름이 나라 안
에 떨쳤다. 이상서가 죽자 한섬이 부음을 듣고 즉시 상서의 무덤에 달려와 울며
곡하고서 한잔 마시고 한잔 마시며 노래하고 한번 곡하고 다시 곡하고 다시 울
고 다시 마시고 다시 노래 부르기를 하루 종일 되풀이하다 돌아갔다.)

萬德(만덕)

懷淸臺築乙那鄉(회청대축을나향)　　積粟山高馬谷量(적속산고마곡량)
賦汝重瞳眞不負(부여중동진불부)　　朝瞻玉階暮金剛(조첨옥계모금강)

『秋齋集』

重瞳(중동)=겹으로 된 눈동자 ◇ 玉階(옥계)=대궐의 섬돌. 대궐

　깨끗한 마음으로 제주에 대를 쌓고

산처럼 높이 곡식을 쌓으니 제주가 가득하구나.

중동을 너에게 줌은 부담을 지움이 아닐지니

대궐을 우러르고 금강산을 구경하누나. —黃忠基 역

■ 萬德濟州妓也 家貲鉅萬 一隻眼重瞳 正宗壬子州大歉 萬德出數千斛穀 數千緡錢 賑活一邑之民 上大嘉之 使問其所願 曰萬德女子賤人也 無他願 惟願一瞻天陛 一見 金剛 遂命騎馹上京 屬之藥院內醫女行首 仍令廚傳往遊金剛 (만덕은 제주 기생이다. 집안의 재산이 많고 한쪽 눈은 눈동자가 겹이었다. 정조 임자년에 큰 흉년이들자 만덕은 많은 곡식과 돈을 내어 한 고을의 백성들을 긍휼하였다. 임금이 크게 가상히 여겨 만덕에게 소원을 물으니 말하기를 "만덕은 천한 여자입니다. 무슨 소원이 있겠습니까? 다만 임금이 계신 궁궐을 구경하고 금강산을 구경하는 것이 소원입니다." 하자 서울로 올라오게 하여 약원 내의 여행수를 시키고 곧 주방에 명하여 금강산을 보고 오도록 명을 내렸다.)

• 趙秀三(조수삼, 1762~1849)

자 지원(芝園), 자익(子翼). 호 추재(秋齋), 경원(經畹). 시인. 문장과 시에 천재적 소질이 있어 여섯 차례나 중국에 왕래하면서 시명을 떨쳤고, 중국어에 능했다. 10복(福)을 갖춘 사람이라 일컬어졌으며, 글씨를 잘 썼다.

운금정에서 옛날 기생 맹섬을 떠올리며

靈光雲錦亭憶故妓孟蟾(영광운금정억고기맹섬)

尚記燈前碎玉言(상기등전쇄옥언)　　花容雲鬓極嬋嬡(화용운빈극선원)

重來已作塵中骨(중래이작진중골)　　欲奠芳魂何處朼(욕전방혼하처촌)

(『松溪漫錄』)

媛(원)=미인

아직도 등불 앞에서 옥을 굴리듯 한 말을 기억하는데
꽃 같은 얼굴, 구름 같은 머리채가 뛰어난 미인이었지.
다시 찾아왔더니 진흙 속에 백골이 되었으니
꽃다운 혼에 술 한잔 올리고자 하나 어느 곳에 물혔는고?—黃忠基 역

邑妓之燈前迎客 慣唱勸酒之歌 歌聲悽惻可慄余
於松沙客館半夜 酬暢走筆相蹲(읍기지등전영객
관창권주지가 가성처측가소여 어송사객관반야
수창주필상준)

松沙兒女閱人多(송사아녀열인다)　　笑向燈前勸酒歌(소향등전권주가)
不識爾能眞慰客(불식이능진위객)　　客愁無妨解微酡(객수무방해미타)

(『松溪漫錄』)

酡(타)=술에 취하여 얼굴이 불그레해지다

송사 객관의 아가씨 많은 사람들 겪어
등불 앞에서 웃으며 권주가 부르지.
너는 진정으로 나2네를 위로한다는 것을 모르지만
객수는 얼굴이 불그레해짐을 막지 못하네.—黃忠基 역

醉妓(취기)

樽前嬌態見情眞(준전교태현정진)　　幾送秋波滿座親(기송추파만좌친)
上面紅潮着對客(상면홍조착대객)　　隨鬟綠霧歆爭春(수환녹무환쟁춘)
柳腰裊裊行如舞(유요요뇨행여무)　　花靨娟娟笑似嚬(화엽연연소사빈)

徒倚粧樓歌進酒(도의장루가진주)　　陌頭應有斷腸人(맥두응유단장인)

『松月漫錄』

裊裊(요뇨)=나뭇가지가 바람에 간들거리는 모양. 가냘픈 것이 휘감기는 모양 ◇ 靨
(염)=검정 사마귀 ◇ 陌頭(맥두)=길거리

　　술잔 앞에서의 교태는 진정을 보는 듯
　　자리에 가득한 사람들에게 추파는 몇 번을 보내나
　　겉으로 손님을 대할 때 부끄러워하는 듯
　　모두가 아름다움을 다투는 것을 기뻐하는구나.
　　버들처럼 하늘하늘 가는 허리는 춤을 추는 듯
　　꽃처럼 아름다운 보조개가 찡그리는 미소 같네.
　　한갓 화려한 누각에 기대 장진주를 부르니
　　길거리에는 응당 애끊는 사람이 있겠지. ─黃忠基 역

• 林得明(임득명, 1767~?)

　　자 자도(子道). 호 송월헌(松月軒). 서화가. 시·서·화에 모두 능하여 삼절(三絶)
이라 일컬어졌으며, 특히 글씨는 전서(篆書), 주서(籒書)에 뛰어났다.

내 나이를 묻지 마오

澹掃蛾眉白苧衫(담소아미백저삼)　　訴衷情語燕呢喃(소충정어연이남)
佳人莫問郎年幾(가인막문낭연기)　　五十年前二十三(오십년전이십삼)

『紫霞集』

呢喃(이남)=재잘대는 소리

고운 눈썹 흰 적삼에

말소리는 제비인 양

내 나이를 묻지 마오.

쉰 해 앞서 스물 셋을.─李家源 역

▨ 변승애(卜僧愛)라는 여인을 사랑하여 그를 위해 준 시이다.

• 申緯(신위, 1769~1845)

자 한수(漢叟). 호 자하(紫霞), 경수당(警脩堂). 문신, 시인, 서화가. 애국 애족적인 그의 시작품 속에는 국산품 애용, 양반 배척, 서얼 차별대우 철폐, 당쟁의 배격 등이 제시되어 있다. 중국의 소식(蘇軾)을 사숙하여 체(體)와 형(型)이 갖추어진 독특한 세계를 이루었던 그는 시로써 시를 논평한 평론가이기도 했다. 서화에도 일가를 이루어 시·서·화 삼절로 이름이 높다. 저서에 『경수당전고(警脩堂全藁)』 등이 있다.

죽음도 두렵지 않은 나이 어린 가산 기생

嘉山妓(가산기)

嗟嗟嘉山妓(차차가산기)	年纔免童齒(연재면동치)
土賊夜犯倅(토적야범쉬)	倉卒無援恃(창졸무원시)
爰能身捍蔽(원능신한폐)	不畏冒刃死(불외모인사)
天下幾丈夫(천하기장부)	弗媿一女子(불괴일여자)

(『庸齋集』)

嗟嗟(차차)=탄식하며 슬퍼하는 소리. 거듭 감탄하며 칭찬하는 소리 ◇ 土賊(토적)=토구(土寇). 지방에서 일어나는 반란민 ◇ 恃(시)=믿고 의지하다 ◇ 捍(한)=막아 지키다 ◇ 媿

(괴)=부끄럽다

아아! 가산의 기생
나이는 겨우 젖니를 면했네.
토적이 밤에 사또를 해치니
별안간 도움 청할 곳 없네.
이에 몸으로 막고 가리니
칼날에 죽는 것조차 두렵지 않네.
세상에 어떤 남자에게라도
여자라고 부끄러울 것 없네. ─黃忠基 역

• 金義鉉(김의현, 조선 정조)

자 사정(士貞). 호 용재(庸齋). 여항시인. 본관은 분성(盆城). 저서에 『용재고(庸齋稿)』와 『용재문류(庸齋文類)』가 있다.

발그레한 두 뺨이 본래의 얼굴이겠지

醉妓(취기)

兩頰紅交玉色眞(양협홍교옥색진)	銀甁綠酒共相親(은병녹주공상친)
淸喉誤錯梅花曲(청후오착매화곡)	小手顚狂柳絮春(소수전광유서춘)
團扇乍遮眠和夢(단선사차면화몽)	寶釵將墜笑兼嚬(보채장추소겸빈)
章臺落日歸來路(장대낙일귀래로)	拂袖無端苦挽人(불수무단고만인)

(『存齋集』)

柳絮(유서)=봄날에 날리는 버들솜 ◇ 章臺(장대)=당나라 때 장안(長安) 이 장대(章臺)에

있었던 기녀 유씨(柳氏)를 이름에서, 화류계를 일컬음

발그레한 두 뺨이 맑은 빛으로 바뀌고
은병에 담긴 녹주가 서로 잘 어울리네.
맑은 목소리는 매화곡을 부르는 것으로 착각하고
조그만 손은 봄날 풀솜처럼 미친 듯이 흩날리네.
둥근 부채는 잠깐 사이에 끔꾸듯 잠이 들고
아름다운 비녀는 떨어질 듯, 찡그리는 듯 웃네.
장대에 해가 저물자 집으로 돌아오고
까닭 없이 소매를 스치니 뿌리치기 어렵구나. ─黃忠基 역

成都詩妓芙蓉 琴鶴軒席上要余一詩 走筆以贈之
(성도시기부용 금학헌석상요여일시 주필이증지)

巫山高處一詩仙(무산고처일시선)   千里芳名有口傳(천리방명유구전)
玉圃煙霞吟未盡(옥포연하음미진)   不須去作小乘禪(불수거작소승선)

(『存齋集』)

무산의 높은 곳에 사는 시선
훌륭한 이름이 천 리 밖에까지 전하네.
훌륭한 경치를 읊조리기에는 미련이 남아
모름지기 소승의 깨달음을 버릴 수가 없구나. ─黃忠基 역

書與咸平童妓(서여함평동기)

童妓年十二(동기년십이)   善書今始聞(선서금시문)
洞房喚出來(동방환출래)   墨痕已染裙(묵흔이염군)

名姓未暇問(명성미가문)　　筆論先云云(필논선운운)
與紙使之寫(여지사지사)　　字字生烟雲(자자생연운)
腕力捷有神(완력첩유신)　　意匠獨出羣(의장독출군)
豈意寧馨兒(기의영형아)　　産此窮海濱(산차궁해빈)
余自學書來(여자학서래)　　敗筆歆成墳(패필희성분)
如今眞衰矣(여금진쇠의)　　臨池未能勤(임지미능근)
何幸筆陣中(하행필진중)　　得爾張吾軍(득이장오군)　　　　　　(『存齋集』)

洞房(동방)=깊숙한 방. 신혼의 방 ◇ 云云(운운)=말이 많은 모양 ◇ 臨池(임지)=글씨 연습. 후한(後漢)의 장자(張芝)가 못 가에서 글씨 익히기에 몰두하여 못물이 새까맣게 되었다는 고사에서 온 말

어린 기생 나이는 열둘
글씨 잘 쓴다는 말 처음 들었네.
동방으로 나오라 부르니
먹물 흔적이 아직도 치맛자락에 묻었네.
이름 물을 사이 없이
글씨 이야기 먼저 조잘대네.
종이를 주고 글씨를 쓰게 하니
글자마다 안개가 피어오르는 듯
붓을 잡은 힘이 귀신과 잇닿은 것처럼
의장이 무리에서 홀로 뛰어나구나.
어찌 이렇게 훌륭한 아이를
먼 바닷가에 태어나게 했나.
너 스스로가 글씨쓰기를 익혀
닳아진 붓이 산처럼 쌓인 것을 기뻐하는구나.
이제는 진정으로 쇠약해져

글씨 연습을 힘써 할 수 없구나.
이제 필진 가운데 다행스럽게도
내 편이 된 것을 고맙게 여긴다. ─黃忠基 譯

留老妓少話(유노기소화)

一笑當年抵萬金(일소당년저만금)	門前鞍馬簇如林(문전안마주여림)
雲鬟繡屋簪花昔(운환수옥잠화석)	蓬髮疏籬種菜今(봉발소리종채금)
話到舞筵先下淚(화도무연선하루)	理來歌曲未成音(이래가곡미성음)
臨歸漫作多情態(임귀만작다정태)	明日西亭可聽琴(명일서정가청금)

『存齋集』

當年(당년)=올해. 장년(壯年) ◇ 簇(주)=모이다

젊어서 한 번 웃음은 만금에 해당하고
문 앞에는 안장 지운 말들이 숲처럼 빽빽하게 늘어섰네.
예전엔 구름처럼 꾸민 머리, 화려한 집에 머리엔 꽃을 꽂았더니
이제는 쑥대머리 성긴 울타리에 열매나 맺을 꽃이로구나.
이야기가 예전 춤추던 잔치에 이르자 눈물 먼저 흐르고
노래를 부르고자 하나 목소리 제대로 나오지 않네.
돌아갈 즈음 다정한 태도 지어보지만
내일은 서정에서 가야금 소리 들을 수 있을지. ─黃忠基 譯

嘉山郡齋詠妓雲娘(가산군재영기운랑)

爲官能盡節(위관능진절)	是爲國事勤(시위국사근)
愛此郡中妓(애차군중기)	事俟如事親(사사여사친)

方賊肆慘毒(방적사참독)　　獨以死爲隣(독이사위린)
偏性確有守(편성확유수)　　大義皎若晨(대의교약신)
兇鋒之所觸(흉봉지소촉)　　忠逆一瞬分(충역일순분)
豈意危身日(기의위신일)　　乃在畫眉春(내재화미춘)
華譽動京國(화예동경국)　　賢娘名是雲(현랑명시운)
門墻如千里(문장여천리)　　欲見竟何因(욕견경하인)
聞說免公役(문설면공역)　　良家歸守貧(양가귀수빈)
死生雖不同(사생수부동)　　花巖後一人(화암후일인)

(『風謠三選』)

관리로서 충절을 다하고
나랏일에 충실했네.
이 고을의 기생을 사랑하여
서로 사랑을 다했네.
마침 참혹하고 모진 도적이 있었으나
혼자서 죽을 각오로 이웃을 지켰네.
비록 사또를 사랑했으나
대의는 맑은 아침처럼 결백하다.
흉포한 칼날에 더럽혔으나
충성과 반역은 순간에 나눠지네.
어찌 날마다 몸을 위태롭게 하고
님이 그리워 화장이나 하고 있으리오.
좋은 평판이 온 나라에 진동하니
아가씨의 이름은 운랑이라.
대문과 담장이 천리나 되는 것이라면
보고자 해도 어찌 하겠는가?
부역을 면했다는 말 들었으나

집으로 가도 가난 구제한다는 것 부끄러워하겠지.

죽고 사는 것이 같지 않다고는 하나

죽은 다음 아름다운 바위 하나 되겠지. —黃忠基 역

• 朴允黙(박윤묵, 1771~1849)

자 사집(士執). 호 존재(存齋). 문신. 동지중추부사를 거쳐 평신진첨절제사로서
선치하여 송덕비가 세워졌다. 시문에 뛰어났고, 서예는 왕희지, 조맹부의 필법을
이어받았다. 저서에 『존재집(存齋集)』이 있다.

젊은 선비의 멋진 풍류에 반했네

青袍學士少風流(청포학사소풍류)　　紅粉佳人背面愁(홍분가인배면수)
盛說當時金侍讀(성설당시김시독)　　滿車香橘過楊州(만거향귤과양주)

(『錦溪筆談』)

滿車香橘過楊州(만거향귤과양주)=당나라 두목(杜牧)의 풍채에 반해 기생들이 양주를
지나가는 수레에 귤을 던져 수레에 가득했다는 고사

청포 입은 젊은 선비의 멋진 풍류에 반해서

아름답게 단장한 여인은 낯을 돌려도 서러워하네.

야단스레 이야기하는 그때의 김시독은

수레에 향귤을 가득 싣고 양주를 지나가네. —宋淨民 外 역

＿ 일찍이 안주(安州)에 갔을 때 기생들이 관심을 가져주기를 바라자 기생의 치
마폭에 써준 시이다.

• 洪奭周(홍석주, 1774~1842)

　자 성백(成伯). 호 연천(淵泉). 문신. 벼슬은 영중추부사에 이르렀고, 성리학에 밝았으며, 특히 문장에 있어서는 10대가의 한 사람으로 꼽혔다. 저서에 『연천집(淵泉集)』 등이 있고, 시호는 문간(文簡).

궁아의 머리가 세려고 하고

銅雀妓(동작기)

宮娥髮欲絲(궁아발욕사)　　碧殿猶歌舞(벽전유가무)

秋風漳上來(추풍장상래)　　靄靄西陵雨(애애서릉우)　　　　　　　(『風謠續選』)

宮娥(궁아)=궁녀 ◇ 猶(요)=노래하다 ◇ 漳水(장수)=산서성에서 발원하여 하남, 하북성을 거쳐 황하로 드는 강 ◇ 靄靄(애애)=구름이나 연하 등이 길게 뻗친 모양

　궁아의 머리가 세려고 하고
　궁전에서는 노래하고 춤을 추네.
　추풍은 장강 위로 불고
　서릉에는 비가 촉촉이 내리네. ―黃忠基 역

• 李時重(이시중, 조선 후기)

　여항시인. 자 허중(虛中). 호 운래정(雲來亭). 본관은 전주.

아무개의 집에서 만난 기생에게 시를 주다

趙明遠家逢老妓蘇精賦贈(조명원가봉노기소정부증)

妙曲慣飛樑上塵(묘곡관비량상진)　　楚臺雲雨是前身(초대운우시전신)
爾衰我老相逢晚(이쇠아노상봉만)　　同作風流局外人(동작풍류국외인)

(『風謠續選』)

局外人(국외인)=장기나 바둑을 둘 때에 옆에서 구경하는 사람

묘한 가락은 으레 들보 위의 먼지를 날리고
무산에서 즐기던 서왕모는 나의 전신이라네.
그대 쇠약하고 나는 늙어 서로 만남이 늦었으니
함께 풍류를 즐김은 아무런 인연이 없는 듯.—黃忠基 역

• **李廷麟**(이정린, 조선 후기)
　자 중서(仲瑞). 호 삼우당(三友堂). 여항시인.

만리의 풍랑도 겁내지 않네

女醫行首耽羅妓(여의행수탐라기)　　萬里層溟不畏風(만리층명불외풍)
又向金剛山裏去(우향금강산리거)　　香名留在敎坊中(향명유재교방중)

(『凡俗記聞』)

여의의 행수 탐라의 기녀
만 리의 물결치는 바다에 바람을 겁내지 않았네.

또 금강산 속을 향해 가니
향기로운 이름 교방에 머물러 있네. —南晩星 역

____ 제주 기생 만덕(萬德)이 서울에 왔을 때 지은 시이다.

• 紅桃(홍도, 조선 정조)
한성 기녀(妓女).

강선루에 선녀가 하강했나

觀樂(관락)

成都紅妓碧羅裳(성도홍기벽라상)　　幅幅春風步步香(폭폭춘풍보보향)
黃鶴金獅迎起舞(황학금사영기무)　　降仙樓上降仙娘(강선루상강선랑)

『雲楚集』

성천 애떤 기생의 푸른 비단 치마
폭마다 봄바람 일고 걸음마다 향기 나네.
누런 학과 금빛 사자 마주서서 춤을 추니
강선루 위에 선녀가 내린 듯하구나. —金智勇 역

贈浿妓百年春(증패기백년춘)

遲遲鶯啼小杏陰(지지앵제소행음)　　佳人悄坐繡簾深(가인초좌수렴심)
願收春風無恨柳(원수춘풍무한류)　　絲絲綰結百年心(사사관결백년심)

『雲楚集』

遲遲(지지)=해가 긴 모양.

해는 길어 꾀꼬리는 살구 숲에 지저귀고
가인은 초연히 주렴 깊이 앉았구나.
원컨대 봄바람에 버들가지 걸어다가
백년토록 굳은 마음 가지마다 매어볼까. —金智勇 역

• 雲楚(운초, 조선 순조)

성천(成川)의 기생. 호 부용당(芙蓉堂), 추수(秋水). 연천(淵泉) 김이양(金履陽)의 소실. 저서로는 『운초집』(雲楚集)이 있다.

아무래도 친할 수는 없겠네

遊女(유녀)

佳氣瀜瀜萬象新(가기융융만상신)	輕烟澹靄鎖江濱(경연담애쇄강빈)
濃花灼灼桃含雨(농화작작도함우)	嫩葉靑靑柳拂春(눈엽청청류불춘)

佳氣(가기)=서기(瑞氣). 화창한 날씨 ◇ 嫩葉(눈엽)=새로 돋아난 잎

아름다움이 충만한 계절, 만상은 새로운데
가볍고 맑은 안개 냇가에 끼어 있네.
꽃들은 활짝 피고 복사꽃은 비를 머금어
어린 잎 파릇파릇 버들은 봄이 한창

嫋嫋鶯歌勝春會(요뇨앵가승춘회)　　　喃喃燕語報佳辰(남남연어보가진)
香車細逐芳郊草(향거세축방교초)　　　羅襪輕生紫陌塵(나말경생자맥진)

嫋嫋(요뇨)=소리가 가늘게 이어져 끊어지지 않는 모양 ◇ 喃喃(남남)=수다스럽게 말함.

예쁜 꾀꼬리 소리는 봄 잔치보다 더 좋고
재잘대는 제비들은 좋은 계절 알리네
아름다운 수레가 고운 풀밭 길을 가볍게 달려가니
비단 버선엔 길에서 나는 먼지가 살짝 앉았네.

舞袖頻煩牽翠帶(무수빈번견취대)　　　仙醪强醉沾紅脣(선료강취첨홍순)
腰間月珮麒麟玉(요간월패기린옥)　　　頭上輕釵翡翠珍(두상경채비취진)

푸른 띠 띠고 소매 흔들며 춤추면서
억지로 권한 술에 입술은 붉어졌다.
허리에 찬 월패는 기린 구슬이요
머리 위에 비녀는 귀한 보배일세.

畫棟入雲臨水閣(화동입운임수각)　　　蘭舟搖浪採蓮人(난주요랑채련인)
漢南自古多游女(한남자고다유녀)　　　可望香塵不可親(가망향진불가친)

『幽閑堂稿』

香塵(향진)=향기를 띤 티끌. 또는 낙화(落花). 여기서는 기생을 뜻함

채색 기둥은 구름 속에서 수각을 받치고 있고
물결에 흔들리는 예쁜 배에는 연 캐는 여인들
한강 이남은 예로부터 유녀가 많은 곳

향진을 바라볼 수는 있지만 친하지는 못하겠네. —金智勇 역

• 洪幽閑堂(홍유한당, 1791~?)

이름은 원주(原周). 홍인모(洪仁模)와 서영수각(徐令壽閣)의 딸이며 심의석(沈宜錫)의 부인이다. 시재(詩才)에 뛰어나 정서와 긴장미를 띤 작품을 썼다. 저서에 『유한당시고(幽閑堂詩稿)』가 있다.

술 취해 걸으니 허리도 비틀대고

醉妓(취기)

繼舞旋歌出自家(재무선가출자가)　　神魂浩蕩春無涯(신혼호탕춘무애)
烏雲乍亂嬌如手(오운사란교여수)　　玉頰微紅暗妬花(옥협미홍암투화)
酩酊步移纖腰拂(명정보이섬요불)　　朦朧眄轉小刀斜(몽롱면전소도사)
十指弄罷琵琶曲(십지농파비파곡)　　笑說非在反是誇(소열비재반시과)

(『小隱詩稿』)

烏雲(오운)=검은 머리의 형용 ◇ 妬(투)=시새우다 ◇ 纖腰(섬요)=미인의 허리

춤추고 노래하는 것이 제멋대로나
정신과 혼은 호탕하여 님 향한 정은 끝이 없네.
검은 머리 잠깐 흔들리고 손은 아양 떠는 듯하나
옥 같은 뺨에 살며시 홍조 띠는 시새우는 꽃이로다.
술 취해 걸으니 부드러운 허리도 비틀대고
몽롱해 곁눈질하니 작은 칼날 비낀 듯
열 손가락 비파곡 타기 멈추니

웃음소리에 노래는 오히려 묻히는구나. ―黃忠基 역

贈義城妓(증의 성기)

二八佳人字斑玉(이팔가인자반옥)　　雪膚花貌獨專春(설부화모독전춘)
幽香暗淺莊生蝶(유향암설장생접)　　長憶芳名謾惱神(장억방명만뇌신)

『小隱詩稿』

莊生蝶(장생접)=장주의 나비. 장주지몽(莊周之夢)을 말함. 장주가 꿈에 나비가 되었다가 깬 뒤에, 원래 인간인 자기가 꿈에 나비가 됐는지, 원래 나비인 자기가 꿈에 인간이 됐는지, 양자의 판단에 애썼다는 고사에서 나온 말로, 나와 외물(外物)은 본디 하나로서 현실은 그 분화(分化)임을 비유하여 일걸음.

　열여섯 나이의 아가씨 자는 반옥으로
　눈 같은 살결과 아름다운 얼굴로 젊음을 독차지했네.
　그윽한 향기를 몰래 풍기는 장주의 나비처럼
　꽃다운 이름이 공연히 번거롭게 오래 기억하게 하누나. ―黃忠基 역

• 鄭守赫(정수혁, 1800~1871)
　자 의호(宜護). 호 소은(小隱). 여항시인.

화가 나서 등불을 들고 가버리다니

非我無情老更衰(비아무정노갱쇠)　　如何低首漫猜疑(여하저수만시의)
空然含怒携燈去(공연함노휴등거)　　正是鷄鳴月落時(정시계명월락시)

『錦溪筆談』

低首(저수)=고개를 숙임

내 정이 없는 게 아니라 늙고 또 쇠약해서 그러는데
어찌하여 보지도 않고 교만하고 시기하는가?
공연히 화가 나서 등불을 들고 가버리니
이때가 바로 닭이 울고 달이 지는 시간이었지. ―宋淨民 外 역

━━ 시관(試官)으로 진주에 이르렀을 때 친구 이항익(李恒翼)이 기생 비봉(飛鳳)으로
하여금 수청을 들게 하자, 장난으로 지어준 시이다.

雪後桃源信不通(설후도원신불통)　　向來離別太忽忽(향래이별태홀홀)
情知明日應相見(정지명일응상견)　　馬首靑山入望中(마수청산입망중)

向來(향래)=이제까지

눈 온 뒤의 무릉도원엔 서신도 끊어지고
지난번 이별은 너무도 빨랐었지.
맺어진 정 알고 있지 내일이면 다시 만나보리.
말머리를 청산으로 돌려 그리운 품으로 들어가지.

宜春三月百花開(의춘삼월백화개)　　客路經旬今始回(객로경순금시회)
問爾相思如我否(문이상사여아부)　　明朝須趁送轎來(명조수진송교래)

趁(진)=편승하다

의령의 춘삼월엔 온갖 꽃이 피어나는데
나그네 길 떠난 지 수십 일 지금에야 돌아왔네.

물어보자 그대 나를 생각함도 나만큼이나 깊은지?
내일 아침엔 꼭 보내는 가마를 타고 내게로 오려무나.

手中扇子隔江招(수중선자격강초)　　送汝桃園望更遙(송여도원망갱요)
有意無情猶昨日(유의무정유작일)　　相思不見自今朝(상사불견자금조)
宿緣難登三生石(숙연난등삼생석)　　別路還同萬里橋(별로환동만리교)
後夜那堪郡齋裏(후야나감군재리)　　滿庭脩竹雨蕭蕭(만정수죽우소소)

(『錦溪筆談』)

손에 든 부채로 강 건너 임을 불러오고
그대를 도원으로 보내자니 바라볼수록 아득하네.
속으로 무정하구나, 라는 생각은 어제와 같고
서로 그리워하면서 보지 못하게 되는 것은 오늘과 같구나.
오랜 인연은 세 번 돌아난 돌로도 증명하기 어렵고
헤어져 돌아서는 길은 먼먼 다리를 건널 때와 같구나.
이제 밤마다 어떻게 고을집 안에서 견디랴?
정원 가득히 가꾼 대나무엔 빗소리만 쓸쓸하겠네. ─宋淨民 外 역

무릉 기생 영희(英姬)에게 준 시 3수이다.

義娘之巖高復高(의낭지암고부고)　　石臺如盤面江皐(석대여반면강고)
上聳百尺之飛閣(상용백척지비각)　　下臨千尋之層濤(하림천심지층도)
憶昔龍年値陽九(억석용년치양구)　　晉陽被圍相持久(진양피위상지구)
羣倭蝟集砲火飛(군왜위집포화비)　　肉薄登城恣蹧柔(육박등성자리유)
積屍塡巷血流津(적시전항혈류진)　　白晝昏黑漲烟塵(백주혼흑창연진)
義膽忠肝凡幾鬼(의담충간범기귀)　　七萬人中稱三人(칠만인중칭삼인)

是時英烈出娼家(시시영렬출창가)   其名論介顏如花(기명논개안여화)

偸生還恥遭汚辱(투생환치조오욕)   引頸寧俟賊刃加(인경영사적인가)

褰裳直到南江上(건상직도남강상)   獨立峭巖誰與抗(독립초암수여항)

紅粧體冶照水姸(홍장체야조수연)   翠袖嬋姸隨風颺(취수선연수풍양)

緣崖粉堞俯澄湖(연애분첩부징호)   賊皆環視空趑趄(적개환시공지주)

中有倭酋號驍勇(중유왜추호효용)   躡下層梯捷如鼯(섭하층제첩여오)

方其來前佯歡喜(방기래전양환희)   抱腰回旋翻投水(포요회선번투수)

殲厥巨魁不勞兵(섬궐거괴불로병)   豈知一妓能辦此(기지일기능판차)

蛾眉到此死猶榮(아미도차사유영)   至今汗靑留芳名(지금한청유방명)

廟門棹楔仍俎豆(묘문도설잉조두)   敎坊生色揚風聲(교방생색양풍성)

君不見(군불견)   宋朝義娼毛惜惜(송조의창모석석)

爲國效死奮罵賊(위국효사분매적)   正氣鍾人無貴賤(정기종인무귀천)

又況介娘超巾幗(우황개랑초건괵)   今我試登矗石樓(금아시등촉석루)

盡日絲管添客愁(진일사관첨객수)   尙想芳魂游巖畔(상상방혼유암반)

萬古山靑江自流(만고산청강자류)

(『錦溪筆談』)

龍年(용년)=임진왜란을 말함 ◇ 陽九(양구)=재앙을 말함. 음양가(陰陽家)가 수리(數理)에서 풀어낸 말. 양액(陽厄) 다섯과 음액(陰厄) 넷을 합하여 아홉으로 함 ◇ 蝟集(위집)=고슴도치의 털처럼, 사물이 많이 모임을 말함 ◇ 粉堞(분첩)=하얗게 칠한 성가퀴 ◇ 趑趄(지주)=머뭇거림 ◇ 俎豆(조두)=제사를 지냄

논개양의 의암은 높고 또 높아

서대는 반석같이 남강 언덕에 자리 잡았다.

위에는 백 자가 넘는 누각이 나는 듯이 솟아 있고

아래는 천 길이 넘는 깊은 물이 닿아 있네.

생각하면 임진왜란에 재앙을 당하여서

진양이 포위되어 오래도록 버티었으나

왜적들이 떼를 지어 대포를 날려
육박전으로 성에 올라 마음대로 짓밟았다.
시체가 마을을 메우고 피가 강나루처럼 흘렀고
한낮이 밤처럼 어둡고 전화가 고을에 사무쳤다.
의사와 충신들이 거의 다 희생되고
칠만 명 희생자 중에도 3인을 칭송한다.
이럴 때 뛰어난 정렬이 기생집에서 나오니
그 이름은 논개로 아름다운 얼굴이 꽃과 같아
목숨 아끼는 것을 도로 부끄러워하며 모욕을 당하며
목을 끌어 차라리 적의 칼 맞는 것을 기다린다.
옷을 걷어쥐고 바로 남강으로 달려 나가서
혼자 가파른 바위에서 누구와 대항하자는 것인지?
붉게 단장한 몸매가 물에 비치어 아름답고
푸른 옷자락이 부드럽게 늘어져 바람에 나부낀다.
가파른 언덕에 모여 밝은 물결을 굽어보던
왜적들은 다 돌아보며 머뭇거리기만 하는데
그중에 왜 우두머리 날랜 장수라고 불리는 놈이
아래 층층이 사다리를 밟으며 박쥐처럼 빨리 오네.
논개는 그놈이 오자 거짓으로 기뻐하는 체 다가가서
그 허리를 껴안고 빙 돌며 물속에 몸을 던져
그 장수를 죽이는 데 한 군사도 수고롭게 하지 않으니
어찌 한 기생의 몸으로 이런 큰일을 할 줄 알았으랴?
예쁜 논개의 의거가 이러니 죽어도 오히려 영광스럽고
지금도 값진 자취는 꽃다운 이름을 남겼구나.
사당 문을 열고 들어가 제사를 드리노라니
교방들의 생색은 신바람 소리를 드날리네.

그대는 보지 못하였는가?

저 송나라 때 기생 모석석이가

나라를 위하여 몸 바칠 때 힘껏 적을 꾸짖던 일을

바른 기운에 모인 사람은 귀천이 없는 것

하물며 논개 아가씨는 여자 관원보다도 뛰어났지

지금 나는 촉석루에 올라와서

해가 지도록 가야금을 뜯으나 나그네 설음은 더하구나.

아직도 논개의 꽃다운 넋은 의암 기슭에 놀겠는데

영원한 산은 푸르르고 강물은 저절로 하염없이 흘러가네. ─宋淨民 外 역

• 徐有英(서유영, 1801~?)

호 운고거사(雲皐居士). 벼슬은 경상도 의령(宜寧)의 수령을 지냈다. 편저에 『금계필담(錦溪筆談)』이 있다.

춤추고 노래하던 것, 다 예전 일이네

老妓(노기)

舞衫歌扇舊生涯(무삼가선구생애)   少日風情未肯衰(소일풍정미긍쇠)
不識傍人驚老醜(불식방인경노추)   含嬌猶自妒蛾眉(함교유자투아미)

(『恩誦堂集』)

춤추고 노래하던 것이 다 예전 일

젊어서의 풍정이 쇠약하다 수긍하기 어렵네.

곁에 사람들도 놀라며 늙고 추하게 된 것을 알지 못해

미소를 머금고 곱게 단장한 것을 오히려 즐거워하네. —黃忠基 역

• 李尙迪(이상적, 1804~1865)

자 혜길(惠吉). 호 우선(藕船). 시인. 그의 시는 초당(初唐)·만당(晚唐) 시대의 영향을 받아 서곤체시(西崑體詩)에 능하여 섬세하고 화려한 것이 특징이었으며, 특히 헌종(憲宗)도 애송했으므로 그의 문집을 『은송당집(恩誦堂集)』이라고 이름했다. 그 밖에도 고완(古玩), 묵적(墨滴), 금석(金石) 등에도 조예가 깊었다.

가릉의 기생 연홍에게 주다

贈嘉陵妓蓮紅(증가릉기연홍)

死猶不死鄭公名(사유불사정공명)　　生亦捐生義妓聲(생역연생의기성)
城上降旛多世祿(성상항번다세록)　　小紅元不被恩榮(소홍원불피은영)

　　　　　　　　　　　　　　　　　　　(『枕雨堂集』)

捐生(연생)=목숨을 버림 ◇ 降旛(항번)=항복한다는 뜻을 나타내는 흰 기. 백기(白旗)

죽었어도 오히려 죽지 아니한 정공의 이름
살 수 있었어도 목숨을 버린 의기의 명성
성에 백기를 든 사람들은 나라의 녹을 많이 받았으나
어린 연홍은 나라의 은영을 받은 일 없네. —黃忠基 역

• 張之琬(장지완, 1806~1858)

자 여영(汝英). 호 침우당(枕雨堂), 비연(斐然). 여항시인. 장지완은 시에서 개성을 강조함으로써 여항문학의 존재가치를 강력히 옹호했다. 이렇게 함으로써 이 세상

에 누구라도 지닐 수 있는 개성의 문제로 환원함으로써 여항문학이 근본적으로 안고 있는 신분적 차별이라는 난점을 극복하려는 시도로 파악할 수 있다. 저서에 『침우당집(枕雨堂集)』이 있다.

기생 가련을 두고 지은 시

可憐妓詩(가련기시)

可憐行色可憐身(가련행색가련신)　　可憐門前訪可憐(가련문전방가련)
可憐此意傳可憐(가련차의전가련)　　可憐能知可憐心(가련능지가련심)

(『歷代韓國愛情漢詩選』)

가련한 차림새에 가련한 몸이
가련의 집 문 앞에서 가련을 찾았네
가련한 이 마음을 가련에게 알리면
가련이는 가련한 이내 마음 알겠지. ─韓詰熙 역

▬ 가련(可憐)이란 기생에게 가련한 정을 호소한 것.

暗夜訪紅蓮(암야방홍련)

探香狂蝶半夜行(탐향광접반야행)　　百花深處摠無情(백화심처총무정)
欲採紅蓮南浦去(욕채홍련남포거)　　洞庭秋波小舟驚(동정추파소주경)

(『歷代韓國愛情漢詩選』)

향기 찾는 미친 나비 밤중에 쏘다니나

온갖 꽃이 깊은 곳에서 모두 무정하더니,

홍련을 캐고자 남포로 가니,

동정호 가을 물결에 작은 배가 놀라더라. ─韓喆熙 역

▨ 홍련이란 기생에 마음이 있어 지은 시이다.

贈妓(증기)

却把難同調(각파난동조)	還爲一席親(환위일석친)
酒仙交市隱(주선교시은)	女俠是文人(여협시문인)
太半衿期合(태반금기합)	成三意態新(성삼의태신)
和携東郭月(화휴동곽월)	醉倒落梅春(취도낙매춘)

(『歷代韓國愛情漢詩選』)

酒仙(주선)=세속에 구애되지 아니하고 두주(斗酒)로써 낙을 삼는 사람 ◇ 市隱(시은)=
세상을 피하여 시중에 숨어 사는 사람 ◇ 衿(금)=잡아매다

처음엔 어울리기 어렵더니

도리어 한 자리에 친해졌네

주선이 시은과 사귀었고

여장부가 바로 문장객일세

태반이나 의기가 서로 합했고

셋을 이루니 의태가 새롭구나.

동쪽에 떠오르는 달빛에 손을 맞잡고

매화꽃 떨어지는 봄에 취해 쓰러지세나. ─韓喆熙 역

贈老妓(증노기)

萬木春陽獨抱陰(만목춘양독포음)	聊將殘愁意惟深(요장잔수의유심)
白雲古寺枯禪夢(백운고사고선몽)	明月孤舟病客心(명월고주병객심)
嚬亦醜衰多見罵(빈역추쇠다견매)	唱還啁哳少知音(창환주찰소지음)
文章到此猶如此(문장도차유여차)	擊節靑樓慷慨吟(격절청루강개음)

(『歷代韓國愛情漢詩選』)

啁哳(주찰)=새가 지저귐. 또는 그 소리 ◇ 知音(지음)=거문고 소리를 듣고 그 의취를 분간하여 안다는 뜻으로, 자기의 마음을 잘 알아주는 친한 벗을 일컫는 말

온갖 초목 봄볕인데 그대 홀로 그늘을 안았으니
늙음을 슬퍼하여 시름이 깊었구나.
흰 구름 낡은 절에 고선의 꿈인 듯
밝은 달 외론 배에 병들어 누운 나그네 마음.
찡그려도 볼꼴 없어 꾸지람 많이 받고
노래해도 신통찮아 알아주는 이 없더라.
문장 또 생각하니 이와 같다 할까,
무릎 치며 청루에서 강개로이 읊으노라. ―韓喆熙 역

與平壤妓(여평양기)

平壤妓生何所能(평양기생하소능) (金笠)

能歌能舞又能詩(능가능무우능시) (妓生)

能能其中別無能(능능기중별무능) (金笠)

月夜三更呼夫能(월야삼경호부능) (妓生)

(『韓國愛情詩選』)

평양 기생이 잘하는 게 그 무엇인가?

노래 춤도 잘하고 시도 잘하죠
잘하고 잘한대도 신통찮은걸
한밤중에 임 부르기 능숙하지요 —韓喆熙 역

━ 평양 기생과 같이 지은 시이다.

難避花(난피화)

青春抱妓千金芥(청춘포기천금개)　　白日當樽萬事雲(백일당준만사운)
鴻飛遠天易隨水(홍비원천이수수)　　蝶過青山難避花(접과청산난피화)

(『歷代韓國愛情漢詩選』)

청춘에 기생 안으니 천금이 검불이요
대낮에 술잔을 드니 만사가 구름이로다.
기러기 하늘 멀리 날으니 물을 따르기 쉽고
나비가 청산을 지나니 꽃을 피하기 어렵네. —韓喆熙 역

與扶餘妓(여부여기)

白馬江頭黃犢鳴(백마강두황독명) (金笠)
老人山下少年行(노인산하소년행) (妓生)
離家正初今三月(이가정초금삼월) (金笠)
對客初更今三更(대객초경금삼경) (妓生)
澤裏芙蓉深不見(택리부용심불견) (金笠)
園中桃花笑無聲(원중도화소무성) (妓生)
良宵佳興比於孰(양소가흥비어숙) (金笠)
紫午山頭月正明(자오산두월정명) (妓生)

(『歷代韓國愛情漢詩選』)

백마강 머리에는 황송아지가 울고

노인산 아래엔 소년이 다니네.

정초에 집 떠났는데 지금에 석 달이요

초저녁에 손 맞았는데 벌써 한밤중 되었소이다.

연못 속의 연꽃은 깊어서 못 보겠고

동산에 복사꽃은 웃어도 소리 없죠

이 좋은 밤 즐거운 흥을 누구에게 비할까

자오산 머리에 달이 한창 밝아요 —韓喆熙 역

―― 부여의 기생과 같이 지은 시이다.

• 金炳淵(김병연, 1807~1863)

  자는 성심(性深). 호는 난고(蘭皐). 속칭 김삿갓. 방랑시인. 홍경래의 난 때 조부
가 홍경래에게 항복한 죄로 폐족(廢族)되고, 자손들의 벼슬길이 막히자 젊어서부
터 전국을 방랑, 재치 있는 시구로 세상을 풍자했으며, 도처에 해학과 풍자가 담
긴 많은 작품을 남겼다.

말 타고 달리는 재주를 가진 기생에게

馳馬妓(치마기)

馬上佳人鞚半斜(마상가인공반사)　　龍灣館外簇細車(용만관외주세거)

風翻翠袖疑翩燕(풍번취수의편연)　　樹拂青鬟欲墜鴉(수불청환욕추아)

此日揚鞭明府席(차일양편명부석)　　當時脫劍隱娘家(당시탈검은낭가)

邊門嬉戱關戎事(변문희희관융사)　　猶勝金蓮步步花(유승금련보보화)

『皎亭詩集』

말 위의 아가씨 재갈을 반쯤 드리우고
용만관 밖엔 수레들이 번거롭게 모여 있네.
바람에 펄럭이는 푸른 소매 빠른 제비 같고
술 많은 검은 머리는 까마귀가 떨어질 것만 같구나.
이날 태수 앞에서 말을 기운차게 몰며
그때 칼을 벗고 아가씨의 집으로 숨는구나.
모퉁이의 문 앞에서 관용의 일을 즐겨 웃김은
미인이 사뿐사뿐 걷는 발걸음보다 뛰어나구나. ─黃忠基 역

老妓(노기)

春風隨伴踏歌歸(춘풍수반답가귀) 　短鬢簪花露滴衣(단빈잠화노적의)
回首秦淮多少榭(회수진회다소사) 　門庭依舊主人非(문정의구주인비)

『皎亭詩集』

秦淮(진회)=중국 강소성 강녕현(江寧縣)에 있는 강. 술집을 가리킴

봄바람 따라 두 발로 장단 맞춰 노래하며 돌아오니
짧은 머리에 꽂은 꽃과 옷이 물방울에 젖는구나.
고개 돌려 얼마간의 술집들을 돌아보니
뜰 앞의 문에 기대어보니 옛 주인이 아닐세. ─黃忠基 역

• 玄鎰(현일, 1807~1876)

자 만여(萬汝). 호 교정(皎亭). 문신. 음보로 연천 군수를 거쳐 지중추부사에 이르렀다. 시문에 뛰어났다. 저서에 『교정시집(皎亭詩集)』이 있다.

황진이의 무덤에서

黃眞墓(황진묘)

年年花發女娘春(연년화발여랑춘)	肯遣香魂共作塵(긍견향혼공작진)
當日剛腸能幾箇(당일강장능기개)	後來癡想亦吾人(후래치상역오인)
有才難掩詩相弔(유재난친시상조)	失勢猶應笑帶嚬(실세유응소대진)
欲比虎邱楡莢路(욕비호구유협로)	千秋雨地字同眞(천추우지자동진)

(『夏園詩鈔』)

楡莢(유협)=느릅나무의 잎이 나기 전에 가지 사이에 나는 꼬투리. 또는 그렇게 생긴 한대(漢代)의 돈. 유협전(楡莢錢).

해마다 꽃은 피지만 아가씨 그리는 정 생각나
즐겨 풍기던 향혼 이제는 진토가 되었네.
그때의 커다란 배짱 얼마나 되었는지
후에 나처럼 어리석은 생각하는 사람 또 있을까?
재주 있으나 나타내기 어려워 시로써 위로하니
형편 어려워도 성낼 것도 웃음으로 응답하네.
호구나 유협에 비유하고자 하나
오랜 세월을 은혜가 넘치는 곳에서 변하지 않는구나. ─黃忠基 역

• **鄭芝潤**(정지윤, 1808~1858)

　자 경안(景顔). 호 하원(夏園). 시인. 규칙적인 생활을 싫어하는 자유분방한 성격으로 평생 포의시객으로 만족했고, 두뇌가 명석하여 아무리 뜻이 깊고 어려운 문장도 한번 훑어보고 그 요지를 깨달았으나 모르는 것처럼 겸손했다. 그의 시풍은 권력이나 금력에 대한 저항 속에 날카로운 풍자와 야유로 일관하여 많은 일화가 전해지고 있다. 또한 번거로운 문장이나 허황한 형식을 배격, 간결한 가운데 높

은 격조를 담은 시를 썼다. 저서에 『하원시초(夏園詩鈔)』가 있다.

칠석에 춤추는 기생을 보며

七夕觀妓舞(칠석관기무)

綺羅香動繡簾前(기라향동수렴전)　　樽酒成歡亦偶然(준주성환역우연)
一葉秋生金井樹(일엽추생금정수)　　雙星晚度絳河天(쌍성만도강하천)
西京舊客揚州夢(서경구객양주몽)　　南國佳人碧玉年(남국가인벽옥년)
重歎流光留不得(중탄유광유부득)　　白頭紅頰兩堪憐(백두홍협양감련)

(『歷代韓國愛情漢詩選』)

雙星(쌍성)=견우성과 직녀성을 일컬음 ◇ 揚州夢(양주몽)=당나라의 두목(杜牧)이 번화
한 양주에서 놀던 일을 시로 추회(追懷)한 고사

비단 향기가 발 앞에 감도는데
우연히도 만나서 통술로 즐기네.
오동나무 한 잎 져서 가을을 알리는데
견우 직녀 느지막이 은하수를 건너누나.
서경의 옛 나그넨 양주의 꿈을 간직했는데
남국의 고운 이는 한참 젊은 때일세.
흐르는 세월 불잡을 수 없음을 거듭 탄식하노니
흰머리 붉은 뺨이 둘 다 애처롭네.—韓詰熙 역

● 鄭顯德(정현덕, 1810~1883)

자 백순(伯純). 호 우전(雨田). 대신. 대원군이 집권하자 그의 심복으로 이조참의

를 역임하는 동안 배일운동의 선봉에 나섰다. 후에 대원군이 실각하자 파면되어 유배된 뒤에 사사되었다.

가을날에 금원에게 보내는 시

秋日寄錦園(추일기금원)

一陣哀鴻向晩多(일진애홍향만다)	江雲嶺樹斷腸何(강운영수단장하)
相思淚灑東流水(상사누쇄동류수)	去作三湖別後波(거작삼호별후파)
月明無限此宵多(월명무한차소다)	雨地深懷較若何(양지심회교약하)
欲借星槎來夢裏(욕차성사내몽리)	莫敎河漢動新波(막교하한동신파)

『竹西詩集』

星槎(성사)=먼 나라로 항해하는 선박. 세계를 주유하는 배 ◇ 河漢(하한)=은하수.

한 떼의 슬픈 기러기 해 저무니 더욱 많고
강구름 아래 산마루 숲에서 어찌 애태우고 있는가.
그리움에 흘린 눈물 동류수에 뿌리니
삼호정에 흘러가서 파도를 일으키렴.

달은 밝아 끝없이 이 밤을 비추는데
너와 나의 깊은 시름 견주면 어떠할까
성사를 빌려 타고 꿈 가운데 오더라도
은하수 새 물결에 움직이지 말게 하오. ─金智勇 역

▬ 금원(錦園)은 금앵(錦鶯)이라고도 하며, 원주(原州) 기생. 김덕희(金德熙)의 소실
이다.

• 朴竹西(박죽서, 1819~?)

　　호 반아당(半啞堂). 박종언(朴宗彦)의 서녀로 서기보(徐箕輔)의 소실. 『죽서시집』(竹西詩集)이 있다.

열심히 배워도 춤추지 못하다니

　　掌中學舞終難得(장중학무종난득)　　　豈有人間鐵掌人(기유인간철장인)

(『朝鮮解語花史』)

　　손 놀려 춤 배우나 춤추지 못하니
　　인간에 어찌 철장의 사람 있을쏜가. ─ 李在崑 역

▬　한성(漢城) 기생 조비연(趙非燕)은 시재(詩才)가 있고 노래를 잘 불렀다. 몸이 살쪄서 춤을 추지 못했기에 스스로 민첩함이 조비연(趙飛燕)만 같지 못하다고 비연(非燕)이라 하였다. 이석전(李石田)이 음율에 밝았기에 비연이 지음(知音)으로 인정했다. 석전이 조롱해서 지은 시이다.

　　이에 조비연이 석전에 화답하여 지은 시는 다음과 같다.

過李上舍石田古宅(과이상사석전고택)

　　唐宮人說玉環肥(당궁인설옥환비)　　　恩寵那由掌上舞(은총나유장상무)

(『朝鮮解語花史』)

玉環(옥환)＝양귀비의 유명(幼名)

　　사람들은 당나라 궁녀 옥환이 살쪘다 했지만

은총이야 어찌 이 춤에서 얻어지랴. —李在崑 역

• **李最善**(이최선, 1825~1883)

호 석전(石田). 학자.

장막을 치고 기생을 보다니

隔帳觀妓(격장관기)

複斗蟬紗似碧烟(복두선사사벽연)　　輕籠蟾月護嬋娟(경농섬월호선연)
含情莫要分明見(함정막요분명견)　　見不分明更可憐(견불분명갱가련)

　　　　　　　　　　　　　　　　　　　　(『夢觀詩稿』)

매미 날개 같은 복두 푸른 연기와 닮아

가벼운 세간에 비친 달 아름다움 감싸는 듯

정다운 눈길 분명하게 보기를 강요하지 말게

보아 분명하지 않으면 또 불쌍하지 않은가? —黃忠基 역

• **李廷柱**(이정주, 조선 헌종~철종)

자 석노(石老). 호 몽관(夢觀). 여항시인. 어려서부터 시를 좋아했으며, 한편으로
고인(古人)의 사장(詞章)을 즐겨 초사(抄寫)했다고 한다. 약관의 나이에 종제(從弟)들
과 어울려 시를 수창하는 등 문학적 재능을 연마하는 데 끊임없이 힘썼다. 그가
특히 만당(晩唐)·만명(晩明)의 작품을 좋아했다는 것은 그의 시세계가 만당풍이라
는 평가와 연결시켜볼 수 있을 것이다.

시기 소란과 반나절의 시를 말하며

碧寰過海州訪詩妓小蘭半日論文 別後未能忘情
寄贈名媛詩歸 全秩亦一韻事
(벽환과해주방시기소란반일논문 별후미능망정
기증명원시귀 전질역일운사)

抹月批風耀筆端(말월비풍요필단)　　玉顔容易錦心難(옥안용이금심난)

薛濤去後三千載(설도거후삼천재)　　始聞西凉有小蘭(시문서량유소란)

抹(말)=지나가다 ◇ 批(비)=밀다. 굴러가게 하다 ◇ 錦心(금심)=비단같이 아름다운 마음
◇ 薛濤(설도)=당대(唐代)의 여류시인. 음률과 시문에 능하여 백거이 · 원진 · 유우석 등
당시의 명사들과 사귀었으며, 특히 원진과 친하였으나 원진이 좌천된 뒤에는 촉(蜀)의
완화계에서 여생을 보내다 성도(成都)에서 죽었다.

지나가는 달과 바람이 붓 끝에 비쳐
아름다운 얼굴 꾸미기야 쉬우나 비단결 같은 마음은 어렵네.
설도가 간 지 삼천 년 뒤에
서량에 소란이 있음을 처음 들었네.

和靖吟鞭海畔廻(화정음편해반회)　　尋春忘却夕陽催(심춘망각석양최)

他時恐被梅妻妬(타시공피매처투)　　未換千金駿馬來(미환천금준마래)

和靖(화정)=중국 송(宋)나라 윤돈(尹焞)의 호 ◇ 吟(음)=시(詩)

화정의 시(詩)가 바닷가를 급히 되돌아와도
정 생각하기를 잊고 저녁이 되기를 재촉하네.

언젠가 매처의 시기함을 입을지 두려워도
천금준마와도 바꾸지 않으리.

詩情未盡夢中攄(시정미진몽중터)　　憑問平安少別餘(빙문평안소별여)
金谷尋常珠十斛(금곡심상주십곡)　　爭如名媛一局書(쟁여명원일국서)

(『碧梧堂遺稿』)

攄(터)=생각을 나타내다

시정이 미진하여 꿈속에서도 생각나서
잠시 헤어진 여가에도 평안한가를 묻네.
금곡의 열 곡의 구슬이라도 대수롭지 않아
이름난 미인이라면 한 편의 글로 마땅히 우열을 겨뤄야지. ―黃忠基 역

次題 嘉山故倅鄭蓍殉節 郡妓蓮紅 冒賊鋒收骸 詩卷後
(차제 가산고쉬정시순절 군기연홍 모적봉수해 시권후)

生者偏因死者榮(생자편인사자영)　　十行恩綍簸風聲(십행은발파풍성)
凄凉楚些關西月(처량초사관서월)　　學語女娘爭誦名(학어여랑쟁송명)

(『碧梧堂遺稿』)

十行(십행)=천인(千人)을　일컫는　말 ◇ 綍(발)=밧줄 ◇ 簸(파)=까불리다 ◇ 楚(초)=곱고
선명하다

산 자에게는 온전치 못하나 죽은 자에게는 영예가 되어
많은 사람들의 은혜가 바람소리에 까불리네.
처량하고 고운 관서의 달을
아가씨는 다투어 외우고 배우네. ―黃忠基 역

• **羅岐**(나기, 1828~1874)

자 봉래(蓬萊). 호 손암(孫庵). 여항시인.

관기 매향과 이별하며 장난삼아 주다

戱而贈別官妓梅香(희이증별관기매향)

已聞名字雪中宜(이문명자설중의)　　我爲看花不折枝(아위간화부절지)

副急淚流今別後(부급누류금별후)　　雲情雨意向誰移(운정우의향수이)

(『嘯堂遺稿』)

이름과 자가 과연 눈 속에 피는 꽃에 합당하다는 말 이미 들어

나는 꽃을 보고자 하니 가지는 꺾지 않으리.

급하게 눈물 흘려 이제 이별한 다음에

우리 사이의 연정을 누구에게 옮길까?　—黃忠基 역

題名妓銀河月墓碑(제명기은하월묘비)

歌舞當年擅美姿(가무당년천미자)　　聞香那得返魂時(문향나득반혼시)

至今過此風流子(지금과차풍류자)　　墮淚多於峴首碑(타루다어현수비)

(『嘯堂遺稿』)

返魂(반혼)=장사지낸 후에 신주를 모시고 돌아오는 일. 반혼향(返魂香)을 피우면 죽은 사람의 혼을 불러올 수 있다고 함.

노래하고 춤추던 때 아름다운 자태 독차지하더니

반혼 때 어찌 훌륭한 향내를 맡을 수 있으랴?
지금 이곳을 지나는 풍류 재자들
현산 마루의 타루비를 칭찬하네. —黃忠基 역

• 金逈洙(김형수, 조선 철종)

　자 치명(稚明). 호 소당(嘯堂). 여항시인. 본관은 경주(慶州). 기술직 중인의 집안
으로 관직에 나가지 아니하였다. 그의 시는 자연과 생활 주변의 소소한 사실, 당
시 여항인들과의 관계를 소재로 한 것들이 있다. 서울에서 나고 자랐지만 농업에
특별히 관심이 많았던 것 같다. 저서에 『소당유고(嘯堂遺稿)』가 있다.

절개를 지킨 기생이 죽은 바위에서

義妓巖(의기암)

巖激千層海浪痕(암격천층해랑흔)	雲疑舞袖舊時翻(운의무수구시번)
昇平誰識戰場苦(승평수식전장고)	粉黛猶爲忠義魂(분대유위충의혼)

(『丹泉集』)

粉黛(분대)=분과 눈썹 그리는 먹. 아름답게 화장한 미인을 비유하여 일컫는 말

바위에 높은 파도가 부딪친 흔적 있어
구름은 예전에 춤추던 옷자락으로 의심케 하네.
나라가 태평하면 누가 전장의 괴로움 알리
여자가 오히려 충의의 넋이 되는 것을. —黃忠基 역

次戲贈春妓韻(차희증춘기운)

遨遊誰善戲(요유수선희)	花柳方春事(화류방춘사)
臨別贈瓊琚(임별증경거)	風流何所愧(풍류하소괴)

瓊琚(경거)=훌륭한 선물

좋아하는 놀이를 누구와 더불어 놀까
붉은 꽃과 푸른 버들은 바로 봄의 흥취네.
이별할 때에야 좋은 선물은 주니
풍류가 무엇이 부끄러운가.

去留無乃戀(거류무내연)	記興一題詩(기흥일제시)	
莫向樓頭望(막향루두망)	還添笑詒資(환첨소이자)	(『丹泉集』)

詒(이)=주다. 전하다

가거나 머물거나 오히려 그리워하여
흥취를 시로 지어보네.
누상(樓上) 쪽을 쳐다보지 말고
도리어 웃어 마음이나 편하게 도와주게나. ─黃忠基 역

翌朝觀風閣邀咸悅使君設女伶樂(익조관풍각요함열사군설 여령락)

高閣烟嵐捲(고각연람권)	晚風簫鼓鳴(만풍소고명)
政知重宴設(정지중연설)	爲有上賓迎(위유상빈영)
舞學新羅曲(무학신라곡)	歌傳百濟聲(가전백제성)

煩襟殊灑落(번금수쇄락)　誰道際三庚(수도제삼경)　　　(『丹泉集』)

三庚(삼경)=삼복더위

높은 누각에 저녁 안개 걷히고
저녁 바람에 풍악 소리 울리네.
거듭되는 잔치가 있음을 알리고
귀한 손님을 맞이하네.
춤은 신라의 가락을 배웠고
노래는 백제의 소리를 전하네.
번민하는 마음속을 깨끗이 씻어내니
누가 삼복더위임을 말하랴 ─黃忠基 역

聞咸悅夜有伴宿妓名雲仙(문함열야유반숙기명운선)

十二巫山媚楚天(십이무산미초천)　　彩雲高處有眞仙(채운고처유진선)
聞風想慕人咸悅(문풍상모인함열)　　不獨襄王夢屢懸(부독양왕몽루현)

　　　　　　　　　　　　　　　　　　　(『丹泉集』)

咸悅(함열)=전라북도 익산(益山)에 있는 고을 이름

무산 십이 봉 초나라가 아름다워
아름다운 구름 떠 있는 높은 곳에 진짜 신선 있다네.
함열에 생각나는 그리운 사람 있단 말 바람결에 듣고
홀로 양왕의 꿈 자주 꾸는 것 헛되지 않네. ─黃忠基 역

• 庾玹(유현, 조선 철종)
　자 현옥(玄玉). 호 단천(丹泉). 여항시인. 저서에 『단천집(丹泉集)』이 있다.

기생 취향의 부채에 한 구절 써주다

聞日本修信之行 謾吟一絶 題赴站妓翠香團扇
(문일본수신지행 만음일절 제진참기취향단선)

願作東流水(원작동류수)　　滔滔入海流(도도입해류)
風波如坦道(풍파여탄도)　　無恙護行舟(무양호행주)
　　　　　　　　　　　　　　　　　　　『只在堂集』

坦道(탄도)＝평탄한 길

원컨대 동쪽으로 흐르는 물 되어
도도히 동해로 흘러 들어가
풍파를 평탄한 길로 만들어
탈 없이 가는 배 지켜주소서. ─金智勇 역

翠娘家秋夜讌飮(취랑가추야연음)

金樽酒熟菊花香(금준주숙국화향)　　留客秋燈坐夜長(유객추등좌야장)
將進一盃還住手(장진일배환주수)　　指尖輕時適溫涼(지첨경시적온량)
　　　　　　　　　　　　　　　　　　　『只在堂集』

금단지에 술 익고 보니 국화 향기
가을 등잔 깊은 밤에 손과 함께 맞았으니
다시 한 잔 권하려다 잠깐 손을 멈추고
손가락 끝 살짝 담가 술 더운가 저어보네. ─金智勇 역

南山寒食哭臭艶墓(남산한식곡취염묘)

寒食無人哭杜鵑(한식무인곡두견)	巖花垂露淚涓涓(엄화수로누연연)
可憐一片墳前月(가련일편분전월)	曾照歌筵與舞筵(증조가연여무연)
日暮東風鷰子回(일모동풍연자회)	殘粧空認野花開(잔장공인야화개)
凄淚欄珊頻拭眼(처루난산빈식안)	斷碑無字半蒼苔(단비무자반창태)
娉婷嫣娜獨占春(빙정언나독점춘)	樊口蠻腰是後身(번구만요시후신)
婉轉歌聲依舊否(완전가성의구부)	九泉應有斷腸人(구천응유단장인)

(『只在堂集』)

涓涓(연연)=작은 물이 졸졸 흐르는 모양 ◇ 娉婷(빙정)=아름다운 모양. 또는 미인 ◇ 嫣娜(언나)=아름다운 모양 ◇ 樊口(번구)・蠻腰(만요)=백거이(白居易)의 두 첩의 이름이 본래 번소(樊素)와 소만(小蠻)이라 했는데, 번소는 노래를 잘 부르기 때문에 노래는 입으로 부르는 것이므로 번구, 소만은 춤을 잘 추었기 때문에 춤은 허리로 추는 것이기에 만요라고 했음 ◇ 婉轉(완전)=갖가지로 변화하는 일

한식이 되었어도 찾는 이 없어 두견만 슬피 우니.
꽃조차 엄숙하게 이슬을 드리운 채 눈물 흘리네.
무덤 앞에 한 조각 달은 가엾으니
즐겁던 노래 춤 비춰주던 달이란다.
해 저문 봄바람에 제비는 돌아오고
님 계실 때 꾸민 단장 들꽃 피니 서럽구나.
난간에 기대어서 서러운 눈물 닦아내니
깨진 빗돌 글자 없고 푸른 이끼 돋았구나.
생긋 웃는 그대 얼굴 살았을 젠 절대가인
분명 번구와 만요의 인기였겠지
옥 굴리듯 노랫소리 예전과 같고
황천에도 그대 그릴 애끊는 이 있을게요 ―金智勇 역

代翠香哭女(대취향곡녀)

阿母常離祖母隨(아모상리조모수)　　床頭棗栗與糖梨(상두조률여당리)
短簷秋日長如夏(단첨추일장여하)　　往往嬌啼索乳時(왕왕교제색유시)

阿母(아모)=어머니를 정답게 부르는 말

滿眼悲來强抑悲(만안비래강억비)　　窓前一步若天涯(창전일보약천애)
滿淚恐傷慈母意(만루공상자모의)　　空階灑向落花枝(공계쇄향낙화지)

天涯(천애)=아주 먼 곳

東鄰問卜北隣醫(동린문복북린의)　　醫道難醫卜不疑(의도난의복불의)
路黑東風吹雨夜(노흑동풍취우야)　　爾爺恩薄汝安知(이야은박여안지)

問卜(문복)=점술가에게 점을 치게 하여 길흉을 물음

重泉路遠去應遲(중천노원거응지)　　倘是回頭戀母慈(당시회두연모자)
半烟半雨梨花月(반연반우이화월)　　杳杳招招竟不知(묘묘초초경부지)

重泉(중천)=황천. 지하의 사자가 있는 곳 ◇ 杳杳(묘묘)=아득한 모양 ◇ 招招(초초)=큰
소리로 부르는 모양

深裏羅裳抱出門(심과나상포출문)　　靑山一揷付荒原(청산일삽부황원)
昨日嬉探斑篋裏(작일희탐반협리)　　零紈片錦倍傷魂(영환편금배상혼)

爾孃流落到江南(이양유락도강남)　　憶事西廂思不堪(억사서상사불감)
他生莫作娼家女(타생막작창가녀)　　好向侯門做好男(호향후문주호남)

(『只在堂集』)

插(삽)=끼워 넣다 ◇ 嬉(희)=기뻐하다 ◇ 流落(유락)=영락하여 유랑함 ◇ 侯門(후문)=귀인의 집 ◇ 做(주)=짓다. 만들다

어미 곁을 항상 떠나 할미를 따르며
상머리에 앉아 밤 대추 사탕 배를 즐겨 먹었도다.
짧은 처마에 가을 해 길기가 여름 같은데
자주 어리광 부려 울면서 젖을 달라던 때이었다.

슬픔이 눈에 가득하나 억지로 슬픔을 참으려 하니
창 앞으로 한 걸음 내딛기가 아물아물 하늘 끝 같도다.
어미 마음 상케 할까 눈물을 감추다가
빈들에 꽃 떨어진 가지를 향하여 눈물을 뿌리네.

동쪽 이웃에서 점을 치고 북쪽 이웃에서 의원을 찾았으나
의술은 고치기 어렵다 하고 점은 의심치 않다가
동풍 불고 비오는 캄캄한 밤에
네 아비 박정한 것을 네 어찌 알리.

황천길 멀고 멀어 가기 더딜 것인데
머리 돌려 보는 것은 어미 사랑 못 잊어서기 아니겠느냐.
반은 연기 반은 비인 배꽃 피는 달에
아득하게 불러도 마침내는 알지 못하는도다.

비단 치마에 깊숙이 싸여 문을 나서서
청산에 한번 묻혀 거친 들판에 부쳤도다.
어제까지 기뻐하며 색상자 속을 뒤졌는데
가지고 놀던 비단 오라기 보니 내 넋이 더욱 아프구나.

네가 타락해서 강남에 이르거든

서상 일을 생각하면 견딜 수 없을 것이니

저 세상에서는 행여 창가의 계집은 되지 말고

좋은 낭군 맞이하여 문에서 기다리는 것을 즐겨 하여다오. ─ 金智勇 역

• **姜只在堂**(강지재당, 조선 철종)

　김해(金海)의 기생. 이름 강담운(姜澹雲). 일명 금릉여사(金陵女士). 차산(此山) 배
전(裵婰)의 소실.

늦은 봄에 구정도인 형에게 드리다

暮春呈女兄鷗亭道人(모춘정여형구정도인)

魛魚時節養蠶天(도어시절양잠천)	遠近春山摠似煙(원근춘산총사연)
病起不知春已暮(병기부지춘이모)	桃花落盡小窗前(도화낙진소창전)

『風謠三選』

魛魚(도어)=웅어

웅어잡이철이요 누에칠 때인데

멀고 가까운 푸른 산이 모두 흐릿하여라

앓다 일어나 봄이 벌써 저묾을 몰랐으니

창 앞의 복사꽃이 모두 졌구나. ─ 金達鎭 역

• **竹香**(죽향, 조선 후기)

　호 낭간(琅玕). 평양 기생. 「풍요삼선(風謠三選)」에 3수의 시가 수록되어 있다.

의리를 지킨 기생을 노래하다

義妓歌(의기가) 三首

江水羅裙碧(강수나군벽)　　江花魂氣遲(강화혼기지)
願收江裏骨(원수강리골)　　千歲傍要離(천세방요리)

遲(지)=생각하다

강물은 비단 치마처럼 푸르고
강가에 핀 꽃은 넋과 기운 생각게 하네.
원컨대 강 속의 백골을 거두어
천 년이라도 곁에 두고 버리지 말았으면.

孤石春風厲(고석춘풍려)　　荒祠蘚色滋(황사선색자)
至今江上女(지금강상여)　　照水正蛾眉(조수정아미)

滋(자)=자라다

외로운 바위 봄바람에 높다랗게 서 있고
황폐한 사당에 이끼만 자라네.
지금 강 위의 여자는
눈썹을 고치고 강물에 비추어보네.

愛娘眞珠舞(애랑진주무)　　愛娘錦纏頭(애랑금전두)
我來問芳怨(아래문방원)　　江水無聲流(강수무성류)　　　　　　『韶濩堂集』

纏頭(전두)=가무를 한 사람에게 칭찬의 뜻으로 주는 금품. 화대(花代) ◇ 芳(방)=현자(賢者)

논개의 진주처럼 아름다운 춤
논개의 비단같이 아름다운 전두라.
내가 현인과 원수에 대해 물어보지만
강물은 말없이 흘러가누나. ─ 黃忠基 역

晉州妓有 曰論介者 宣廟癸巳 日本將陷晉 招妓游前江大石上 酒酣妓抱將 落江
俱死 余旣訪其祠 因爲詩揚之 (진주에 기생이 있으니 이름이 논개다. 선조 계사년
에 진주를 함락시킨 일본 장수를 강 앞의 커다란 바위 위로 불러 놀다가 술에
취해 기생이 왜장을 안고 강으로 떨어져 같이 죽었다. 내가 그 사당을 찾아 이를
시를 지어 찬양했다.)

筆洞月夜聞娼家吹笛(필동월야문창가취적)

何人吹笛邀明月(하인취적요명월)	浩蕩春風滿城闕(호탕춘풍만성궐)
月未出雲曲未成(월미출운곡미성)	笛聲月色俱明滅(적성월색구명멸)
流怨杳杳尋流光(유원묘묘심유광)	佳人眄睞天一方(가인면래천일방)
滿空頹雲如水凉(만공퇴운여수량)	簾鈎十萬風外響(염구십만풍외향)
一時門柳抽絲長(일시문류추사장)	

(『韶濩堂集』)

眄睞(면래)=노려봄 ◇ 頹雲(퇴운)=흩어지기 시작한 구름 ◇ 簾鈎(염구)=발을 거는 문고리

누가 저를 불어 밝은 달을 맞는가.
호탕한 봄바람이 성안에 가득하네.
달은 아직 구름 속에서 나오지 않고 노래도 마치지 못했는데
젓대 소리와 달빛이 함께 명멸하네.
번져가는 원망은 아득하여 빨리 가는 세월을 찾는 듯

아가씨는 하늘 한쪽에서 노려보는 듯하고

하늘 가득히 흩어지기 시작한 구름은 물처럼 차갑다.

수많은 발을 거는 문고리는 바람에 흔들려 땡그랑 소리 내고

문 앞의 버드나무 길게 실을 뽑은 듯 일시에 흔들거리네. —黃忠基 역

尹總辨席上贈泗川妓張瓊玉(윤총판석상증사천기장경옥)

名花移種自南溟(명화이종자남명)　　一片嫣紅照夜明(일편언홍조야명)

今日若非秦弄玉(금일약비진농옥)　　前身應是許飛瓊(전신응시허비경)

(『韶濩堂集』)

南溟(남명)=남명(南冥). 남쪽에 있는 큰 바다 ◇ 弄玉(농옥)=춘추시대 진(秦)의 목공(穆公)의 딸. 통소를 잘 부는 소사(簫史)에게 시집가서 역시 통소를 익혔는데, 통소로 봉의 우는 소리를 내면 봉이 날아와 집 위에 앉았고, 이로 인해 목공이 봉대(鳳臺)를 지어주었다 함. ◇ 飛瓊(비경)=선녀의 이름.

이름난 꽃을 남명으로부터 옮겨 심으니

한 조각 아리따운 붉은색이 밤에도 밝게 비추네.

오늘 만약 진나라의 농옥이 아니라면

전신이 응당 비경쯤은 되겠지. —黃忠基 역

楊花園夜宴題妓素秋扇(양화원야연제기소추선)

倏忽青春變素秋(숙홀청춘변소추)　　流光不貸最紅樓(유광부대최홍루)

娘家已領秋風味(낭가이령추풍미)　　可有秋來再作愁(가유추래재작수)

(『韶濩堂集』)

倏忽(숙홀)=갑자기 ◇ 青春(청춘)=봄 ◇ 素秋(소추)=가을

갑자기 봄이 가을로 바뀌니
흐르는 세월은 청루라고 사정을 두지 않네.
아가씨의 집은 벌써 가을바람 맞으니
가을이 오자 다시 수심이 생기네. —黃忠基 역

• 金澤榮(김택영, 1850~1927)

자 우림(于霖). 호 창강(滄江), 소호당주인(韶濩堂主人). 학자. 을사조약으로 국가의 장래를 통탄하다가 1908년 중국에 망명, 통주(通州)에 살면서 학문과 문장수업으로 여생을 보냈으며 특히 고시(古詩)에 뛰어났다. 저서에 『소호당집(韶濩堂集)』과 『한국소사(韓國小史)』 등이 있다.

그대 머리 희어진 것 섭섭해 마라

腕下天然一種香(완하천연일종향)　　羞將脂粉斷人腸(수장지분단인장)
見儂頭白休惆悵(견농두백휴추창)　　免逐東風柳絮狂(면축동풍유서광)

（『朝鮮解語花史』）

惆悵(추창)=개탄하며 슬퍼하는 모양 ◇ 柳絮(유서)=버들개지. 봄에 날리는 버들 솜

천생의 아름다운 자질
용모를 꾸며 남의 애태우길 부끄러워하네.
그대 머리 희어진 것 섭섭해 마라
버들강아지 동풍 따라 흰 것을 면케 되네. —李在崑 역

기생 오산홍(吳山紅)이 서화에 능했는데 그에게 보낸 시.

• **尹喜求**(윤희구, 1867~1926)

　자 주현(周賢). 호 우당(于堂). 한문학자. 『대한예전(大韓禮典)』과 『양조보감(兩朝寶鑑)』을 편찬했고, 『문헌비고(文獻備考)』를 증수했다. 후에 장지연, 오세창과 더불어 『대동시선(大東詩選)』을 편찬했다.

기생 향산에게 주다

贈妓香山(증기향산)

韶州花萬樹(소주화만수)　　一朶最聞香(일타최문향)
瑤琴能自解(요금능자해)　　流水又高山(유수우고산)　　　（『小坡女史詩集』）

소주의 산은 꽃으로 가득한데
그중 한 떨기 꽃이 가장 향기롭네.
가야금 옆에 끼고 능란하게 뜯으니
높은 산에서 물 흐르듯 거침없구나. —金智勇 역

戱贈妓錦玉(희증기금옥)

玉琴淸節錦爲絲(옥금청절금위사)　　紅燭金樽對客時(홍촉금준대객시)
月落鐘殘人去後(월락종잔인거후)　　箇中心事有誰知(개중심사유수지)
　　　　　　　　　　　　　　　　　　　　（『小坡女史詩集』）

옥 같은 가야금 소리는 비단실처럼 곱고
붉은 촛불 아래 손님에게 술 따를 제
달도 지고 술잔 남긴 채 손님이 가고 난 후

그 속에 담긴 심사 누가 알아주리오 ─金智勇 역

• 吳孝媛(오효원, 1889~?)

　오시선(吳時善)의 딸. 호 소파(小坡). 저서에 『소파여사시집』(小坡女史詩集)이 있다.

남자로 태어났던들 혈식을 받을 것을

可憐佗 可憐佗 義妓先生 可憐佗(가련타 가련타 의기선생 가련타)
一片荒祠 冷豆盞盃 可憐佗(일편황사 냉두잔배 가련타)
先生若爲男子身(선생약위남자신)
忠烈祠中血食人(충렬사중혈식인)　　　　　　　　　　　(『朝鮮解語花史』)

血食(혈식)=국전(國典)으로 제사를 지냄

　가련타 가련타 의기 선생 가련타
　황량한 술잔에 이 빠진 제기 이지러진 술잔이 가련타
　선생이 만약 남자로 태어났던들
　충렬사 안에 혈식 받는 사람이었으리. ─李在崑 역

• 柳纖纖(유섬섬, 한말)

　기생.

옥인은 어디서 다시 오길 기다리나

香風吹入嶺頭梅(향풍취입영두매)　　芳信如今苦未回(방신여금고미회)
月白凝川二十里(월백응천이십리)　　玉人何處待重來(옥인하처대중래)

(『慵齋叢話』)

향기로운 바람이 영마루 매화에 드니
꽃다운 봄소식이 지금 곧 올 것만 같다마는
응천 이십 리 길에 달빛은 희었는데
고운 님은 어디서 다시 오길 기다리는가? ─韓喆熙 역

▨ 작자가 기생 대중래(待重來)를 사랑하여 후에 서울로 데리고 오다가 유천역(楡
川驛)에 이르러 지어준 시이다. 대중래는 아내가 죽자 본실부인이 되었다.

• 金斯文(김사문)

　본명 미상.

다른 사람 이별에 왜 자네가

並轡連鑣發華山(병비연표발화산)　　蘂城東指路漫漫(예성동지노만만)
紫芝朴帶圍腰細(자지박대위요세)　　青玉盧纓照臉寒(청옥노영조검한)
張翅竹間臨渴鷙(장혈죽간임갈취)　　掀髥月下奉時官(흔염월하봉시관)
數旬雲雨供人笑(수순운우공인소)　　四郡風流絕勝觀(사군풍류절승관)
船上兩郎揮淚別(선상양랑휘루별)　　陌頭雙妓放歌還(맥두쌍기방가환)

堪笑琴公何許客(감소금공하허객)　　篷簁同作別離難(거저동작별리난)

(『慵齋叢話』)

藥城(예성)=충청북도 충주(忠州)의 옛 이름 ◇ 漫漫(만만)=아득한 모양. 행동이 느린 모양

말고삐와 재갈을 나란히 하여 화산을 떠나
예성을 동으로 향하여 길이 아득히 멀구나.
붉은 지초의 무늬 박가의 띤 허리에 둘러 가늘고
푸른 옥 노씨 집 갓끈은 뺨에 비쳐 차가워라.
죽간에 날개를 펼치니 목마른 독수리로구나.
월하에 수염을 비비는 것은 봉시관이더라.
수십 일 운우의 정은 사람들의 웃음에 이바지하고
네 고을 풍류의 자취는 기절한 경치를 보았네.
배 위에서 두 낭군은 눈물을 뿌려 이별하였는데
언덕 위의 두 기녀는 노래 부르면서 돌아가더라.
우스워라, 금공은 무엇 하는 손님이기에
못나게도 남의 이별에 덩달아 눈물을 지었던고 ─南晩成 역

▨▨ 사문(斯文) 안(安)과 권(權)이 있어 충주에 가서 각기 기생 죽간매(竹間梅)와 월하봉(月下逢)을 사랑하였다. 함께 네 고을을 돌아다니며 수십 일을 놀았다. 달천(獺川)에 이르러 작별하는데 옆에 금생(琴生)이란 사람이 있어 덩달아 눈물을 흘리며 흐느껴 울었다. 이를 보고 사문 유공(柳公)이 지은 시이다.

• 柳斯文(유사문)
　본명 미상.

웃으며 비녀로 등잔불 끄네

贈妓(증기)

錦城城外美人家(금성성외미인가)　　實額深深掩九華(보액심심엄구화)
催解羅裙嬌不語(최해나군교불어)　　笑將釵股撲燈花(소장채고박등화)

(『歷代韓國愛情漢詩選』)

錦城(금성)=전라도 나주의 옛 이름 ◇ 九華(구화)=궁실(宮室)이나 기물(器物) 따위의 아름다운 장식 ◇ 撲(박)=때려눕히다

금성 성밖 고운 이의 집
보액 깊은 곳에 병풍 둘러쳤는데
치마 풀라 재촉하니 아릿답게 말없이
미소하며 비녀로 등잔불을 끄는구나. —韓詰熙 역

・隱士(은사) 미상 1

몇 사람의 마음을 짓밟을까

贈妓(증기)

白苧輕紗窄窄衫(백저경사착착삼)　　京師時軆細常針(경사시체세상침)
袴下若開瓜子襪(고하약개과자말)　　尖尖踏殺幾人心(첨첨답살기인심)

(『歷代韓國愛情漢詩選』)

窄窄(착착)=좁은 모양. 협소한 모양 ◇ 京師(경사)=서울 ◇ 時體(시체)=그 시대의 풍습과 유행 ◇ 瓜子(과자)=오이씨

흰 모시 가벼운 비단 좁디좁은 적삼
서울 유행으로 바느질한 옷 걸치고
치마 밑에 외씨 같은 버선을 보인다면
뾰죽뾰죽 몇몇 사내의 마음을 짓밟을까. ─ 韓喆熙 역

• 隱士(은사) 미상 2

공연히 시 짓기 어렵게 만들었구나

西原佳妓下陽臺(서원가기하양대)　　歌舞叢中獨擅才(가무총중독천재)
寂恨當時文士會(최한당시문사회)　　適從何處武人來(적종하처무인래)
金丸忽入風流竅(금환홀입풍류규)　　玉齒翻成睥睨開(옥치번성비예개)
從此繞梁聲反澁(종차요량성반삽)　　空敎坐客恨難裁(공교좌객한난재)

(『太平閑話滑稽傳』)

西原(서원)=충청도 청주의 옛 이름 ◇ 睥睨(비예)=성 위에 쌓은 낮은 담. 성가퀴

서원의 예쁜 기생 하양대
노래하고 춤추는 무리 가운데서 홀로 재주 떨치누나.
가장 한스러운 것은 올해 문사들의 모임이니
마침 어디서 무인이 왔던가
금 탄환 문득 풍류의 구멍으로 들어가니

옥 같던 이빨이 도리어 성가퀴처럼 열렸네.

이로부터 대들보를 휘감던 소리 도리어 듣기 싫어져서

괜히 자리의 손님들로 하여금 한스럽게도 시 짓기 어렵게 하였네.

—朴敬伸 역

서원(西原)의 기생 하양대(下陽臺)는 재주와 미모를 지녀서 많은 문사들의 사랑을 받았다. 어느 날 문사들의 모임에서 술이 거나해지고 양대의 노랫소리는 가는 구름을 멈추게 할 정도였다. 어떤 무사가 말석에 앉아 있었다. 마침 참새가 처마 끝에 깃들자 참새를 향해 탄환을 쏘았는데 탄환이 처마를 때리고 되돌아와 양대의 입으로 들어가 앞니를 부러뜨렸다. 그 옆에 있던 조대(措大)가 이를 조롱하여 지은 시이다.

• 作者未詳(작자미상, 조선 초기) 1

이빨을 흙더미에 버리지 말았으면

十年摘郞鬚(십년적낭수)　編作千尺氈(편작천척전)

朝與新夫坐(조여신부좌)　暮與新夫眠(모여신부면)

十年折郞齒(십년절낭치)　郞齒萬不同(낭치만부동)

終然無用處(종연무용처)　棄捐糞土中(기연분토중)

我願美人心(아원미인심)　莫作荷葉露(막작하엽로)

寧用鬚作氈(영용수작전)　莫用齒棄土(막작치기토)　　　　(『太平閑話滑稽傳』)

棄捐(기연)=버림, 또는 버림받음

십 년간 낭군의 수염을 뽑아
천 자의 담요를 짰네.
아침에는 새 지아비와 앉고
저녁이면 새 지아비와 함께 잠드네.
십 년간 낭군의 이빨을 뽑았는데
낭군의 이빨들이 모두 다르네.
끝내는 쓸 데가 없어
썩은 흙더미에 버리네
내 바라건대 미인의 마음이
연잎의 이슬이 되지 말기를
차라리 수염으로 담요를 짤지언정
이빨을 흙더미에 버리지 말았으면. ─ 朴敬伸 역

▬ 어떤 선비가 평양 기생을 사랑하여 몇십 일을 머물렀는데 어떤 사람이 조롱
하여 지은 시이다.

• 作者未詳(작자미상, 조선 초기) 2

오늘 풍류는 이만하면 만족하네

太守慇懃騮馬酒(태수은근유마주)   佳人珍重紫蝦裙(가인진중자하군)
半酣大臥靑樓上(반감대와청루상)   今日風流到十分(금일풍류도십분)

(『太平閑話滑稽傳』)

騮馬(유마)=월다말. 털빛이 붉고 갈기가 검은 말 ◇ 紫蝦(자하)=곤쟁이. 새우의 일종 ◇

十分(십분)=부족함이 없이 꽉 참. 넉넉함

> 태수는 은근히 월다말 술을 권하고
> 아름다운 사람은 곤쟁이 치마를 좋아하네.
> 반쯤 취해 기생집에 벌렁 누우니
> 오늘의 풍류는 십분에 이르렀네. —朴敬伸 역

___ 어떤 사람이 삼가현(三嘉縣)에 갔을 때 묵은 술을 대접하였고, 또 어떤 사람이 춘천부(春川府)에 갈을 때 시중드는 기생이 못생기고 항상 자주색 치마를 입었다. 어떤 문사가 황주(黃州)에 왔다가 이를 풍자해서 지은 시이다.

• **作者未詳**(작자미상, 조선 초기) 3

어느 집의 옥 같은 여인이었던가?

誰家有玉女(수가유옥녀)　　今日嫁金夫(금일가김부)
勸君莫留齒(권군막류치)　　勸君莫留鬚(권군막류수)
留鬚尚可觀(유수상가전)　　留齒棄圂汚(유치기혼오)
鬚齒且不見(수치차불견)　　嗚乎亦嗚乎(오호역오호)　　　（『太平閑話滑稽傳』）

圂汚(혼오)=혼예(圂濊). 탁하고 더러움

> 어느 집의 옥 같은 여인이었던가?
> 오늘은 김씨 남편에게 시집가네.
> 그대에게 권하노니 이빨을 남기지 마시라.

그대에게 권하노니 수염을 남기지 마시라.

수염을 남기면 오히려 담요가 될 것이지만

이빨을 남기면 더러운 똥더미에 버려지리라.

수염과 이빨을 못 볼 뿐 아니라

슬프고도 또한 슬프리라. ─ 朴敬伸 역

─ 어떤 서생이 중원(中原)의 기생을 사랑했는데, 다시 가보니 소금장수가 차지한 바가 되었다. 어떤 친구가 조롱하여 지은 시이다.

• 作者未詳(작자미상, 조선 초기) 4

끝내 원앙의 꿈을 이루지 못했네

何如今夜會(하여금야회)　三箇共衾眠(삼개공금면)
開口能成品(개구능성품)　竝身忽作川(병신홀작천)
胸前難兩合(흉전난양합)　背後飽雙拳(배후포쌍권)
未遂駕鴦夢(미수원앙몽)　堪嗟負好緣(감차부호연)　　　(『太平閑話滑稽傳』)

어찌하여 오늘 밤 모임에

셋이 한 이불에 자게 되었나.

입을 벌리니 능히 품 자가 되고

몸을 나란히 하니 문득 천 자가 되네.

가슴을 앞으로 하여 둘 다 합치기 어려웠고

등 뒤로부터 두 주먹으로 실컷 맞았네.

마침내 원앙의 꿈을 이루지 못하니
좋은 인연 저버린 것을 한탄하네. ─朴敬伸 역

▨ 어떤 풍류를 좋아하는 원님이 이웃 고을에 갔다가 두 기생의 시중을 받게 되었다. 셋이 같이 자게 되어 원님이 가운데에 두 기생은 양옆에 자는데 왼쪽을 취하려 하면 상대방 쪽에서 주먹을 날리고, 바른쪽을 취하려 하면 상대방이 주먹을 날려 멀거니 누웠다 잠이 들어버렸는데 밤중쯤 되자 두 기생이 다 가버렸다. 어떤 사람이 이를 희롱하여 지은 시이다.

• 作者未詳(작자미상, 조선 초기) 5

노파에 속아 옷을 벗어주다니

鳥嶺佳兒泣別時(조령가아읍별시)　　老婆何物亦啼爲(노파하물역제위)
解衣一贈緣心蠱(해의일증연심고)　　忍凍吟寒悔可追(인동음한회가추)

(『太平閑話滑稽傳』)

蠱(고)=미혹하다

새재에서 울면서 예쁜 아이와 이별할 때에
늙은 할미는 어떤 물건이길래 또한 울던가.
옷을 벗어 한 번 준 것은 마음의 미혹됨에 인연함이니
얼어붙는 것을 참고 추위에 신음하며 후회한들 되돌릴 수 있으랴?

─朴敬伸 역

▨ 어떤 관리가 상산(商山) 기생과 새재에서 이별할 때 어느 노파에게 속아 옷을

벗어주고 후회하며 지은 시이다.

● **作者未詳**(작자미상, 조선 초기) 6

천하에 어리석은 아이는 바로 선비들이네

莫信娼家墬水謀(막신창가추수모)　　　簡中歌笑爲銀甌(개중가소위은구)
至今留得篙工話(지금유득고공화)　　　天下癡兒是士流(천하치류시사류)

(『太平閑話滑稽傳』)

甌(구)=주발 ◇ 篙工(고공)=뱃사공 ◇ 士流(사류)=사류(士類)의 잘못인 듯. 학문을 닦는
사람들

창가의 사람 물에 빠지려는 꾀를 믿지 말라
노래하고 웃는 것이 모두 은주발을 위함이니
지금까지 뱃사공의 말이 남아 있어
천하의 어리석은 아이는 바로 선비들이라 한다네.——朴敬伸 역

어떤 선비가 공산(公山) 기생과 금강(錦江)에서 이별할 때 거짓으로 우는 체하
자 은주발을 주었다. 이것을 본 사공이 선비들은 어리석은 사람들이라고 하자 어
느 손님이 지은 시이다.

● **作者未詳**(작자미상, 조선 초기) 7

사랑하는 마음이 없다고 하지 마오

年少風流見未曾(연소풍류견미증)　　娼家責禮竟何能(창가책례경하능)
莫言這物恩情薄(막언저물은정박)　　齒豁頭童是壽徵(치활두동시수징)

(『太平閑話滑稽傳』)

未曾(미증)=미증유(未曾有). 지금까지 없었던 ◇ 這物(저물)= 이것 ◇ 豁(활)=텅 비다 ◇ 童(동)=벗겨지다. 대머리

소년 풍류는 일찍이 보지 못하던 바인데
창가에 예를 책함이 끝내 어찌 가능하랴
이것더러 은혜로 사랑하는 마음이 없다고 하지 마오.
이 빠지고 머리 벗어진 것은 장수할 조짐이거니.──朴敬伸 역

─── 계림에 한 미기(美妓)가 있었는데, 장안의 한 소년이 자못 정이 깊었다. 기생과 이별할 때 거침없이 울다가 소년이 전대를 풀어서 주었다. 기생이 사례하면서 말하기를 "원컨대 그대의 몸에 딸린 물건을 얻고자 합니다." 하니, 소년이 이빨을 뽑아서 주고 도성으로 돌아갔는데 기생이 다른 남자를 취했다는 소식을 듣고 창두(蒼頭)를 급히 보내서 준 이빨을 돌려달라고 하였다. 기생이 손뼉을 치고 웃으면서 말하기를 "도문(屠門)에서 죽이는 것을 경계하고 창가의 예를 나무라는 것은 어리석음이 아니면 망령이로다." 하였다. 이에 한 사람이 나무라는 뜻에서 지은 시이다.

• 作者未詳(작자미상, 조선 초기) 8

사랑에 빠지면 구린 냄새도 향내인걸

求醉增奸(구취 증간)

美人生百媚(미인생백미)　　遺臭時流芳(유취시유방)
豈獨花王辱(기독화왕욕)　　薔薇亦可傷(장미역가상)

（『歷代韓國愛情漢詩選』）

遺臭(유취)=유취만년(遺臭萬年)의 뜻. 더러운 이름을 영원히 남김 ◇ 流芳(유방)=유방백세
(流芳百世)의 뜻. 꽃다운 이름을 후세에 남김. 또는 그 명예 ◇ 花王(화왕)=모란의 딴 이름.

미인이 백 가지 아양을 떠니
구린 냄새도 꽃다운 향내
어찌 홀로 모란꽃만 욕하리.
장미도 또한 가시 있는걸. ─韓詰熙 역

조관(朝官) 신씨가 어떤 명기(名妓)를 사랑하여 빠지매, 그의 벗이 지었다고 하
는 시이다.

• 作者未詳(작자미상, 조선) 9

생강 실은 배 한 척을 통째로 먹다니

遠看似馬目(원간사마복)　近視如濃瘡(근시여농창)
兩頰無一齒(양협무일치)　能食一船薑(능식일선강)　　（『朝鮮解語花史』）

멀리서 보면 죽은 말 눈깔 같고
가까이서 보면 고름이 흐르는 종기 같네.
두 볼에 이빨 하나 없는데도
한 배의 생강을 모두 먹어버렸네. —李在崐 역

▨ 남쪽의 한 상인이 배에 생강을 싣고 평양으로 팔러 갔다가 기생에게 유혹당
하여 지닌 것을 모두 탕진해버리고, 마침내 기생에게 쫓겨나는 신세가 되었다.
한탄을 금치 못하고 지은 시이다.

• 作者未詳(작자미상, 조선) 10

새벽이라 운우의 즐거움을 그쳐야 하다니

水如遠客流無住(수여원객류무주)　　山似佳人送有情(산사가인송유정)
銀燭五更罷幌洽(은촉오경파황흡)　　滿林風雨作秋聲(만림풍우작추성)

(『溪西野談』)

幌(황)=포장. 덮개

물은 멀리 떠도는 나그네 같아 머무름이 없는데
산은 가인인 양하여 보내는 정 연연하네
은촉은 오경인데 운우의 즐거움 그치니
숲에 온통 이는 풍우는 쓸쓸한 가을 서릴세. —柳和秀·李銀淑 역

▨ 어느 기생의 회고담 속에 들어 있는 시이다.

밤 깊은 객관에 손님도 오지 않고

夜深空館客來稀(야심공관객래희)　　獨坐沈沈有所思(독좌침침유소사)
何處黑雲來捲地(하처흑운내권지)　　更敎明月秘光輝(갱교명월비광휘)

밤 깊은 객관엔 손님도 오지 않고
컴컴한 데 홀로 앉으니 생각나는 바가 있네.
어느 곳 검은 구름이 땅을 말아가려 왔는가.
다시금 밝은 달로 하여금 빛을 감추게 하네.

團團藝色古今稀(단단예색고금희)　　過客紛紛有所思(과객분분유소사)
天意蒼茫難自料(천의창망난자료)　　黑雲如去月當輝(흑운여거월당휘)

단단의 기예와 아름다움은 고금에 드무니
지나는 손이 어지러이 생각하는 바가 있네.
하늘의 뜻은 아득하여 본디 헤아리기 어려우니
검은 구름 사라지면 달은 응당 빛나리.

鴛鴦有江渚(원앙유강저)　　　　雙行亦雙翔(쌍행역쌍상)
朝宿連理枝(조숙연리지)　　　　暮宿並蔕芳(모숙병체방)
微物尚如此(마물상여차)　　　　人胡不自得(인호부자득)

客子倦行役(객자권행역)   江山重又復(강산중우복)

相思無限心(상사무한심)   空望中原月(공망중원월)

江渚(강저)=강가 ◇ 連理枝(연리지)=서로 다른 나뭇가지가 맞닿아서 결이 통하여 하나
가 된 것. 화목한 부부나 남녀의 정을 맺음을 비유 ◇ 行役(행역)=여행

원앙이 강가에 있어
쌍을 지어 가고 쌍을 지어 나네.
아침에는 연리지에서 자고
저녁이면 병쳬꽃에서 자네
미물도 오히려 이와 같은데
사람은 어찌해서 스스로 얻지 못하는가
나그네는 행역에 지쳤는데
강과 산은 또 겹겹이네
그리워하는 끝없는 마음에
부질없이 중원의 달을 보네.

石上情人淚(석상정인루)   和墨爲題詩(화묵위제시)

將此贈君去(장차증군거)   見石幸相思(견석행상사)

돌 위의 임의 눈물이여
그것으로 먹을 갈아 시를 썼다네.
이것을 그대에게 주어 보내나니
돌을 보면 그리워지리라.

怨淚金灘淺(원루금탄천)   愁城月岳高(수성월악고)

相思空脉脉(상사공맥맥)　　　夜夜夢先勞(야야몽선로)

원한의 눈물은 금탄에 얕고
근심의 성은 월악에 높네.
상사의 그리움 부질없이 이어지네.
밤마다 꿈이 먼저 수고롭네.

江水之兮(강수지혜)　　　　無窮來者(무궁래자)
袞袞兮(곤곤혜)　　　　　　去者悠悠(거자유유)
曾不能洗(증불능세)　　　　予懷之一鬱兮(여회지일울혜)
獨惆悵而臨流(독추창이임류)

袞袞(곤곤)=연속하여 끊이지 않는 모양 ◇ 悠悠(유유)=썩 먼 모양. 느릿느릿한 모양 ◇
惆悵(추창)=개탄하며 슬퍼하는 모양

강물이여, 오는 것은 다함이 없구나.
잇고 이어 흘러옴이여, 가는 것은 아득하구나.
일찍이 내 마음 속의 우울함 가운데 하나도 씻어주지를 못하니
홀로 구슬프게 욺에 임했도다.

思美人兮(사미인혜)　　藥之城(예지성)
目渺渺兮(목묘묘혜)　　愁予肝(수여간)
思無盡兮(사무진혜)　　可奈何(가내하)
月團團兮(월단단혜)　　生雲端(생운단)
月不落兮(월불락혜)　　我不眠(아불면)
我心兮搖搖(아심혜요요)　我淚兮潺潺(아루혜잔잔)　　(『太平閑話滑稽傳』)

渺渺(묘묘)=멀고 아득한 모양 ◇ 奈何(내하)=어떻게 ◇ 搖搖(요요)=흔들리는 모양 ◇ 潺潺(잔잔)=눈물이 하염없이 흐르는 모양

임을 생각하도다 예성에 있네.
눈길이 아득하고도 아득하도다 내 마음 근심하게 하네.
생각이 다함이 없으니 어찌할거나
둥글디둥근 달이여 구름 끝에서 나오네
달이 떨어지지 않으매 내 잠 못 이루네.
내 마음은 흔들리고
내 눈물은 흐르고 흐르도다. ─朴敬伸 역

태평한화 제일화(第一話)에 수록되어 있는 채생(蔡生)과 기생 월단단(月團團)의 이야기 가운데 삽입되어 있는 시이다.

• 作者未詳(작자미상, 조선) 12

금과 옥이 집보다 높이 쌓였어도

擧世爭趨賣國人(거세쟁추매국인)　奴顔婢膝日紛紛(노안비슬일분분)
君家金玉高於屋(군가금옥고어옥)　難買山紅一點春(난매산홍일점춘)

(『梅泉野錄』)

奴顔婢膝(노안비슬)=남에게 종같이 알랑거리는 비겁한 태도

세상 사람들이 다투어 매국인에게 나아가

노안비슬이 날로 분분하네.

자네 집에는 금과 옥이 집보다 높이 쌓였는데

산홍 한 젊음을 사기는 어렵구나. ─李章熙 역

▓ 진주 기생 산홍(山紅)이 미모와 기예가 뛰어났다. 이지용(李址鎔)이 천금을 가지고 첩이 되어줄 것을 요청했으나 "세상 사람들이 대감을 오적의 우두머리라 하는데 첩은 비록 천한 기생이라고는 하나 스스로 사람 구실을 하고 있으니 무슨 까닭으로 역적의 첩이 되겠는가?" 하니 이지용이 크게 노하여 박살냈다. 이때 어떤 사람이 지은 시이다.

• **作者未詳**(작자미상, 한말) 13

作家 索引

作品 索引 | 時調, 歌詞

作品 索引 | 漢詩

(제목이 있는 것은 제목 그대로 하되 지나치게 긴 제목은 뒤쪽을 생략한 다음 … 로 표시했음.
그 외에 시의 첫 구절을 별도로 색인하여 ( ) 속에 넣었음.)